14
傭兵団の料理番
Youheidan no Ryouriban
そこには片手半剣の切っ先を突きつける
『うち』さんの姿がありました。
Ko Kawai
川井 昂
illustration
四季童子

リルさんは指切りをやめ、
ゆっくりと地面に手を下ろした。
「いって……
らっしゃい……」
消え入りそうな声で言われたそれに、
シュリは涙を拭《ぬぐ》ってから答えた。
「いってきます。
必ず帰ります」

『それで、姫、さま』
ウーティンはテビス姫の顔をのぞき込む。
『どうなさる、の、ですか?』

篠目は言った。
『ガンボスープは
家庭の味だ』

オルトロスさんは
岩をも粉砕する大《おお》斧《おの》を
再び振り上げて、
『うち』さんへと迫る。
『うち』さんは
掴《つか》んだ棒《ぼう》手《しゅ》裏《り》剣《けん》を
アサギさんへ投げ返す。

テグさんの矢も
カグヤさんに当たる
可能性があるために
放てず……

Youheidan no Ryouriban
New Character
Introduction

『うち』

年齢不詳の少女

リュウファ・ヒエンの6人の人格のうちの一人。
見た目はボーイッシュで可憐な美少女。
つり目がちでまだあどけなさがある。

濃い青色の髪を
三つ編みにして伸ばしている。
目も深い青色。
武器は赤い宝玉を
はめた片手半剣。
刃は赤く輝き、
槍《やり》のようにも
形を変える
全身黒ずくめ。
ボロボロの外套《がいとう》、
黒いパンツ、
鉄板入りの黒い
コンバットブーツ。

傭兵団の料理番

14

川井昂

ヒーロー文庫

傭兵団の料理番

14

Youheidan no
Ryouriban

illustration：四季童子

CONTENTS

イラスト／四季童子
装丁・本文デザイン／5GAS DESIGN STUDIO
校正／福島典子（東京出版サービスセンター）
DTP／伊大知桂子（主婦の友社）

この物語は、小説投稿サイト「小説家になろう」で
発表された同名作品に、書籍化にあたって
大幅に加筆修正を加えたフィクションです。
実在の人物・団体等とは関係ありません。

新章プロローグ　望んでいない新たな出発 ～シュリ～

「う、うーむ……」

僕こと東朱里《あずましゅり》は、体の痛みに呻《うめ》きながら上体を起こした。どうやら寝ていたらしく、背骨がボキボキと鳴った。

だけど、なぜこうして寝ているのかわからない。地面に触れた手の感触を思い出して周囲を見回せば、幌《ほろ》馬車の中だった。しかし荷物は何も積んでおらず、僕の腰に魔工コンロと包丁とナイフがあるだけだ。

馬車なのに何も積んでいない、というかなぜ僕がここにいるのかがわからない。混乱する頭をどうにか働かせようと眉間を押さえた。

「目が覚めた？」

不意に馬車の御者席の方から声が聞こえた。そちらを向けば、そこには漆黒のフード付きの外套《がいとう》に身を包んだ人物が座って手綱を握っている。

フードを被《かぶ》っているため、顔は見ることができない。だけど声からして少女――。

「ほらな！　ほっときゃ目を覚ますって『小生』は言ったんだ！　さっさと出発して正解

だったろ！」

のはずなのに、唐突に軽薄そうな男の声が同時に聞こえてくる。思わず周囲を見回すが、目の前の黒フードの人以外に誰かが乗っている感じはない。幌《ほろ》馬車の外に誰かがいるわけでもないらしい。

もう一度黒フードの方を見るが、やっぱり隣に誰かが座っているわけでもない。本当にそこには一人いるだけだ。どういうことなのか、僕にはさっぱり理解できない。

「黙れ『小生』。そもそも、お前が無茶に殴るから心配しなきゃいけなかったんだ」

「『儂《わし》』も『僕』の意見に賛成じゃな。『小生』は二刀の才はあれども大雑把《おおざっぱ》すぎる」

「『私』としても、『うち』がこれ以上負担になるようなのは看過できないわ」

「わかったよ！『小生』が悪うございましたってな！」

前の少女の声に加えて、若い男の声、しゃがれた老人の声、妙齢の女性の声、そして軽薄そうな男の声と、五つの声が前から聞こえてくる。

一人で声色を分けて話せる特技があるのか？　だけどそれを一人でする意味ってなんだ？　複数の人格があるような人物なのか？

僕が混乱していると、その人がフードを下ろして顔をさらし、こちらを振り向く。

怖気《おぞけ》が奔《はし》った。

寒けが奔った。

恐怖で体が震えた。

そこにあるのは、確かに少女の顔だった。最初に聞こえた通りの、それだ。

だけど少女の頬や額、顎《あご》と首に形の違う唇があって、それぞれが独立して動いている。

唇の形だけじゃない、位置すらも自由に動いているように見えたんだ。

見た瞬間に、あまりの気味の悪さから吐き気すら覚えた。こんなのはアスデルシアさんを見たとき以来の感覚だ、同じくらいに不気味すぎる。

少女の額の口が、愉快そうに笑いながら言葉を発した。

「ははは！　目が覚めたか、えーっと、シュリだったか」

「え、あ、はい」

「お前はなんでここにいるか、覚えてる？」

軽薄そうな男の声に、僕はもう一度思考を巡らす。ハッキリとした頭で、今度こそ冷静に思い出そうとする。

で、一瞬で思い出した。目の前の人物がどういう人なのか、どうして僕がここにいるのに他のみんなはいないのかを。それを思い出して、額から冷や汗が一筋流れた。

「あ、あなた、は、クウガさんを斬ったリュウファ・ヒエン!?」

「クウガさん!!」

僕は全部思い出した。あのとき、何が起こったのかを。

あのとき、クウガさんはリュウファの姿を見て飛び出して戦闘を始めた。

次々に、骨格ごと別人に変貌しながら戦うリュウファを見て、エクレスさんは恐怖で顔を引きつらせていたんだ。逃げろ、と言われていたのに手綱を操る手を震わせて、逃げることすら忘れるほどに。

「エクレスッ！」

リルさんとオルトロスさんとアサギさんは、クウガさんが飛び出した段階で幌《ほろ》馬車から出て僕たちの前に立っている。僕とエクレスさんを守り、逃げる時間を稼ぐためだ。

だけどエクレスさんが動かなかったために、リルさんが御者席に座ってエクレスさんから手綱を奪い、操る。

「シュリは引っ込んでる!!」

「おわっ！」

幌馬車から顔を出していた僕を、リルさんが押してくる。尻餅《しりもち》をついて幌馬車の奥に行った僕を見て、リルさんは幌馬車の向きを変える転回を始めた。だけど、遅い。馬車が方向転換するときは時間がかかるもんです。

「さて」

リュウファは血だまりで倒れるクウガさんを無視して、こちらへ顔を向けた。その顔が一瞬見える。精悍《せいかん》な男性の顔から、再び少女の顔へと変貌していたんだ。それに合わせて体格も変わっていく。少女のそれに、だ。

「逃がさないよ。『うち』たちの目的はお前だから」

少女となったリュウファが、指をさす。その示す先にいるのは——僕だ。僕だけを、真っ直ぐに見て狙いを定めている。

背筋に寒けが奔《はし》った。恐怖しかない。あのクウガさんを切り伏せた奴が、僕を狙っているとはっきり示しているんだ。

「あ、が、が」

あまりの恐怖で、言葉を発しようにも口の端から息が漏れるだけだった。

リルさんはそれを見て舌打ちをする。どう考えても馬車の転回は間に合わない。こうしている間にもリュウファはこちらへズンズンと歩いて近づいてきている。

「アサギ！　クウガは!?」

「まだ息をしてるのは見えてる！　早くすれば助かるぇ！」

「わかった！　エクレスッ！」

リルさんがエクレスさんへ呼びかける。そのままエクレスさんが肩をビクつかせているところに、手綱を無理やり握らせた。

「すぐに逃げる！　あいつの狙いがなんでシュリなのかは知らないけど、逃げて、逃げてガングレイブに援軍を頼め!!」

「リ、リルたちは、ここであいつの足止めをする!?」

リルさんはそのまま御者席から飛び降り、アサギさんとオルトロスさんの隣に立つ。

それを見たエクレスさんは、泣きそうな顔をキッと引き締めて手綱を操りだした。

「逃げよう、シュリくん。キミが生き残るのがボクたちの勝利条件だ、ここは」

「み、みんな、は!? クウガさんは!」

僕が慌ててエクレスさんに言うと、エクレスさんはまた泣きそうな顔をして、手を震わせながら手綱を操ります。

そんなエクレスさんに、僕は声を震わせながら言った。

「クウガさんを助けないと!」

「今は無理だ! あいつは、確かリュウファ・ヒエンという噂《うわさ》の武人だ! ボクも噂ばかり聞いていたが、実物は初めて見た!」

「リュウファ・ヒエン?! 誰ですか、それは!?」

僕が叫ぶように聞くと、エクレスさんは声を絞り出して答えた。

「……ボクも噂でしか知らない。というより、荒唐無稽《こうとうむけい》な噂ばかりで信憑性《しんぴょうせい》がなかったっ。曰《いわ》く、男である、女である、老人である、青年である、妙齢である……噂の情報量が多すぎて、個人を特定できなかったんだ。情報がなくてわからないいんじゃない、情報が多すぎて逆にわからなかったんだ！　ボクは複数の人間が一つの名前を名乗って名声を上げてるものだと思ってたが、まさか何人かの集合体とは思わなかったよ！」

「そんな人が、クウガさんを？」

「あいつに共通する噂は一つ。超弩級《ちょうどきゅう》の武術の達人ってことだ！　実際に見てわかった、あれは普通の人間が戦える相手じゃない！」

「それならなおさらリルさんたちを置いていけない！」

「今は、今はリルたちを信じよう、それしかボクたちにはできない！」

「っ……！」

それしかできない。ここでリルさんたちを助ける力が僕たちにはない。

事実を言われているだけなのに、現実的な話をされているだけなのに胸が痛む。みんなを犠牲にして逃げるなんてことはしたくない。

だけど僕とエクレスさんにできるのはそれだけだ。それしかできない。

幌《ほろ》馬車の転回も進み、僕は後ろから顔を出してリルさんたちを見る。リュウファは足を止めることなく、リルさんたちと間合いを詰めていく。

「どけ。邪魔をしなければ殺さない」

「舐《な》めるなよ。ここで仲間を差し出すほどリルたちは薄情じゃない」

「じゃあ死ね」

リルさんたちとの間合いは五歩半ほど。リュウファは足に力を込める。

「お前が死ね」

リュウファが何かをする前に、アサギさんが跳躍した。クウガさんが見せた不思議な跳躍よりも高度がある。そのままアサギさんはリュウファの首目掛けて蹴り込む。

リュウファはそれを一瞥《いちべつ》することもなく屈《かが》んで避《よ》ける。アサギさんの蹴りが頭上を通り過ぎ、そのまま回転しながら着地したアサギさん。

リュウファの背後を取った形となり、その背骨目掛けて左前蹴りを放った。

「これなら『うち』でも対処できる」

リュウファは振り返りざまに右腕でアサギさんの前蹴りを外側へと払う。

正中線ががら空きとなった形のアサギさんの懐に、リュウファが一瞬で潜り込む。クウガさんとの戦いを見ていたときから思ったが、この少女は強い！　あのクウガさんの攻撃をしのぎながら戦えていた事実は、伊達《だて》ではない。

「ちっ」

アサギさんは舌打ちをすると、崩れた体勢のまま横倒しに傾く。

が、その襟《えり》をリュウファが掴《つか》んで止めた。アサギさんに明らかな動揺が見えた。

「倒れるフリをしながら死角より蹴りを放つ、よくある技だ」

リュウファはアサギさんの襟を掴んだまま、体勢をさらに崩すように押さえつける。とうとうアサギさんは重心を失ったように体勢を崩してしまった。

リュウファはすかさず懐に入り、袖と襟を両手で握って背負い投げでアサギさんの体を宙へと導き、勢いを付けてアサギさんの背中を地面に叩《たた》きつけた。

「っは⁉」

アサギさんの口から、肺に残っていた空気が無理やり吐き出されたような悲鳴が漏れる。あの少女の体格でアサギさんを投げるなんて、どういう膂力《りょりょく》なんだ⁉

「アサギ‼」

アサギさんがリュウファにトドメを刺される寸前、オルトロスさんが割って入る。手に持った大斧《おおおの》を振りかぶり、少女目掛けて振り下ろした。

「『私』、頼んだ」

「はいよ」

少女の顔が妙齢の女性のそれに変わっていき、手に持った武器も大斧に変わる。目まぐるしく変わる様子にこっちの頭が痛くなりそうでした。

女性……リュウファは腰だめにした大斧を思いっきり振り上げる。

オルトロスさんの大斧と女性となったリュウファの持つ大斧が衝突する。接触の瞬間に空気が震え、爆発したような甲高《かんだか》い金属音が鳴り響く。耳を劈《つんざ》くほどの衝突音に、僕の耳が聴覚不全に陥るほどでした。

何も聞こえなくなった世界で、リュウファの大斧《おおおの》によってオルトロスさんの大斧の刃が砕かれ、オルトロスさんの体が弾《はじ》かれたように両手を上げた無防備状態となる。

オルトロスさんが何か言ってるが、僕の耳にはまだ何も聞こえない。その間にリュウファは再び大斧を振りかぶり、横薙《よこな》ぎに放つ。

オルトロスさんは残った大斧の柄でそれを受けるが、柄が折れ曲がり、オルトロスさんの脇腹にもろにめり込んだ。

「……がはっ!!」

ようやく耳が聞こえたときには、オルトロスさんが吹っ飛ばされて転がされているところだった。体が震えているので死んではいないようだが、あれだけの威力を柄越しに体で受けてしまったために戦闘不能にされたらしい。

思わず駆け寄りたくなるが、その間にも馬車は反転して走り出せる体勢までもう少しってところだ。リルさんはこちらを横目に見て、両手を地面に付ける。

すると腕の刺青《いれずみ》が明滅し、魔工が発動しそうになった。

「そうはさせん」

リュウファの顔が妙齢の女性から若い男性のそれへと変わり、武器も手槍《てやり》へと変わる。

時間が圧縮されたように、リルさんの魔工が発動するよりリュウファが気を整えて構える方が早く感じる。時間にすれば一秒にも満たない時間のはずなのに、魔工よりもリュウファの方が速い!!　リュウファの手槍がリルさんの肩を貫き、その衝撃のままリルさんは吹っ飛ばされる。

鮮血が飛び散り、苦痛の表情を浮かべながら吹っ飛ぶリルさんの姿が、まるでスローカメラのようにゆっくりハッキリ見えてしまった。

そのまま貫かれた槍が引き抜かれ、仰向けに倒れるリルさんを見て僕は叫んでいた。

「リルさん!!」

「来るな!!　そのまま、逃げろ!!」

思わず馬車から飛び降りて助けに行こうとした僕に、リルさんは顔だけこちらに向けて叫んだ。その顔は苦痛に歪《ゆが》みながらも凛《りん》として、僕に心配をかけまいと必死になっているのが遠目でもわかる。

幌《ほろ》馬車の縁に足を掛けていた僕の動きが止まった。ここで飛び出せば、リルさんたちの頑張りが無駄になる。それはわかる。だけどだけど、と心の中の葛藤がやまないんだ。それは助けに行きたい、逃げたい。二つの心が僕を支配して体の動きを止める。それはエクレスさんも同様だったようで、後ろで手綱を操る音が遅いことに気づく。

ほんの数瞬してから手綱の音が鳴る。馬が走り出す。景色が遠ざかっていく。

――はずだった。

「逃がさんよ」

リュウファの顔が軽薄な男のそれに変わる。なんとこの男、馬車よりも足が速い！　まるで四足獣独特の跳ねるような走りを二本足で再現しており、ぐんぐん速度を上げて追ってくる！　馬車がまだ加速段階だったこともあって、リュウファの手が幌《ほろ》馬車の縁に掛かり、そのまま体を引き上げるようにして幌馬車に乗り込んできた。

僕は後ずさりして、こけて尻餅《しりもち》をつく。痛みを感じる暇はない。目の前に死の恐怖が立っている。すぐにでも殺される、その予感に歯がガチガチと鳴った。

「はぁー、追いついた。そんじゃ、『小生』たちと来てもらおうか？」

「あ、あ、あ……」

あまりの怖さに返事ができない僕だったが、急に馬車のスピードが遅くなる。その速度の変化に、僕は尻餅をついたままなのにさらに体勢を崩した。

だけどリュウファは全く体を揺らすことなく立っている。まるで何事もなかったかのような態度。動けない僕の前に、エクレスさんが両手を広げて立った。

「シュリくんに危害は加えさせない！」

「お前に用はないんだなこれが。さっさとどけば、殺しゃしないが？」

「嘘《うそ》つけ、お前がボクたちを殺さない理由はないはずだ。ここでスーニティの幹部級の人材を五人も殺せるんだ、こんなチャンスを逃すはずが」

「いやいや」

リユウファは軽薄な笑いを浮かべて、嘲笑《ちょうしょう》するように言った。

「雑魚《ざこ》なんてのはな、チャンスがなくてもいつでも殺せるんだ。気が向いたときにな、こうプチッ……と」

リユウファは手に持った武器を双剣のそれに変形させて、その指を僕たちの前に出す。

そしてゆっくりと潰すような動作をしてみせた。

「虫を殺すように、いつでも殺せる。なら面倒なことはせんでもいいだろう？　『小生』たちの目的はあくまでそこのそいつだ」

リユウファは僕に武器の刃を突きつける。不思議とそこには殺気はなく、ただの脅しのように見えたのは……きっと僕を連れ去りたいからだろう。

「シュリくんを誘拐する気か！」

「正確には連れて帰る、だ。そいつは元々グランエンドの者だからな」

「……は？」

僕は呆気《あっけ》に取られてしまった。エクレスさんも同様で、僕の顔を見る。

「それは、」

「話は終わり。じゃあな」

エクレスさんが気配に気づいて再び顔をリユウファに向けるが、その前にリユウファの武器の柄が鳩尾《みぞおち》に沈んでいた。呼吸を止められて悶絶《もんぜつ》の表情を浮かべるエクレスさんを、リュウファは胸ぐらを掴《つか》んで幌《ほろ》馬車の外に放り出す。

エクレスさんの元へ駆けつけるためにリュウファの横を抜けようとした瞬間、リュウファの手元の剣が回転し、その柄が僕の後ろ首に直撃して痛みを覚えた。

そこで僕の記憶は途切れている。


と、ここで僕は現実に引き戻された。気絶する前の記憶が、走馬灯のようにほんの一瞬の間に呼び起こされて動けませんでした。

しかし思い出したからにはこのままではいられない。僕はすぐにリュウファから後ずさりするように距離を取る。とは言えども尻餅《しりもち》をついた姿勢のままなのでとってもみっともない絵面《えづら》ではありますが。

「そうか、やっと思い出した！　お、お前はクウガさんたちに酷《ひど》いことを！」

「おいおいあれは尋常な勝負だぜ？　『小生』は全員殺しとくべきだって言ったのに、任務遂行のための時間をこれ以上遅らせるべきじゃないって『俺』が言い張るもんだから、トドメを刺すこともなくこうして移動してるんだ。そこは感謝してほしいよねぇ」

リュウファはカラカラと笑う。軽薄な顔つきも相まって、なんともイラつかされる。

「殺してない？」

「さぁ？　殺すつもりで攻撃したけど、確実なトドメは刺してないなぁ。死んでるかもしれないし、死んでないかもしれない。あれじゃあ多分死んでないだろうがな、全員」

「『儂《わし》』も殺すべきだとは思ったのじゃがな」

「『僕』は反対だ。『俺』の言うとおり無駄な時間は取るべきじゃない。それに、もう戦えない人間の背中に武器を突き立てる非道はしたくないんだ」

「『僕』は甘いわね。『私』は殺すべきだと思ったわ。特にクウガは『俺』と相対して一合でも生き残れたもの。生かしても得はないってね」

「みんなの意見はもっともだけど、『うち』は『俺』が決めたことなら逆らわない」

目の前のリュウファという人物は、普通の位置にある唇とは別に顔に浮かんできた他の四つの唇から放たれる言葉で、一人で会話を成立させていた。

その光景があまりにも奇妙すぎて、僕は気分が悪くなる。この世界に来て、漫画にあるような怪物……魔物のような存在は見たことがない。

だけどこのリュウファという人物は違う。人じゃない。人が空想の中で生み出した怪物そのもののような存在なのです。

一人の体に複数人の人格と人間のパーツが同居しており、場面に応じて体を変形させて戦う。実際に目の前にすると、あまりの非現実的な光景に胸焼けがするような気持ち悪さを感じる。

彼らの言葉はどれもリルさんたちへの攻撃についてだが、僕でもわかることはある。

「あなた、いや、あなたたちはリルさんたちにトドメを刺してないんです、か？」

「あ？　ああ、そうなるな。あそこにほったらかして、幌《ほろ》馬車を奪ってここにいる。荷物も放り出してな」

その言葉に僕は胸を撫《な》で下ろし、安堵《あんど》の息を吐く。

生きている可能性は高い。死んでるかもしれない状況だけど、そんなことは戦場にいた頃からよくあって、いつも不安に思っていた。

確実に死体を見て死んだと確信できるものではない、生きているかもしれないという話なら、まだ安心できる。僕は彼らを信頼している。

「なら、あそこにいるみんなは誰一人、死んでないでしょうね」

「へぇ……その根拠は？」

リュウファは興味深そうに僕に聞いてくる。それに僕は不敵に笑って答えました。

「今までも、そしてこれからも、彼らは生き残れる可能性がある場面ならば、確実に生きているって信頼してるからです」

僕の自信満々な答えに、リュウファは一瞬きょとんとした顔をした。

だけどすぐにリュウファは楽しそうな笑みを浮かべ、再び前を向きます。手綱を操り、馬を御して進んでいく。

「それなら、次こそ『小生』がクウガをぶっ殺してやりてぇな。素手で『小生』の剣をあしらわれるなんて屈辱、次は確実に晴らしてぇもん」

「『私』だって渾身《こんしん》の一撃を無力化されたのはショックだったわぁ。次は頭蓋を割りたい」

「『僕』だってそうだ。鍛え上げた突きを見切られるなんて、悔しいよ。次こそは心臓を貫く」

「『儂《わし》』も技の間隙《かんげき》を突かれるとは、まだまだ未熟じゃった。改良の余地があるのぅ」

「『うち』もあそこまでやられるのは悔しいもん。次は『うち』が殺す」

リュウファは前を向いたまま他の人格たちと会話する。どれもがクウガさんを今度こそ殺す、という話ばかりだ。

このとき僕は、自分の手が腰に伸びていることに気づいた。その手の先には、かつてオルトロスさんに持たされたナイフがある。

気づけば僕の装備は何一つ、剥《は》ぎ取られていない。ナイフも、包丁も、魔工式コンロも何も取られていないし、何かしら乱暴に扱われた痕跡もない。

僕相手なら、例えナイフで後ろから襲われても余裕だっていう意思表示なのかもしれない。それだけ強いのだろうとも思う。

僕はナイフに伸ばした手を戻して、幌馬車の隅で座る。

「ここで、ここで後ろから襲ってもダメだ……」

僕はリュウファに聞こえないように呟《つぶや》く。僕のような戦闘経験もない殺人もしたことのない人間が、いきなり後ろから襲って人を殺せるかと言われれば、不可能だ。

というか、そんな考えを持っただけで吐き気がするし、緊張で冷や汗が背中に流れて呼吸が荒くなる。人を傷つけたくないし殺したくない、人として培《つちか》ってきた道徳観や倫理観が、リュウファへ危害を加えることを妨げる。

「僕には無理だ……リュウファを殺すなんて、戦闘力からも、覚悟の面からしても無理なんだ……。逃げるしかない……」

ならばどうするか？　僕は幌《ほろ》馬車の後ろからここがどこなのかを探る。街道を走っているので、スーニティのどこかかもしれない。

空もまだ太陽が浮かんで明るく、青空だ。気絶してからそんなに時間が経《た》っていないってことかもしれない。腹具合からしても、一日以上経ってるなんてこともないはずだ。なら、どこかで逃げて近場の村か町に逃げ込めば、スーニティの城にどうにかして連絡を取ってガングレイブさんに助けを要請できるかもしれない。

……しれない、はずだ。何もかもが仮定の話で確実なものはない。断定するには情報が少なすぎる。

ここは日本じゃないんだ。スマホのＧＰＳで気軽に位置情報を見ることができるような、そんな都合の良い世界じゃない。

「あ、そうそう」

いろいろと考えている僕に、リュウファの軽薄そうな声が届く。

「逃げようとするなら足の腱《けん》を切るからな。御屋形《おやかた》様からは、五体無事に連れて来いとは言われてねぇからな」

ゾッとした。この人は本当にやる。僕の両足のアキレス腱を容赦なくぶった切るだろう。

それを考えると、逃げる気が失せてくる。というより安易な逃走計画は無駄だし、その後の報復が怖い。

「まあ慌てんな。こっちは確かに五体無事に連れて来いとは言われてないし、いざとなれば足の腱も切る。だけど、できるだけ健康なまま連れて行くべきだと、『俺』が言ってるんだ。『小生』たちはそれに従ってる」

「……あなたたちは、その、『俺』という人を頂点に行動してるんですか？」

単純な疑問。興味本位で聞いてみた。

「なんというか、主人格？　みたいな」

「あー……それは違うな。もう本来の『リュウファ・ヒエン』という個人は『小生』たちの中にはねぇ。」

「え？　それじゃあ、なんでその名前を未《いま》だに使ってるんで？」

「それはこの旅路で、おいおい教えてやるよ。どうせ長い付き合いになるんだ、話題はあればあるほどいいだろ？」

長い付き合い、旅路。

僕は大きく溜め息をついてから座り直す。逃げる算段を付けなければいけないんだけど、同時に興味も湧いてきた。

この人は僕を知ってる。僕が元々グランエンドの人間なんだと言っていたのを覚えている。もしかしたらこの人は知っているのかもしれない。僕の記憶にない、この世界に来た当初の僕という人間を。それを探ってみるのも、必要だ。

「わかりました。いつまで続くかわかりませんが、話題は大切ですね」

「そうそう！　いつまで続くかわかんないけどな！」

リュウファは愉快そうに笑って、再び手綱を操る。ゴロゴロゴトゴトと幌《ほろ》馬車の車輪の振動が尻へ伝わってきた。

とりあえず僕は逃走をやめて、リュウファという〝人間〟の背中を見る。

その背中から伝わってくる人間性は何もないんだけど、思わず目が行ってしまう。

ここから新しく、僕の……東朱里の異世界の話が始まる。

八十六話　鶏《とり》の生姜焼《しょうがや》きと質問ゲーム　～シュリ～

「で？　一応答えられるなら答えてほしいんですけど、目的地までどのくらいかかります？」

「うん、あと三週間ってところ」

どうも皆様シュリです。絶賛誘拐されてる最中です。

いきなり僕たちの前に現れたリュウファ・ヒエン。噂《うわさ》がありすぎて逆に何もわからない人物ですが、その実態は一つの体に複数の人間が融合した人外《じんがい》。

そしてクウガさんを倒すほどの武術の達人。逃げるチャンスを窺《うかが》うものの、ここ数日はそのチャンスすら見つからない。この人、後ろにも本当に目があるから逃げられないんですよ。冗談抜きで。

僕は幌馬車の後ろに座って不安そうにリュウファに聞くけど、素直に答えてくれる。意外とおしゃべりなのか？　と思うほどです。

「えっと、リュウファ、さん？　それで僕はどこへ行く予定ですか？」

「グランエンドの本国。さすがにどこを通るかは、秘密」

「そう、ですか。えと……ちょっといいです？」

僕が恐る恐る聞くと、不思議そうな顔でリュウファが振り返りました。

「なに？」

「えっと、あなた、いや、あなたたちは全員でリュウファ・ヒエンなんですよね？」

「そうだよ」

「それだと紛らわしいんで、なんか呼び名とか分けてもいいです？」

そう、この人は一つの体に複数の人格と体がある。一言にリュウファと呼んでも、それはリュウファという集合体の呼び名であって、それを構成する個人の名前ではない。

あまりにもややこしいから提案したのですが、リュウファは顎《あご》に手を当ててから再び前を向きました。

「そうだね。じゃあ、今の状態のリュウファを『うち』と呼べばいい」

「『うち』、さんですか？」

「『うち』は自分のことを『うち』って呼ぶクセがあるから、『うち』。他のみんなもそうやって一人称で呼び名を分けてるから」

なるほど。となると目の前の今の状態のリュウファを『うち』さんと呼べばいいのか。

「じゃあ『うち』さん」

「なに？　そこで話すのもなんだから、隣においで」

『うち』さんは背中越しにこちらへ来るように手招きしました。

　この人は本当に、僕に刺される恐怖とか懸念とか全くないんだな、と思う。そうじゃなかったら近くに来いなんて言わない。特に包丁だのナイフだの、刃物を持っている人質を相手に言うことじゃない。

　油断してる？　それとも舐《な》められてる？　わからないが、僕は恐る恐る『うち』さんがいる御者席へ移動して座る。改めて『うち』さんを観察する。次々と顔や体格が変わるリュウファという存在だけど、個人個人の姿格好は個性があります。

　リルさんよりも濃い青色の髪を三つ編みにして背中まで伸ばしている、ボーイッシュで可憐な美少女です。吊《つ》り目がちでまだあどけなさの残る子だ。僕よりも年下のように見えるけど、どうだろう。

　この人たちに年齢の概念は当てはまらないかもしれない。

「それで？　なに？」

「えっと、いろいろ聞きたいんですけど」

「答えられる範囲なら答えてあげる。……そうだね、一つ遊びを入れよう」

「遊び？」

　僕が聞き返すと、『うち』さんは無表情のまま答える。

「わかってると思うけど、リュウファというのは『うち』を含めて六人いる。だから一人につき一つの質問を、答えられるものだったら答えるとしよう。なんでもかんでも聞かれても鬱陶《うっとう》しいし、何度も何度も聞かれても疲れる。だから、『うち』に聞けるのはこれからの一回だけ。よく考えて聞くといい。ただし、答えられないものは答えないから」

う、と僕は言葉を詰まらせて困った顔を浮かべた。

『うち』さんがどういう意図でこんなことを提案したのかはわからないけど、これは頭をフル回転させないとダメだ。

この提案は、単純に考えると一人が一つの質問に答えるので、僕は六つの質問ができる。だけど、答えられないものは答えないと言われてる。

さらには、リュウファ全体がちゃんと答える性格の人とは限らない。軽薄そうな人やクウガさんを切り伏せた人は、答えない選択をする可能性だってある。

……本当ならこんなゲーム、したくもない。ここから逃げ出してとっととみんなの元に帰りたい。そしてこの人のことをみんなに伝えたいと思ってる。

だけど僕にはできない。何か一つでも判断や言葉を誤れば、この人に斬り殺されることだってあるんだ。殺さないにしたって、手の腱《けん》や足の腱、舌とかを斬られてしまい一生ものの後遺症を負わされることもあるんだって警戒しないといけない。

だからこそ、気に食わないけれどもこの人に対して敬語でさん付けをしてるわけだ。そうじゃなかったらこんなふうに呼ばない。

この人のことを少しでも知れるチャンス、害されない状況。そういう時に質問ができるのはありがたいと思わないといけないんだ。時間とチャンスを有効に使わないと。

「じゃあまず……えっと……」

「なに？」

「……ちょっと待ってください」

僕は困って頭を抱えてしまった。『うち』さんが不思議そうな顔をしている。

いろんなことを、大義名分は考えたものの実際の質問の内容を何も考えていなかったというミス！　しまった、こういうときに限って聞きたいことが浮かばない！

「時間制限はアリですか？」

「ナシ。ただし目的地に着くまでにはお願い」

『うち』さんの譲歩に助かった……。大きく安堵《あんど》の息を吐き、僕は安心してもう一度考える。何を聞くか。何を優先するべきか。

答えてくれない可能性を考え、質問に対して不機嫌になる可能性を考え――最初に聞くべき事が決まった。

「本当にみんなは無事なんですよね」

『うち』さんはこのとき、驚いた顔をして僕を見た。僕の目を見て、体を見て、もう一度顔を見る。信じられないものを聞いて、見た、という様子。

正直そうだろうなとは思いますよ。僕だって、自分のことを聞こうと思った。この人はどうやら僕の何かを知っていて、僕の何かを求めてこうして誘拐なんてことをしたのです。

だけども、僕のことを聞く前にみんなのことを聞くべきだった。僕が気絶している間にみんなはどうなったのか。クウガさんはどうしたのか。リルさんは、アサギさんは、オルトロスさんは、エクレスさんは。みんなは無事なのか。トドメを刺していないって言ったけど本当か？　殺すべきだったとも言ってたけど、本当に殺されてないいんだろうな。

それを聞かないまま、真実を知らないままでは、この道中はずっと地獄になる。覚悟して聞く必要がある。どんな結末だとしても、だ。

内容によっては――仇討《あだう》ちも辞さない。ここで殺されるのだとしても一矢報《いっしむく》いてやる。

そんな暗い決意が僕の胸を支配した。例え敵《かな》わずとも、指先一つでもこいつに……。

だけど、『うち』さんは唐突に笑った。笑みを浮かべ口の端から空気が漏れるような笑い方だった。抑えようとしても抑えきれない、そんな感じです。

「クフフフフ……君は随分と仲間思いのようだ。まさかそれを一番に聞くとは思ってなかったよ。てっきりシュリ自身のことを……自分に何があったのかを聞くと思った」

「それより重要なので」

「重要、か。『うち』は君自身のことについてなら何でも答えようと思ってたけどね。他の人は答えるかどうか知らないよ。最大の機会を逸したかもよ？」

『うち』さんは横目で僕の目を見る。楽しそうだ、こうやってからかってくるのがこの人の接し方なのかもしれない。

「もう一度言いますけど、それより重要なんです。あの人たちの無事を知るのは」

「みんな無事だよ。トドメを刺すと言う『小生』や『私』を止めて、さっさと幌《ほろ》馬車を奪って逃げてきたから」

あっさりと『うち』さんは答える。笑みが薄くなり、視線が前へと戻る。

「『私』はここで殺しておかないと、クウガも他の奴らも厄介な存在になるって言ってたけどね。『俺』や『うち』としてはさっさと幌馬車を奪って任務を達成するべきだと、冷静に諭《さと》したんだ」

「なんのために？　殺しておけば面倒は」

「殺した方が面倒、仇討《あだう》ちに燃える人ってのは面倒だから。てのは建前……任務達成こそが『うち』たちみんなの存在理由だ。シュリ、君を連れてくることが『うち』たちに課せられた任務だ、それ以外に力を注ぐべきじゃない」

その一言にはゾッとした。『うち』さんから感情が全く感じられない。さっき見せた横顔の笑みが消え失せ、人形のような顔つきに見える。

多分、こっちが本当なんだ。人をからかうような接し方も、笑みも、『人間らしくふるまうための個性』の類《たぐ》いなんでしょう。

個々人を区別するための個性。性格の差異。それを表現していただけ。

「あなたは……命令されればなんでもやるのか？」

「命令ならばなんでもやる。『うち』たちはそういう目的で『作られて混ぜられてる』んだ。そして『最後の目的』のために武を磨き続けてる。この体の中で、数えるのも馬鹿らしくなるほどの年月を達人六人で錬磨し続けてる。それも全部、『あいつら』を――」

「そこまでだぁよっと」

と、ここでいきなり『うち』さんの顔がボコリ、と蠢《うごめ》く。表情筋では絶対に動かせないだろう顔の部位が、まるで顔の皮の中に虫でもいるかのように動いた。

思わず飛び退《との》くほどに驚く僕をよそに『うち』さんの顔が変わっていく。顔の表情なんて話ではなく、骨格から何から全部が変わっていくのです。

クウガさんと闘っていたときも見ましたが、実際に間近で見ると恐怖しかない。人間が目の前で別人に変貌していく姿は下手なホラーよりも肝を冷やすほどです。

「おっとっと。全く『うち』は……遊びは遊びでも決まりがあるならちゃんとそれに従わないとな。質問は一問一答、余計なことまで喋《しゃべ》りすぎだぞってな」

すっかり形が変わったあとには、軽薄そうな男の人が現れていたのです。先ほどまでとはまるっきりの別人。

赤い髪の毛をまるでホストのように伸ばした優男《やさおとこ》。目つきも穏やかで鼻筋や口の形も整っている。背丈は僕よりも少し高いくらいだろうか。

だけどこう、笑い方が軽いというか雰囲気が軽いというか、モテるんだろうけどフラフラして何人もの女の子に手を出すタイプのような、そんな軽薄そうな感じ。

そんな軽薄そうな男の人がケラケラと笑っていました。

「全く、『うち』は感情を出しすぎなんだっつの。一度火が付くと止まらねぇんだもの！」

「はぁ……あなたは、えっと？」

僕が言い淀んでいると、軽薄そうな男の人はこっちを向いてニヒルに笑い、片手の親指で自分の喉元を指して言いました。

「呼ぶなら『小生』さんで頼むぜ！　『小生』は『小生』だからな！」

「はあ……」

明るい。完全なる陽《よう》キャだ。喋《しゃべ》りも親しみがあって誰とでも距離を詰めて仲良くなるような、そんな距離感のなさを感じた。

陽気に手綱を操る『小生』さんはこちらへ視線だけ向けてくる。

「それで？　『小生』には何を聞くのかなぁ？」

人懐っこい様子で聞いてくる『小生』さんだけど、その目はどこか昏《くら》い。何というか、さっきの『うち』さんみたいに人間らしい感情や個人としての特徴を、演技で見せているかのような違和感がある。

その目に恐怖を感じ、僕は尻を僅かに浮かせた。だけど『小生』さんの視線は僕から離れないし、逃げ出せる隙など微塵《みじん》もない。

仕方ないので少し『小生』さんから距離を取るだけに留《とど》め、何を聞くか考える。

が、すぐに質問する内容は決まる。

「なぜ僕のことを知っていて、連れて行こうとするんですか？」

「答えられない」

だけど、その質問を『小生』さんはきっぱりと切り捨てる。これ以上何も言えないような拒絶に、僕は顔をしかめました。

「答えられない質問だと？」

「一人につき一問一答！『小生』に対する質問はこれで終わりだな！　じゃ、逆に『小生』から聞きたいことがあるんだけど」

「え？　そういう話？」

まさか逆に聞かれるとは思っていなかったので、僕は戸惑ってしまいました。予想外の事態です。『小生』さんが何を聞いてくるかわからない。だけど『小生』さんはこっちの予想などおかまいなし、手綱を握ったまま僕に顔を近づけて瞳を覗《のぞ》いてきます。

「シュリは『あっちの世界』の住人と聞いた」

「……」

予想外も予想外、まさかそういう質問をされるとは思っていなかった。

だけど、なぜ先ほどの質問に答えてくれなかったのかの真意は、わかってしまった。

同時に『小生』さんの気遣いというか優しさにも気づく。

「はい」

「それで？　向こうはどんな世界？」

「……そうですね。そっちにも『知ってる』人はいるみたいなので聞いてるかもしれませんが、一応答えましょう」

僕は、僕が生きてきた日本という国を、地球という星を、太陽系という世界を、僕が語れる範囲で語る。

語りながら考える。『小生』さんがそれを聞いてきた理由を。

（……僕が異世界人、流離い人《さすらびと》だと知ってる人は多くないはずだ。ガングレイブさんたち、アスデルシアさんたち、エクレスさんにテビス姫……いや、多い方か？　でもこの人、リュウファさんの周りに僕の真実を知る人はいないはずだ。この人に僕のことを教える人はいないはず。となれば答えは一つ。この人の近くに「あっちの世界」を知ってる人がいるってことだ。それは神殿が広めた神座《かむくら》の里の住人という話ではなく、はっきりと異世界の、地球のことを知ってる人。となれば僕を攫《さら》う理由もわかる。地球のことを知ってる人が地球から来た僕を攫う理由は——）

「はぁ面白かった！　いやぁ、相変わらず面白い話だ！　『小生』としては、もっと聞きたいところなんだけどねぇ。そろそろ代わらないと怒られっちまう」

「いえ、僕としても有意義な時間でした」

と、ここで『小生』さんが話を区切ってきたので、僕も話と思考を止める。

あえて『小生』さんが僕からの質問を断りつつ、僕が攫われた理由に気づけるようにヒントをくれた理由はわからないが、優しい人だ。はぐらかすことだってできるはずなのに。それをしなかった。

僕が気づくように仕向けた以外に別の理由があるのか？　わからないけども、知りたいことはわかったのでよしとしましょう。

「さて、『小生』はちょっと仕事に出てくるからな。ここで待ってろよ」

「え？　どこへ？」

「食料調達と物資調達。なんせ、この幌《ほろ》馬車に積んでたもんは全部捨てちまったかんな。速度重視のためとはいえ、お前のことを考えてなかった。俺たちは数週間は食べなくても済むが、お前はそこまで保たんだろ？」

それだけ言うと『小生』さんは馬車を止め、御者席から飛び降りてどこかへ走って行ってしまいました。青空の下、周りは何もない、木々がポツポツと生えているだけの平原の街道。『小生』さんはそのまま幌馬車の後ろを通って走って行ったのです。

どこへ行ったのか気になって後ろを見ましたが、あっという間に姿が見えなくなってしまった。気づいたら姿形がなかったのです。こんな平原でどうやったら見失うのか。

「なんでこんな平原で見失ったんだ……？」

周囲をキョロキョロして、幌《ほろ》馬車から降りてあちこちを歩いて探してみても見つからない。不思議だった。

「……今なら逃げられるんじゃ……？」

さすがにこれは油断しすぎだ。ここまで離れているのなら逃げるなんて容易だ。

そう思って逃げようとして、足を止めた。

どこへ逃げればいいの？　と疑問に思ったからだ。もう一度周囲を確認しても、見たこともない景色と場所。

適当に逃げて、人里にたどり着けずに野垂れ死ぬ。そんな未来が見えたからです。

もう一度自分の荷物を確認する。魔工コンロに包丁、ナイフだけ。さすがに僕にはナイフ一本で自然を生き抜くサバイバル術なんてありません。魔工コンロがあるので火は問題ないにしても、食材をどうやって確保すれば？　と。

川がないから水も魚もない、周囲に僕でもわかるような獣の痕跡がない。こんな街道に山菜なんてあるはずない。食材も水もない状況で、どこかもわからない地域を彷徨《さまよ》って逃げる。現実的な話じゃなかったのです。

「ダメだ……さすがにこの状況で逃げ出すのは無謀すぎる……」

僕は観念して幌馬車に戻り、中で寝っ転がりました。

ここがどこか、リュウファさんが何をしに行ったのかはわからない。でも体力を無駄に消耗すべきじゃないと判断し、寝ておくことにしたのです。

というか他にすることがないってのが本当の話なのですが。

「少しでも……逃げるチャンスを逃さないように……ふわぁ……」

なんだかんだで陽気は良いので、横になってみると心地よい。

気づけば僕は本当に眠ってしまっていました。


外でゴソゴソと音がする。外からの空気がなんか涼しい。そんな環境の変化と違和感に僕は目を覚ましました。

「うぅん……？」

僕は体を起こし、幌馬車の後ろから顔を出してみる。

外はすっかり夕方になっていた。どうりで涼しいと感じるはずだ、と寝ぼけた頭で理解する。そして、そこにいたのは。

「リュウファさん？」

「おっと、ここは『儂《わし》』と呼んでもらおうかの。『うち』と『小生』にも同じようにしたんじゃろ？」

そこにいたのはおじいさんでした。黒い外套《がいとう》を着ているのでリュウファさんというのはわかりますが、若者から一気に老年になってしまったのには驚く。

しわくちゃの顔に優しそうな垂れ目、そして目が少し隠れるほど眉毛が伸びている。顎《あご》髭《ひげ》を立派に伸ばし、白髪をオールバックにしたリュウファ。

「えっと……『儂《わし》』さん？」

「それでよい。こっちにおいで」

おじいさんになったリュウファさん……『儂』さんは僕を優しく手招きしてくる。僕よりも小柄な老人で、傍目《はため》には人の良さそうな穏やかなおじいさんだ。

しかし、外套から出ているその手と腕には無数の傷がある。骨と皮ばかりに見えるのに、傷痕から歴戦の戦士だってのが雄弁に伝わってくるのです。

僕は一気に目を覚まし、幌《ほろ》馬車から降りて『儂』さんの向かいに座る。

『儂』さんの前には焚《た》き火が燃えており、周辺には箱が数個あった。食材や調理道具、野営に必要なもののようです。

おそらくどこかに行って手に入れてきたものなのでしょう。どうやって手に入れたのかはわかりませんが……。

「どうじゃ？　体の方は」

「え？　あ、はい。焚き火が暖かいので心地よいです」

「ならよい。『儂』らは多少の環境の変化など耐えられるのだがの」

『儂』さんは優しい笑みを浮かべ、火をじっと見ている。

これもまた、個性を出すためと人間らしくあるための演技だろうか。だけどこの人の目には、『うち』さんや『小生』さんのような昏《くら》さがない。光がある。

それとも老人としての演技が自然なものになるほど、長い年月そう振る舞っていて板に付いているからなのでしょうか？　判断が付かない。

「あの……どちらへ行ってたんです？」

「近くに商隊の気配を感じての。そっちへ」

「なるほど、この物資はそこから買ったのですか」

『儂』さんの話を聞いて納得した。これらの物資はそうやってかき集めたのか。

だけど、『儂』さんの次の言葉に僕は固まる。

「いや、殺して奪ったのじゃ」

なんでもない、当たり前の日常の一動作を自然に語るように、ごく普通のことだと言わんばかりに出た言葉は、僕の背筋を凍らすには十分すぎるほどでした。

思わず目を見開き、驚きのあまり何も言えず、背筋が伸びるほど体が硬直してしまいます。『儂』さんはそんな僕を見て、悲しそうに目を伏せた。

「すまんの」

ただ一言。短いけど、謝ってきた。

「『儂《わし》』らは旅の路銀など与えられておらん。任務の際は、こうして略奪しながら旅をしておるのじゃ。それを説明しておらなんだな、驚かせてすまぬ」

これも、人間として個性を出しているだけなのか？　それとも心から謝っているのか？　わからないけど、でも、僕の心は複雑に渦巻いている。

商隊を襲って殺したことを責めたい。こんな略奪は許されない。

でもそれを糾弾《きゅうだん》してどうなる。語られたことは結果であって、すでに事は終わってしまっている。後から何を言っても偽善にしかならないし意味がない。

機嫌を損ねて、僕が殺される恐怖もあった。怒り、恐怖、絶望、無念。いろんな感情で言葉が出ず、僕は悔しくなって自分の膝を殴ることしかできなかったのです。

それを見た『儂』さんは目を伏せました。

「許せとは言わぬ。だが、そうせねば『儂』らはともかく、シュリは食って飲んで体調を保たねば生きていけぬ」

「それなら……死んだ方がマシだった……!!」

僕は悔しさに唇を噛《か》みしめ、絞り出すように言葉を漏らす。

僕が捕まって攫《さら》われて、こうしてのうのうと生きている間に誰かがリュウファに襲われて殺され、財産を奪われる。

全てはあのとき、僕が逃げ切れなかったからだ。エクレスさんたちが殺されなかったとしても、僕が生きていることで周辺の人たちにとてつもない災厄が広まってしまう。

その事実に胸が押しつぶされていました。罪悪感のあまり喉をナイフで掻《か》き切りたい衝動に襲われる。感情に耐えきれなかった僕は腰のナイフを抜き放ち、思わず自分の喉目がけて振るっていた。これで終われる、誰も傷つかない、と安直で楽な方法をとる。

だけど、ナイフを持っていた右手に衝撃が奔《はし》りナイフを取り落とす。

手の甲に叩《たた》かれた痛みを感じて我に返ると、僕の視線の先の『儂』さんが厳しい顔で武器を振るっていたのです。クウガさんたちとの戦いでも見た、千変万化に形を変える魔工の武器。その柄で僕の手を叩いていたと気づく。

「死ぬには早い」

『儂』さんはゆっくりと武器を手元に戻す。僕は武器を振るう姿を目視することができなかった。姿勢は全く変えていなかったのに、正確に僕のナイフを叩き落としたのです。

速度と精密さ。二つを兼ね備えた達人技を目にして僕の感情は落ち着いていく。

「シュリ。お主《ぬし》は若い。死ぬには早い。死ぬべきじゃない」

「……でも、あなたは、僕を生かすためにこれからも何十人も殺しながら、この旅を続けるのでしょう?」

「うむ……必要とあらば、な」

『儂《わし》』さんは武器を傍《そば》に置いて言った。

「人間が生きるために獣を殺すように、『儂』も生きるために人を殺す。今の世の中では珍しい話ではあるまいに。お主《ぬし》は優しすぎるわ」

「でも！　僕が、僕が生きてる限りあなたはまた！」

「ならばこれで最後にしよう」

『儂』さんは伏せていた目を僕へ向ける。優しさを感じる視線だった。

「これを最後にして、『儂』らは旅の間は殺さぬ。お主のために周辺の者を殺したせいでお主の心が壊れてしまっては、任務が遂行できぬ。なにより、『儂』はそんなものは見たくない」

「……」

「じゃがな、シュリ」

儂さんは武器で焚《た》き火の火をつつく。

「お主はガングレイブたちをたきつけて、アルトゥーリアで内戦を起こしたとも聞いておる。それだけじゃない、今までだってガングレイブたちが戦っちょる後ろで糧食の管理や食事の世話もしとったはず。『儂』の行動を責めるなら、今までの自分の行動についても考えないかんじゃろうよ」

「それは……」

あまりの正論に僕は口を閉ざす。反論なんて何もできないのですから。

僕がやってきたことは、たくさんの人のお腹《なか》を満たしながらもそれ以上のたくさんの人を傷つけてきたことだったのか。

料理人としての本分を語りながら、結局のところ人殺しの手伝いをしていたのか。

……それでも、と僕は思う。そんなはずはない、と僕は考える。

料理人である時点で、生き物の生死に関わっているんだ。綺麗事《きれいごと》じゃないなんてのは、地球にいた頃から知っていたはずだ。かつて父さんだって僕に教えてくれた。

命を食べる。その行為に善悪があるはずがない。どんな生き物だって食べなければ生きていけないいんだ。正義などという言葉でくれるはずがないんだ。

だからこそ、アルトゥーリアでのことは料理人の本分から外れすぎていたんだ。

仲間を助けるために拳を振るい、たくさんの人を死に追いやった。その事実から目を背けることはできない。自分なりの、自分にしかできない償いを。

これからも料理人であり続ける以上、そしてこの世界で生きていく以上、避けては通れぬ命の問題に向き合い続ける。これが、僕の今の答えだ。

そうして心の整理をした僕は、『儂』さんへ視線を真っ直ぐ向けて言いました。

「僕は料理人です。そしてガングレイブ傭兵団《ようへいだん》の人間です。ガングレイブさんたちの仲間です。……料理人としての生き方と、この世界での生き方……矛盾した生き方になりますが……僕はそれでも、シュリとして生きていきたいんです。僕は僕のあり方を悩み続けて進む義務が、あると思うんで……」

「お主《ぬし》の思いは、ようわかった。もうお主は自分の行動が人の生き死にに関わっておったことを、知っておるじゃろう。これ以上やんややんやと『儂《わし》』が口を出すことはせぬ。思う存分悩め、若人《わこうど》よ」

優しく諭《さと》すような言い方だった。まるで祖父がいたらこんな感じかな、と思うような優しさを感じる。

だけどすぐにそんな考えを改めました。目の前にいるのはクウガさんたちを傷つけた男、リュウファ・ヒエン。謎ともいえる体の作りをした怪人。油断なんてできるはずがないのに気が抜けてしまったことを恥じながら、僕は視線を落として火を見ました。

……そして思い出す。

「お腹《なか》が空《す》きました」

「じゃろうな。『儂』はまだ平気であるが、普通の人間にゃキツかろう。そろそろ飯にするといい」

『儂』さんは立ち上がり、横にあった箱を僕の前に置きました。

中身はなんだろうと思い、警戒しながら開けるとそこには調理道具と食材が。他の箱も見てみると同じような中身でした。

食材、調理道具、野営の道具のもろもろ……。

「これは、殺して奪った、ものでしたね」

「そうじゃな。……全く、馬車の荷物は捨てんでもよかったのぉ。こんな面倒なことをせんで済んだわい」

『儂』さんがぼやくと、その両頬に二つの口が出現して動き出しました。何度見ても慣れないホラーな絵面《えづら》だ。

「荷物の中にシュリの逃亡を助けるものや緊急連絡手段が残っていると面倒だった。それに、ここまで来るのに軽量化が必要だと判断したじゃん」

「『うち』の言うとおりだな。『小生』もそう思う！　中の確認をする暇もなかったことだし、あれはあれで最善だった！　はい、この話は終わり！」

なんだかんだと一人で話をするリュウファの横で僕は箱の一つの蓋を開け、中を見て固まっていました。

中にあったのは、魚の干物。

それを見て思い出す、子供たちの話を。

脳裏をよぎる、エクレスさんの疑問。

エエレの町での出来事が一瞬にして頭の中を巡り、最悪の答えを導き出していた。

「まさか……『儂《わし》』さん、僕をここに連れてくるまでにも行商人や商隊を襲っていましたか？」

「うむ？　そうじゃな、行商人から物資を得るために、何人か殺したのは事実じゃな」

やはりそうか！　僕は思わず『儂』さんから顔を隠すように俯《うつむ》く。

浮かんだ怒りの表情を見せないようにして、僕は箱の蓋を握りしめる手の力を増していく。ケノウくんが言っていた魚の干物の行商人が来ないという話。

あれは、こいつが僕を追いかけていた影響で起こったことだったんだ！　その事実に僕は僕自身に怒りを覚えたのです。

なんと迂闊《うかつ》な東朱里。お前はフルムベルクで思い知ったはずなのにな、自分自身がどれだけ危うい存在で狙われる存在かってのを！

教会の存在をあの町で思い出しておきながらエクレスさんが疑問を浮かべることについて何も思案を巡らせず、結果としてケノウくんの家を困らせ、行商人は命を奪われた！

はらわたが煮えくり返るほどに怒りを覚えても、僕にはどうすることもできない。ここで『儂』さんに殴りかかったとしてなんになるというんだ、闘いを挑むことの愚は察してる。

「……『儂』さん」

「なんじゃ？」

「お願いがあります」

僕は歯ぎしりしながら地面に両膝を突いた。本当はこんなことはしたくないと、胸の内がギシギシと軋《きし》む。自尊心と気位が悲鳴を上げる。

だけど僕にできるのはこれだけだ。僕は額を地面に付け、深々と土下座をしていた。

「僕といる間だけでもいいので、誰も殺さないでください」

「そうすると言っておるじゃろう」

「『儂』さんだけでなく、改めてあなたたちリュウファ・ヒエンにお願いします」

「じゃから、そうすると言っておる」

『儂』さんの声に、僕を怪訝《けげん》な様子で窺《うかが》う感じを覚えた。

確かに『儂』さんはそう言った。さっき聞いた。だけど、僕はまた言う。

「お願いします……もう、もうやめてください……」

この旅の間、『儂』さんの言うとおり殺しはしないでいてくれるだろう。僕の心が罪悪感に潰れて壊れないようにするために。

だけどそれは、僕が壊れない程度にだろう。誰かが僕を取り返すために兵を差し向けてきたら話は別だ。必ずこの人たちは殺す。

僕を取り返されないように、必ず戦闘になって必ず人を殺すだろう。

「あなたたちは、僕を取り返そうとする人たちは殺すでしょう？」

「当たり前じゃ」

「それも、やめてください」

額を地面で削らんばかりに押しつけ、必死に願う。

だけど僕の頭上からは冷たい視線を感じた。さっきまでの、老人が放つ穏やかさなど微《み》塵《じん》もない、老獪《ろうかい》の域に至った武人が放つような敵意。

それが僕の頭上に、見えない位置にあるのがたまらなく怖い。

「……おとなしく取り返されるのを見ていろ、と？」

「いえ、この条件を飲んでくれるなら、僕は誰が助けに来てもあなたたちと一緒に行きます。果たされないと思ったら僕を斬り殺してもらって構いません。差し出せるものは全て差し出します、だから」

「『うち』、シュリのことを見誤っていた」

声が少女のそれに変わったことにちょっと驚いて顔を上げると、姿が『うち』さんのそれに変わっていく。ゴキゴキゴキ、と骨格が不自然な音を鳴らしています。完全に姿を変えた『うち』さんは転がっていた僕のナイフを拾い上げ、僕の前に差し出しました。

「てっきりこの場から、どんな手段を用いても逃げて仲間の元に帰ろうって気概を持った、しぶとくて強い人だと思ってた」

「『うち』さん」

「でも、本当のところは自分のために誰かが傷つくのが、死ぬのが怖くて仕方ないって感じ。自分は死んでも構わないって本気で考えてるクセに他人の死を許容できない、変な奴。期待して損した。臆病者」

『うち』さんの辛辣《しんらつ》な物言いに僕は何も言わなかった。臆病者、その単語が頭の中をグルグルと巡る。汗が流れるくらいにその言葉が頭の中に残る。

グルゴとバイキルに交渉したときも、オリトルでクウガさんの前に立ったときも、アルトゥーリアでアーリウスさんを助けろとガングレイブさんと喧嘩《けんか》したときも、スーニティで死刑になる前にみんなが助けにきてくれた時もそうだった。

自分の死を覚悟することはできても他人の死を許容できない。正確には、自分と関係のある人が傷つくことが、自分が関わったことで誰かが傷つくことが怖くて仕方がない。

自分の責任で他人が不利益を被《こうむ》ることが怖い。

だから自分の責任で不利益を被るのは自分だけでいい。

『うち』さんの言葉で、僕は僕自身の弱さ……闇を見つけてしまった。

「……僕は……それでも、料理人なんです。誰かのお腹《なか》を満たす料理人でいたいんです。僕のせいで誰かが死ぬのは怖いです。臆病者でもいいです。だから、お願いします」

僕はそれを受け入れよう。

僕自身の弱さと闇を自覚して、僕自身の醜さを許容する。

日本人として、地球人として。平和な世界で生きていて、乱世の世の中に放り込まれた一人の人間として。

これも自分なんだと刻み込む。

「……わかった」

『うち』さんは静かに僕の目を見ていた。僕もその目を真っ直ぐに、逸《そ》らさずに見返す。

「なんだ。臆病者と誹《そし》っても激昂《げきこう》すらしないか。それともそれごと飲み込んで『うち』にお願いしてくるか。その弱さと強さに免じて、誰も殺さないようにしてあげる」

「じゃあ」

「その代わり」

だん、と僕の前に『うち』さんはナイフを突き立てた。深々と地面に突き刺さる。

『うち』さんは冷たい声で言った。

「もし約束を違《たが》えて逃げようとすれば全部殺してやる。もし連れ去られそうになったら自害しろ。それが条件だ。受け入れるならナイフを取れ」

それだけ言うと『うち』さんは僕から一歩離れて見下ろしてくる。

僕はナイフを見て、震える両手で柄を掴《つか》んだ。

ナイフの刀身に僕の顔を写す。情けない顔だ、泣きそうな顔をしてる。

これしかないんだ。これしか、僕にできることはないんだと、必死に言い聞かせるしかなかった。

これで無残に死ぬ人を救えるんだと、思い込むことにした。

……だけど。

「すみませんナイフが抜けません」

「本当に情けないな！　『うち』の力で突き刺してるのに抜けないのか！　……あ、確かにこれは抜けない……」

なんとも締まらない終わり方だなぁ。結局、『うち』さんが思いっきり腰を入れたら抜けた。

凄《すご》く自尊心やら自信やらが削られてしまったが、これで助けに来た人や行商人が死ぬことはない。だけど僕はリュウファさんと一緒に行かなければいけない。

「願わくば、誰も来ないことを祈るしかないか……」

「で？　シュリは晩飯はどうするの？」

さっきまでの迫力はどこへやら、『うち』さんは焚《た》き火の前で体育座りをしながらこっちを見てくる。

全身を隠すような黒い外套《がいとう》を着ているため、その下の体がどうなっているのかさっぱりわからないけども、細い体をしてるなってのだけはわかりますね。

「鶏《とり》の生姜焼《しょうがや》きでも作りますよ。せめて残された食材や道具は、余すことなく使い切ろうかと思いましてね……」

食材の中には、アルトゥーリアで見つけたヨーグルトや新鮮な鶏肉《とりにく》などがありました。

どうやらこれを持っていた商隊なり行商人さんは、アルトゥーリアから食材を買い付けてここに来たってことでしょう。

それが僕のせいで……リュウファに狙われてしまい、殺されてしまった。

僕は箱の前で改めて両手を合わせて目を閉じ、これを持っていた人たちの冥福《めいふく》を祈る。

僕がしても偽善かもしれない、今更遅いと思われてるかもしれません。

だけどやらない理由はありませんでした。

そうして祈りを捧げ、箱の中から必要な道具を取り出して用意する。

さて作ろうか。作るのはさっきも言ったとおり、鶏の生姜焼《しょうがや》きです。

と、調理をしようとしたときに視線を感じたのでそっちを見ると、なぜか『儂《わし》』さんがこちらをジッと見ている。

いつの間に『うち』さんと入れ替わっていたのか？　と疑問に思うものの、とりあえず視線が気になってしまう。

「……『儂』さん、何か？　いきなり『うち』さんと入れ替わってますけど」

「別になんもないわ。暇潰しに調理の様子を見てるだけじゃよ」

そうかな、そういう視線だったのかな。

どうも違う気がするが、見られても何も問題なし。気を取り直して調理を開始しよう。

材料は鶏肉、生姜、酒、みりん、砂糖、醤油《しょうゆ》、油です。

まず鶏肉を食べやすい大きさに切ります。筋は切っておこうね。

あとはすりおろした生姜、酒、みりん、砂糖、醤油を混ぜておき、鍋に油をひきます。

ここに鶏肉を入れて皮目から焼いたら、ひっくり返して肉の方も焼きます。

ここにさっきの調味料を入れて絡めて出来上がりです。うーむ、良い色に良い匂いだ。

こんな状況でもお腹《なか》は減る。できて皿に盛った鶏の生姜焼きを見て、僕のお腹が情けなく鳴りました。

「……っ」

正直ちょっと恥ずかしい。『儂』さんが微笑《ほほえ》ましそうにこっちを見てくる。

視線が気になるが、腹が減ってはなんとやら。気にしないようにして食べることにします。焼きたてできたての生姜焼きに齧《かじ》りつく。

ブチブチと皮と肉が裂け、口いっぱいに鶏の旨みが広がる。生姜によって臭みはなくなり、食べやすくて美味しい。肉の弾力も十分。凄《すご》く質の良い鶏だね、これは。

醤油、みりん、酒という日本人好みの甘塩《あまじょ》っぱさが、臭みが消えた鶏肉の旨みをこれでもかと引き立たせている。ああ、ここに白米があればなぁ。絶対におかわりしてる。

「旨そうに食べるの」

食べるのに夢中になっていると、『儂』さんがさらに微笑ましげにこちらを見ている。

食事に集中しすぎて隙を晒《さら》してしまい、ちょっと恥ずかしい。

「実際、美味しくできたので」

「ふむ、そうか……そうか」

？『儂《わし》』さんは興味深そうにこっちを見ている。

「……次はもらってみるかの」

僕に聞こえないほどの小さな声で何かを言ってるが聞き取れない。まあ、僕に話すつもりがないということだろう。気にするのはやめです。

鶏《とり》の生姜焼《しょうがや》きを食べ尽くし、僕は満足して息を吐いた。

「ごちそうさまでした」

「終わったかの」

「はい。ちょっと落ち着きました」

事実だ。腹が満たされたことで脳がよく働く。

『儂』さんに聞きたい事が、栄養の行き渡った脳内で優先順位を付けて整理されていく。

そして、聞きたい事は決まった。僕は深呼吸をしてから聞く。

「『儂』さん。あなたは僕がこの世界に来た最初の頃を知ってるんですか？」

「……」

「もし知ってるなら、教えてください」

この質問は、答えてもらえるなら一番に聞きたかったことだ。この人は、きっとそれを知ってる。

僕には欠損している記憶がある。それは、この世界に来て、ガングレイブさんと出会う前の『一番最初のとき』の記憶だ。目覚めたらガングレイブさんたちに拾われていたわけだが、どうも、ガングレイブさんの元に辿《たど》り着く前に何かがあった。

突然ガングレイブさんたちの野営地に現れた、と聞くが……それが一番最初なら、この人たちは僕のことを知るはずがない。その前の段階のどこかで、僕はリュウファさん陣営の誰かと会ってるはず。だから僕のことを知っている。

僕が思うに、リュウファ・ヒエンという人物の背後には何かがいる。

憎い何かが。

僕をこの世界に呼び寄せた存在がいるかもしれない。

昨日のことのように思い出せる。

数年前、故郷へ帰ろうとした僕が新幹線から降りると、唐突に地面に謎の穴が開いて落ちたんだ。そして、気づいたらこの世界にいた。

持っていた荷物も失い、どうしてこの世界にいるかもわからない、わからないだらけの恐怖の中でガングレイブさんたちと出会うことになる。

僕はその最初の話を聞きたかった。この世界に来た最初の僕は、どこを彷徨《さまよ》ってガングレイブさんたちの元へ現れたのか。

『儂《わし》』さんは考え込むように顎《あご》に手を当てました。

「ふむ。『俺』よ、これは言うてもいいと思うか？」

『儂』さんの問いに、頬に現れた唇が開いた。

「構わん。だが肝心なところは御屋形《おやかた》様と上様がなさる。そうだな、シュリがこの世界に来た最初の話は許す」

「わかった」

その言葉を最後に唇が消えていく。『儂』さんはもう一度大きな溜め息をつく。

「……『儂』はこういう説明は得意ではないのでな。だいたいのことしか話せんぞ」

「それでもお願いします」

僕は頭を下げて言った。ようやくこの世界に来た最初の記憶の手かがりを、長い時間を経て聞くことができる。

ずっと謎だったそれを聞かない手はない。

「……まず、そうじゃな。どこから話せばいいか。ああ、シュリがこの世界に来た最初……どこで喚《よ》び出されたのかから始めよう」

「はい」

「まずシュリよ。お主《ぬし》はリィンベルの丘の近くで、グランエンドが行っていたとある実験によって喚《よ》ばれたのじゃ」

……実験？　最初から穏やかな話ではない、僕の胸が不安でいっぱいになりました。

「実験、とは？」

「神殿と共同で行っていた転移魔法陣の再現。お主《ぬし》、転移魔法は知っておるかの」

「……だいたいは。離れたところから一瞬で移動する魔法でしょ？」

その魔法については、聖人と呼ばれているアスデルシアさんが過去に話してくれた。忘れるはずがない。

転移魔法陣の意図せぬバグによって、流離《さすら》い人《びと》が喚び出されるようになったというやつだ。忘れたくても忘れられないからね。

「そう。お主、フルムベルクでアスデルシアから話は聞いておるはずじゃな。転移魔法のことを。賢人のことを」

「……なぜそれを？」

「なぜ知っているのかという話をすれば大きく筋がズレる。そこはこの話の重要なところではないのじゃ」

気になるんだけどな。なぜアスデルシアさんと接触したことを『儂《わし》』さんが、もといグランエンドが掴《つか》んでいるのか。あれは非公式でできるだけ情報が遮断された会談だと思ってました。

実はそうではなかったとか？　グランエンドの手がそこまで迫っていたとか？　わからないことばかりだが、そこは今は聞けないでしょう。僕の質問は、あくまでもこの世界に転移してきた最初に何があったのかを知ってるか、というもの。

重ねて別の質問をしても答えてはくれないでしょう。今はこっちの話に集中するべきだと、僕は膝を叩《たた》いて活《かつ》を入れます。

「すみません、話の腰を折りました。続きをお願いします」

「うむ。話を戻すと、実験そのものは失敗した」

「失敗した？」

「そうじゃ、失敗した。起動すらせんかった。どこにも飛べぬしなんの効果もなかったのよ。しかし、失敗したと思って撤退を始めておったとき、お主が突如として失敗したはずの転移魔法陣の上に現れた。魔法陣を起動させて、な」

そうだったのか、僕はそうやってこの世界に来たのか。この人たちが転移魔法を研究し、副産物として僕がそこに現れた。

だけどわからないこともある。

「僕はそのときの記憶がありません。その近くで戦争をしていたガングレイブさんに言わせると、ボロボロの姿で団の陣地に突如として現れた、と聞いてます。それは？」

「まぁ待て。順序がある。『儂』らはその場におって研究者と御屋形《おやかた》様の護衛をしておったのじゃが、その場に現れたお主《ぬし》を見て御屋形《おやかた》様は狂喜乱舞しておった。『これで〝敵〟に勝てる。私の目的に近づいた』とな」

「〝敵〟？」

「大陸の外の〝敵〟じゃ」

……僕はそれを聞いて、今まで何も思わなかった疑問が浮かぶ。目を細め、焚《た》き火の火が爆《は》ぜるのを見つめた。

アスデルシアさんは言った。人間は大陸の外の〝敵〟から逃げてきた、みたいな話だったかな。そして大陸の外の海に凶悪な生物が住み着き、荒れ狂う気候を喚《よ》んだと。それが外円海というものだと。

それくらい〝敵〟というものは恐ろしいのだと、アスデルシアさんは語っていた。

だけど、僕はその〝敵〟というのがなんなのかを知らない。

あまりに情報がなさすぎて気にしてなかったけど、一体人間は何者の奴隷になって、何者によって絶滅に追い込まれそうになったのか。

それを恐れた人間は逃げ出してこの大陸に引きこもって、神殿は人口管理と資源管理を裏で行いながら戦争の手引きをしている。

それだけの恐ろしさが〝敵〟にある。

〝敵〟とは何者なのだろう？　漫画とかによくある魔族とか、そういう存在だろうか？

それとも僕が想像もできないような別のナニカだろうか？

その手がかりが今、目の前にある。

「『儂《わし》』さん。〝敵〟って何者なんですか？　こう、人外《じんがい》か何かですか？」

「おっと、その説明は『儂』が口にする権限はない。聞きたければ御屋形様に聞くのじゃな。それに質問の意図からズレる」

「うぐ……」

気になるから聞いてみたい内容だったのだけれど、けんもほろろ。『儂』さんは答える気がないのがありありと見えました。

答える権限はない、と言ってましたね。それを少し考える。権限はない、ということは〝敵〟に関する内容を誰かに言うことは禁じられてるってことです。

これでわかるのは、〝敵〟というやつは簡単に口にできないほど、大きな秘密が隠されてるってことです。

『儂』さん……リュウファさんは強い。認めたくないけどクウガさんよりも強いだろう。だから僕を攫《さら》うことができた。

その武力は大陸一と言ってもいい。オリトルの王族にして魔剣騎士団の団長ヒリュウさんやアズマ連邦の長トゥリヌさんよりも強いのかもしれない。

だからこう考えることができる。一騎当千と言える実力を持っているリュウファさんの言動を縛り、任務に就く命令を出せるほどの人間がいる。その人がリュウファさんに〝敵〟に関する情報の開示を禁止しているんだ。

リュウファさんを従えるほどの人間が、〝敵〟の情報を隠している。

その人は〝敵〟について知っているのでしょう。

謎が多すぎる。いったい〝敵〟ってなんなんだ？　何度も繰り返し考える。

アスデルシアさんはかつて言った。人間は大陸の外で敵と戦争して敗北して、絶滅寸前まで追い込まれて奴隷にされていた。その人たちが誰もいなかったこの大陸に逃げ込み、魔卑《マヒ》と呼ばれる魔法を使える奴隷が命を削って魔法を使い外円海を作った。

だけど大陸の外に残してきた家族を忘れられず、転移魔法を作った。成功もしたが、失敗もしたと。人を喚《よ》べたが敵も喚んだ。その敵の中に、今の魔法の形を作った賢人がいた、と。

賢人は人間に対する扱いでは穏健派だったから、人間に手を貸したと聞いた。

……〝敵〟というのは、人間よりも魔法の扱いに長《た》けた、人間と意思疎通が取れる存在ってことでしょうか？　ダメだ、まだ情報が足りない。

「話を戻そう。御屋形《おやかた》様がお主《ぬし》に近づいたとき、お主は苦しみ悶《もだ》え出した。泡を吹いて地面を転がり、今にも死にそうなほどにな」

「悶え苦しんだ？」

かつてガングレイブさんたちに最初に出会ったとき、というか拾ってもらった時。確かに汚れていたとは聞かされていましたがそういう理由、だったのかな？

ゆっくりと僕は顎《あご》に手を当てて、昔の記憶と整合性があるかを冷静に考える。目を細め、ここからは一言一句聞き逃さない態度で臨む。

『儂《わし》』さんはそんな僕を見ましたが、特に態度を変えることなく淡々と続けました。

「まあそれも御屋形様は喜んでおった。『適応が始まった』とな」

「『適応』？」

また聞き慣れない言葉だ。適応、と言われて思い浮かぶのは環境への適応、とかそういうものだ。

『儂』さんはもう一度大きな溜め息をついてから言いました。

「話が進まんではないか。それも話の筋からズレるから、ここでは口にせん」

「すみません」

「続きを話すぞ。しかし、適応が終わる前にお主が乗っていた転移魔法陣が光り出してくの」

「魔法陣が？」

聞きたいことが山ほど現れてくる話だ。思わず身を乗り出して聞こうとする自分の体を押さえるようにして、僕は聞き返しました。

「うむ。これには御屋形《おやかた》様も驚いておった。御屋形様にとっても初めての出来事じゃったのだろうな。そしてお主《ぬし》は転移魔法陣を起動させて、消えてしもうた」

「だからか……」

ここにきて三つ、謎が解けた。

一つは僕がその当時の記憶がないことだ。ここに来た最初の記憶がないのは、この世界に来た瞬間に『適応』というものが始まり、その苦痛のせいで気絶したからだろう。話の内容からして相当苦しかったはずだ。

その『適応』の結果、僕がどんな変貌を遂げていたのかを知るのが怖い。僕が知らぬうちに何かが変わってしまっていたのだろうか?

二つ目はガングレイブさんたちが昔教えてくれた、唐突に僕がリィンベルの丘に現れた理由だ。どういう理由かわからないけど、転移魔法陣とやらがいきなり起動して僕は転移したんだ。その結果、ガングレイブさんたちの陣営に出現したってことだ。

汚れてたのは、この世界に転移して御屋形様に会ったときに気絶するほどの苦しみで悶《もだ》えて転がったからでしょうね。

三つ目は、僕が荷物を何も持っていなかったこと。多分だけど、気絶するほど苦しんでいたときに荷物を取り落として、そのまま転移したからでしょう。どうしてなくなったのかだけでもわかったのは安心できる。

いろいろとわかったことが多く、頭の中がスッキリしていく。

謎はまだ多く残ってますが、普通にガングレイブさんの元にいたのでは知り得ない話でした。その事実に顔をしかめながらも納得するしかありません。

「これでよいかの？」

「はい。僕がこの世界に来た一番最初の謎が解けてスッキリしました。答えてくださってありがとうございます」

「律儀《りちぎ》に礼を言うとはのぅ。一応『儂《わし》』はお主の敵なのじゃが」

「敵であろうと礼儀を失するような生き方は、できるだけしたくないので」

これを言いながらしたり顔をしてますが、今まで礼儀を忘れたようなぶっ飛び行動をしてきたことは棚に上げてます。今ここで言っても仕方なし。知られてもいいことなし。

悟られないように気を付けているためか、『儂』さんは感心したような笑みを浮かべました。

「人として良い心がけよな。ガングレイブもそんなお主だからこそ、傍らに置いていたのじゃろう」

「今はあなたに攫《さら》われてここにいるんですけど」

「それもまた運命。諦めることじゃ」

ケラケラと笑って、『儂』さんは武器を抱きしめるようにして握り、俯《うつむ》きました。

「さて、そろそろ夜も更けてきた。ここら辺には盗賊もおらぬ、寝るがよい」

「『儂《わし》』さんは？」

「『儂』も寝る。問題はない。休めるときに休んでおけ」

そのまま『儂』さんは目を閉じました。確かに周りを見ればすっかり夜も更けて、空には満天の星がある。

……この人、そういえば長い間食べなくても大丈夫だとは言っていた。それはどういう仕組みだろう？　複数人の体が合体したような体なら、六人分は食べて六人分は眠らないと活動できないって考えるのが普通では？　六人いるんだし。

逆に、六人分食べて六人分休めばこれだけの武力を行使できると思えば、破格の性能だし安い費用だろう。

「……もしかしたら？」

僕はある一つの可能性に行き当たって、希望が胸に湧く。

この人は六人分の体を持つと言っても、実際に動かしているのはほぼ一人分の体だけです。腕も足も、おそらく内臓関係も。

だけども六人全員は食事を取るんじゃないか？　六人分の食事や睡眠を取れるが、それは一人分として体を動かすだけになっているんじゃ？

つまり、六人分の燃料を積んでも一人分の活動に使うから普段は事足りてる？　うーん説明は難しいが、普通の車より燃料は大量に積めるけど普通の車の燃費で済んでる？

逆に言えば、この人は一人で六人分もの行動が可能なんでしょう。食事を取っておけばしばらく食べなくてもいい。寝るときだって主となっている人格と体が寝てしまっても、覚醒している他の人格が周囲を警戒し、何かあればすぐに入れ替わる。

その可能性に行き当たったとき、僕の背中に冷たい汗が流れた。

リュウファ・ヒエンは人の域を遥《はる》かに超えた怪物なんだ。

この人を、またクウガさんたちと戦わせるわけにはいかない。僕は知らず知らずのうちにナイフを手に取って両手で握る。

——逆に言えば、どこかで睡眠と食事を大量に取らないといけないんじゃないか。少なくとも取るべき睡眠と食事は最低値を維持しなければいけないはずだ、この睡眠はもしかしたらチャンスでは？　と。

もしかしたら仮説のように、他の人格が僕を監視してるかもしれない。だけど頬や額に他の人格の目玉は現れていない。

僕が危害を加える人間じゃないと思い込んで、油断しきってる今しかない。

今、殺すしかない。

僕はゆっくりと動き、ナイフを持った両手を振り上げる。

それでもリュウファさんは動かない。本当に寝ている？　本当に今がチャンス？　本当にできるのではないか？　殺せるのではないか？

その考えに至った瞬間、僕の両手から体温が抜ける。呼吸ができなくなったように空気を吸い込めなくなり、体の震えが止まらなくなった。

「うぷ」

腹の底から湧き上がってくる嘔吐《おうと》感。僕はその場でナイフを投げ捨て、すぐに振り返って四《よ》つん這《ば》いになる。

出てくる出てくる、食べたものが口から吐き出される。

これでもかというほど吐き出し、もはや胃液しか出てこなくなるほどに吐き続けた。

どれくらい経《た》っただろうか？　吐き続け、息も絶え絶えになり体力を消耗しきった僕は、吐き出したものを見た。

そして、気づけば滂沱《ぼうだ》と涙を流していた。涙は止めどなく溢《あふ》れ、地面に落ちて弾《はじ》ける。

「僕は！　僕は！　人を殺そうと！」

衝動的とはいえ、理由があるとはいえ、誰かのためとはいえ、チャンスがあったとはいえ。人の口に入るものをその手で作り、客にお出しする料理人である僕が、『儂《わし》』さんに人を殺さないでほしいと偉そうに言った僕が。

結局その手を血で染めようと凶器を握って、振り下ろそうとしていた。

その事実がどうしようもなく僕の心を痛めつけ、その罪悪感が抵抗することもできず僕の自尊心を貶《おとし》める。

何より、そこまでやっておきながら、なんだかんだ言って手を汚すことを避けた偽善者っぷりや浅はかさや愚かさが、僕の魂にヒビを入れる。

「そのくせ自分が可愛くて！　自分の手を汚したくなくて！　僕は！　僕は!!　うぅ……うわぁぁあぁあぁあ!!」

腹の底から出てくる慟哭《どうこく》。僕は自分自身に絶望してしまった。

結局僕は、僕自身が可愛いだけの汚い人間で、綺麗《きれい》なことを言おうが何をしようが、異世界の乱世を生きているくせに日本の、地球の価値観にしがみつくだけの阿呆《あほう》で。

そのあまりに醜い自分自身の本性を見てしまった、露呈してしまった、露《あら》わになってしまったことに絶望するしかなかった。

絶対に『儂』さんは起きてるはずだった。殺そうとしたり騒いだりしていたのに何も言わず、静かにそこにそのまま いてくれた。

それが、ありがたかったんだ。

八十七話　真実の一片とベーコンエッグ

「昨日はすっきりしたか」

　おはようございます、シュリです。馬車に揺られながら、リュウファさんが向かう先におとなしくついて行ってます。

　そろそろ国境を越えてしまうのだろうか。そもそもここはどこだろうか？　傭兵団《ようへいだん》の一員として大陸各地を飛び回ってきた僕ですが、先日からずっと見覚えのない景色だ。

　果たして僕はどういうルートで連れて行かれてるのか？　さっぱりわからないので困っている。

　そんな感じでどこにいるのかわからない不安と、昨日からの罪悪感や自己嫌悪で心をやられて空を見上げたまま固まっていました。そんな僕にリュウファさんが話しかけてきたのです。

　今現れている彼は、厳《いか》つい顔つきなのに朴訥《ぼくとつ》とした雰囲気の青年。彫りの深い顔つきで、髪色は黒寄りの灰色で短髪、僕よりも大人びて見えます。そもそもこの人たちの正確な年齢はわからないけど。

そんな彼は馬の手綱を握って操っている。

「……やっぱ気づかれてましたか？」

「『僕』たちは体とそのときの主人格が寝ている間も、精神……と言えばいいのか、ともかく頭の内側に世界を作って他の人格同士で戦い続けている。精神世界だから死ぬこともないからな。それと同時に外への警戒をしている者もいる。耳や触覚、鼻を使って周囲を索敵してな。だからやろうとしていることはわかっていたし、お前では『僕』にナイフを振り下ろすこともできないってのはわかってた」

その言葉に、背筋に氷柱《つらら》を突っ込まれたような冷たい不快感を覚える。ナイフを振り下ろせないことを見透かされていたことに対する羞恥もです。

体が冷たくなりつつも顔は熱い。屈辱、と言ってもいい。

「それは……」

「お前は、殺す人間じゃない」

顔を上げられない僕に、『僕』さんは告げた。

「お前は活かす側の人間だろう。殺すことなど考えるべきではない」

「活かす側」

「そうだ。お前は旨い料理で誰かの胃袋を満たす、誰かを活かして癒やす側の人間だ。窮地に陥った、やむを得ない状況下に陥った、憎しみに囚《とら》われた。これらのちっぽけな理由で、人間の血で手を汚すのはやめろ。『僕』のように武術を、殺すことを……それだけを極めることを決意した人間とは違う。

お前の手は調味料やら料理をすることで汚せ。洗っては汚してを繰り返して、その手を料理人の手にしてしまえ。人を傷つけたり殺すことなんて考えるな」

「それをあなたの立場で言いますか？」

思わず苦笑してしまいました。まさに、僕が手を汚さなければいけないような状況にぶち込んでいる張本人から、こんな励ましの言葉ですよ。

それを言うと、『僕』さんは不思議そうに首を傾《かし》げました。こんな厳《いか》つい朴訥《ぼくとつ》とした人がそんなそぶりをすると、なんだか意外すぎて逆に笑えてくる。

「誰が言おうが同じことだろう？　『僕』が言ってはいけないなんてことはないが？」

「それはそうなんですけど、あなた方が僕を攫《さら》わなければ、僕はここまで悩まなかったって話なんですよ」

僕がそれを言うと、『僕』さんは三秒ほど理解できないって感じで眉を緩めた。

意味がわかったときには、ちょっと気まずそうに視線を逸《そ》らしていたのです。

「ま、まあ『僕』が言うことではない、かも、しれない、かな」

「でしょう？」

「あぁ……他の奴らにも言われるが、『僕』はどうもこういう抜けているところがあるらしいんだ。恥ずかしくて仕方がないな」

『僕』さんは恥ずかしそうに後ろ頭を掻《か》いて誤魔化そうとしていますが、僕はすっかり肩から力が抜けてしまいました。

この人といることに嫌悪感や苛立《いらだ》ちがなくなったわけじゃない。帰りたい気持ちがなくなったわけでもない。

だけど、こういう穏やかな人もいる。傍《そば》にいる。それだけで、少しだけ救われた気がしたんだ。

「まぁ、『僕』の説得力はともかくとしてだ！　……お前は人を殺すべきじゃない」

「……はい」

「お前は料理で人を活かせ、人を動かせ、人を導け。お前は」

「喋《しゃべ》りすぎよ、『僕』」

『僕』さんが最後に何かを言おうとしたとき、それを遮るような妙齢の女性の声が響く。

リュウファさんの顔が急激に変わっていき、最後には女性の姿に変わった。

「全く、『僕』はまだ以前の自分の感覚が混ざってるわね。お人好しでお節介、そして言葉が多すぎる」

「えと、あなたは」

「『私』という人格を司《つかさど》ってるものよ。よろしくね」

そして笑った女性の顔は、僕でもゾッとするほどの美人だった。妙齢……うら若い女性の顔つきで『うち』さんよりも年上に見える。

光を反射するほど白いロングストレートの髪の毛、整った目鼻立ちは年齢相応の落ち着きと凜《りん》とした雰囲気を感じさせる。

体つきも同じように変化している。なんせ外套《がいとう》の上からでも胸の形がわかるようなグラマラスな体型で、引っ込むべきところは引っ込んだモデル体型とも言える。

ここら辺、『うち』さんよりも女性だなぁと思ったけども、口には出さない。一瞬で首を切られる可能性があるから。

「『僕』にこれ以上喋《しゃべ》らせるのはいけないと判断したから、遮らせてもらったわ」

「えっと……」

「まぁ、あの子が言いたいことを要約しましょうかね。要するに『君は人を殺すな。料理人としての本分を守って行動しろ』よ。あまり深く考えすぎないことね」

女性は優しい声色で僕に言う。なんかもう、声だって聞き心地が良くて癒やされてしまうような人だ。

恐ろしい。僕はこの世界に来てから美人と言える人に多く出会ってきたが、この人はその中で群を抜いて美人だ。だからこそ、この人と仲良くなりたいという男の本能と、親しくなると破滅するかもしれないという人の理性がせめぎ合う。

これだけ怖ささえ感じさせる美人というのはそうそういないはずですよなぁ、と冷静に考察してから口を開いた。

「あ、はい。そうですか」

「ええ。そういうことよ。わかったら気にせず、おとなしくしてなさいね」

『私』さんはそれだけ言うと、馬の扱いに集中しだす。僕は構わずに言った。

「わかりました。それと、『僕』さんに励ましてもらったみたいなので、お礼を」

「いらないと思うけど、聞いてはいるわ。大丈夫」

どこか素《そ》っ気《け》ないながらもちゃんと聞き届けてくれている様子に、僕は安堵《あんど》しました。

と同時に、質問の件を思い出す。答えてくれるかどうかはわからないけども、聞いておかねばならない質問が二つだ。

「ああ、一つ思い浮かびました。『うち』さんが言ったように質問があるんですけど」

「あれね……全く、『うち』も面倒くさいことを言い出したわ。答えなくてもいいって選択肢があるのは助かるけどね」

「では」

僕は『私』さんをジッと見つめてから言った。

「御屋形《おやかた》様って何者ですか？」

「御屋形様は御屋形様よ。『私』たちの主《あるじ》、一国一城の真の支配者。いずれこの大陸に覇《は》を唱《とな》えんとする偉大なるお人」

凄《すご》いべた褒めだな、と驚きました。

『私』さんの目には、爛々《らんらん》と輝きが見えるほどの活力が、明らかにみなぎっている。つまるところ、それだけ御屋形《おやかた》様という存在に心酔してるんだろう。

ここで僕は一つ、誤解していたかもしれないことに気づいた。

「あなたたちは忠誠心や報酬によって、その御屋形様に仕えているのではないと？」

「違うわね。『私』たちが御屋形様に付き従う理由はただ一つ、崇拝しているからよ」

「崇拝」

崇拝、ときたか。尊《たっと》び崇《あが》める、と。

この人たちは君主に対する一途《いちず》な真心なんて生やさしいものじゃない。崇め奉《たてまつ》り尊ぶ、狂信者のようなそれなんだ。

考えるだけで恐ろしい。それだけの重い思いを持って誰かに運命を委ね、そのために自分の命すら顧《かえり》みず、他者の命を躊躇《ちゅうちょ》なく天秤《てんびん》に乗せる。

それだけのことをさせる御屋形様、とは何者なんだ？　俄然《がぜん》興味が湧いてくる。

同時に疑問だってある。御屋形様、なんて呼び名はこっちの世界に来てからほとんど聞いたことはない。

というのは、こっちの世界で偉い人といえば王さまか貴族、あるいは村長とか町長とか、変わり種でアズマ連邦のトゥリヌさんを指す首長とかそういう肩書きだ。

だけど御屋形様、なんて日本のような肩書きは、この世界に来てからレンハ以外にはリュウファさんから初めて聞いたんですよ。

御屋形様という呼称と意味を知ってる人物。それが僕の敵だ。リュウファさんに命令して僕を誘拐させた奴だ。

「その、御屋形様、という人の名前は？」

「名前？　名前、ねぇ。御屋形様からはみだりに名前を呼んではいけないと命じられているから、教えることはできないわ」

「呼んではいけない、ですか」

奇妙な話だ。この世界のこの大陸で覇《は》を唱えんとするならば、名前を売っていて損はないだろう？　ガングレイブさんなんて、傭兵団《ようへいだん》時代から名前を売っては依頼をもぎ取っていたもんだ。

確かにお偉いさんの名前が知れ渡りすぎるのも問題かもしれない。暗殺の危険とかあるかも、ですから。だけどもそんなの、一国一城の支配者なら当然対策はしてるだろう。

何より、リュウファ・ヒエンという最強の武力を持っている。暗殺の危険なんてほぼない。

それでも名前を秘密にするってことは……僕はそこまで思考を巡らし、目を伏せて考えていましたが、横からの大きな溜め息に意識を戻されました。

「『私』たちは名前を呼びたいんだけどねぇ。御屋形《おやかた》様の名前は、わかる人にしか伝えてはいけないと命令されてるの。どうも、名前を聞いて理解できる人こそが御屋形様にとって必要な人らしいから」

「はぁ。名前がわかるって、どういう意味ですか？　発音とか言葉が違うとか？」

「意味がわかる、らしいわ。……そうだわ、シュリなら意味がわかるかしら。御屋形様が連れてこいと言ってたし」

「え」

まさか、ここで名前を言うつもりか？　さっきは命令だからと、言わなかったのに、そんなあっさりと？　その落差に戸惑ってしまう。

が、『私』さんは僕の様子を気にすることもなく、口を開いた。

「御屋形様の名前は、『織田信長《おだのぶなが》』っていうらしいわ。どういう意味かわかる？」

僕の全身から血の気が引いて、それこそ全身の体温が抜け出たような錯覚に襲われる。

御者席に座っているはずなのに、唐突に地面がなくなったように落ちていく、そんな感覚だ。

この世界で聞くはずがないんだ。この世界にいるはずがないんだ。存在するはずがない。ありえない。

この世界で、異世界のサブラユ大陸で生きているはずがないんだ。

だけど実際に『私』さんの口から出たのは。

日本の偉人、戦国時代にその名を轟《とどろ》かせた第六天魔王。

歴史に明るくない僕でも知っている、比叡山《ひえいざん》の焼き討ちや長篠《ながしの》の戦《たたか》い。そして本能寺《ほんのうじ》の変《へん》で死んだはずの人物。

と、ここまで考えてようやくその意味を悟った。

「ええ、わかりました」

「本当？　どういう意味？」

「それは、ここでは言わないことにしときます」

『私』さんは不満そうな顔をしているが、ここで言うべきじゃないとは思う。

多分、織田信長といっても実際の、実物の織田信長ではないはずだ。

なぜなら、以前の会話で僕が転移してきた直後に、御屋形様こと織田信長は『これで勝てる』と、言ったとのことだ。

僕を見てそんなことを言う状況ってなんだろう？　実際の織田信長が僕を見たとして、僕を果たして僕が「何か」に勝てる要素だなどと判断するだろうか？　何を判断基準にして、何に勝てると思ったのだろうか？

少なくとも戦国時代の武将が現代の日本人を見て、その「何か」に勝てるなんて思うはずがない。織田信長なら、自分の家臣や同じ時代の武将を見たらそう思うだろうが。

臆測の域を出ないし、ほぼ勘なのだけど……多分その名前はメッセージなんだと思う。

リュウファさんに、意味がわかる人間にだけ自分の名前を言えって命じたことは、『この名前の意味を知ってる日本人』がこの世界に来ることを想定してるんだと思う。

そうだ、御屋形《おやかた》様というのは日本人なんだろう。しかも、今も生きている異世界転移した日本人だ。僕が初めてこの世界で出会う、同じ故郷を持つ人間なんだ。

「……『私』さん、いや、リュウファさん」

「なによ」

「どうやら、僕もその御屋形様という人と会う理由ができたみたいです」

僕は真剣な顔をして前を向く。なぜ連れて行かれるか理由は未《いま》だにわからないが、行く先は僕にとって大きな意味がある場所だ。逃げる、とか、帰る、という選択肢がなくなったんだ。

この世界に来て生きている日本人がいる。

しかもそいつは、僕が知らないこの世界の秘密を知ってる。

僕をこの世界に召喚した張本人の可能性が高い。

こんなの、もう会いに行くしかない。

「そう、行く気になってくれたようでよかったわ」

「はい。是非《ぜひ》でも聞かないといけないことが、山のようにできましたから」

僕の様子を見て、『私』さんは安堵《あんど》したように溜め息をついた。

「これでまだ逃げようとするとか、うじうじ悩むとか、そんなイラつくことをするようだったら手足の腱《けん》と舌を切ろうかと思ってたもの」

「え」

「冗談よ、冗談。でもおとなしく付いてくる気になったのは、純粋に嬉《うれ》しいわ」

手綱から片手を離してからプラプラと振っておどける『私』さん。彼女から感じる圧というか、なんとなく緊張感みたいなのは減ったと思った。

僕が抵抗の意思をなくしたことで安心したのかもしれない。抵抗するのをやめたというか、この旅の先にある聞かなければいけない大事なことを、ちゃんと知らなければいけなくなったから、逃げるわけにはいかなくなったと思っただけなんだけど。

だけども、知る価値はある。知らなければいけない。

決心を固め、再び僕は前を見る。

予想外の出来事で罪悪感や劣等感を感じていたが、心の中で自分に活《かつ》を入れ直す。

(すみません、ガングレイブさん。僕はどうやら、まだ帰るわけにはいかないようです)

同時に心の中で、ガングレイブさんたちに謝罪する。

リュウファさんによる被害を減らすために、僕はリュウファさんから逃げない約束をしてしまっているが、今は逃げるわけにはいかないと思っている。

確かめないと。自分で。

「だいぶスッキリした顔になったな」

決意を新たにしていると、隣の『僕』さんから言われる。

「まぁ、はい」

「そんなに表情、変わってました？」

「完全な被害者の顔から、挑戦者の顔になったと『僕』は思う」

『僕』さんの言葉に、僕は顔を触ってみる。そんなに辛気くさい顔をしてたのだろうか。

いや、なってた。間違いなくなってたわ。『僕』さんの言うとおり被害者の悲壮な顔だった、間違いなく。

目的が変わったからかもしれない。脱出できるかどうかわからないような状況下でどうやって逃げるかより、連れて行かれた先で何をするかを考える方が、僕にとっても意味があるだろうから。

「御屋形《おやかた》様、というお方にどうしても聞かないといけないことができましたからね」

「うむ。『僕』としては織田信長、という名前にどんな意味があるのかをここで聞きたいところなんだが。教えてくれないのか」

「まだ予想の段階ですので、ここで憶測で語ると混乱すると思います」

十中八九、織田信長という名前を知ってる日本人向けのメッセージだと確信している。

だけど、本人である可能性も捨てられない。

なんせ、この世界に来るときには時間軸……とかそういうのは関係ないのですから。

思い出すのは地球にいる友人の山岸《やまぎし》くんのことだ。彼はかつて高校時代、夏休みに海外旅行と言っていなくなってた時期があった。夏休みが終わったらひょこっと現れて日常生活に戻っていた。

その間はたった一か月ちょっと。しかし彼は、僕がいる今のサブラユ大陸よりも遥《はる》か昔に転移して、ガマグチさんとスガバシさんと一緒に活動した。そしてフルムベルクの歓楽街である、『柳園街《やなぎのそののまち》』を支配するに至っている。さらに滞在期間はかなり長かったと思う。一か月そこらでイカサマと逃げ足に長《た》けてるだけの高校生が一つの街を支配するには時間が足りなすぎる。

つまり、あっちにいる時間とこっちにいる時間は必ずしも釣り合ってるわけじゃない。

地球では一か月でも異世界では一年以上の時間が経《た》ってることだって不思議じゃない。

前にそのことを考えてたこともあるけど、逆もあるんだ。異世界での一年が地球では数十年という可能性があることに、不安でたまらなかったよ。

「だけど、直接会えば全てわかります」

「ふーん。まあ、そのことを深く追求する権利は『僕』にはない」

それだけ言うと『僕』さんは前を向いて手綱を握り直す。この人はこういう人なんだな、と気づく。

本当はあまり話す人ではないんだろうね。だから長い時間、無言の時間が流れる。

正直間《ま》が持たなすぎて、居心地が悪い。こういうときどうすればいいのだろうか、と冷や汗が流れます。

こういう間は苦手なんだよなぁ、と一人溜め息をついた。気づかれないように静かに小さく、です。気まずくて気まずくて仕方がない。

そして、空を見上げて気づけばすっかり夕方の模様。太陽が山の向こうに沈もうとしていて、橙色《だいだいいろ》の光が目に飛び込んでくる。

「……夕方ですね」

「そうだな」

『僕』さんが静かに答える。そして周囲を見てから馬車を止めました。

場所は山に差し掛かる手前、ちょうど開けた場所です。ここからは山道を進むことになるだろう場所です。

僕がその先を見ていると、隣で『僕』さんは静かに言いました。

「ここで野営しよう。今から進むと山の中で野営することになる。野生の獣や野盗の類《たぐ》いに襲われると面倒くさい」

それだけ言って、『僕』さんは御者席から飛び降りて野営の準備に取りかかります。

早い。あまりにも早い。

行動が早すぎる。

テキパキしすぎて置いてけぼりを食らってしまいました。切り替えや行動の初動に迷いがなく、さっさとやり始めてさっさと終わらせようとしてるのがよくわかります。

こういう人が仕事ができるって印象を抱かれるんだよなぁ、と動けずじまいながら思っていました。

が、何もしないわけにもいかないので、僕も御者席から降りて手伝います。

「『僕』さん、僕もやります」

「……なら料理の準備を頼むよ」

『僕』さんはこちらを見ずに答えました。視線はずっと、野営のための焚《た》き火の準備に釘《く ぎ》付《づ》けです。

まぁ言われてることは間違いではないので、僕は馬車の後ろの荷台から道具を下ろします。箱に入れられた食材の残りや調味料の確認、鍋や包丁も準備する。

さて今晩は何を作ろうか、何が作れるだろうか。頭の中で思考を巡らせて取捨選択を行う。

例え誘拐されている最中だとしても、こんな仕事のための脳みそはいつも通り働いてしまう。ある意味自分らしいというか、呪いに近いのかもしれない。別に嫌ではないから祝福と言ってもいいかも。

と、グダグダ考えてる間に作るものは決まりました。

「アレにするかぁ。ちょっとキャンプ飯っぽく」

思い出すのはかつての修業先にいた、キャンプが趣味の同僚の話。

近辺のキャンプ場にキャンプギアを持って行って、キャンプ場で料理を作るのが楽しいと豪語する人でした。料理人らしく、いろいろなものを作るのです。その中で今日、この場で作れそうなものをチョイスしました。

作るのはベーコンエッグ。軽く焼いたパンに卵とベーコンをのせて食べると旨い。

食材はパン、卵、ベーコン、塩、胡椒《こしょう》ってところでしょうか。

「ベーコンエッグか。『僕』も好きだ」

「そうなんですか」

僕が食材を揃《そろ》えて調理を開始しようとしたとき、あらかたの準備が終わった『僕』さんが僕の手元を見て呟《つぶや》くように言いました。

「あぁ。卵は半熟でベーコンはカリカリにしたものが好きだ」

「いいですよね、半熟卵のベーコンエッグ。僕の知り合いもキャンプ……趣味でする野営の時は作るそうですが、家族に小さいお子さんがいるので半熟だと服を汚して大変だと言ってました」

「なるほど」

僕は『僕』さんとそれだけ会話を交わしてから調理を開始します。と言っても、そんなに難しいものじゃない。

まずパンに軽く火を通して焼き色を付けます。トースターがないからね。サクッとしたパンを食べるには鍋で焼くしかない。フライパンのような鍋じゃないからちょっと面倒だけども。

で、パンを焼いたら次にベーコンを焼く。両面に軽く火を通してから卵を落として蓋をして蒸し焼き。

僕も半熟が好きなので半熟卵を作るつもりで火加減を調節し、時間に気を払う。

で、半熟卵ができたと思ったなら蓋を開けて塩と胡椒を振っておく。

で、このベーコンエッグをパンにのせて食べるのです。いつか見た映画でもこんな料理があったな、と思い出しながら用意します。

「できあがり、と」

「それじゃ、ほれ」

「え？」

ちょっと驚いて『僕』さんの方を見ると、なんかこっちに寄越せって感じで手を伸ばしてる。どういうことなのか理解できずに四秒くらい固まってましたが、すぐに意味を悟った。

「どうぞ」

「おう」

『僕』さんにできたてのベーコンエッグを渡すと、いきなり勢いよく齧《かじ》りつきました。

少しだけ半熟の黄身が弾《はじ》けましたが、零《こぼ》れるほどでも服を汚すほどでもなく、『僕』さんは美味しそうにベーコンエッグを口に運び続けます。

「うん、ベーコンエッグはこうでないとな」

『僕』さんは何かに納得するようなそぶりをしながら、ベーコンエッグを食べます。

「サクッとしたパンにベーコンの脂っけと塩っけ、そこに淡泊な白身と黄身のとろりとした旨みが口の中でいっぱいになる。カリカリのベーコンも焼き加減はばっちりだ」

「それはどうも。確か、リュウファさんってそんなに食べなくても」

「食べたいときは食べる。そうでしょ？」

何を当たり前のことを、って感じの顔をこちらに向けてくる『僕』さん。

言ってることは納得できるのですが、まだ食べなくてもいいはずなのに僕が作る料理を催促してくるって、誰が考えつくんだよ。最初はシリアスに腹具合を喋《しゃべ》ってたじゃねぇ

か。

「間違いではないですけど」

ちょっとこめかみをひくつかせて、引き笑いをしながら言うと、

「間違いでないなら、正解ということで」

『僕』さんは迷いなくそう答える。

確かにそうなんだけどなぁ。なんか納得できねぇんだよなぁ。

一皿しか作ってないから、仕方ないので僕の分も作ろう。また食材を揃《そろ》えて僕が食べる分を料理する。まさか欲しいと言われるなんて思わないじゃん、あんなご大層なこと言ってたのにさ。

「まぁ、すぐにできるものなんで」

と呟《つぶや》いて、自分のベーコンエッグができたら、焚《た》き火の前に座ってベーコンエッグに口を付けます。

うん、旨くできてる。サクッと焼いたパンにカリカリのベーコン、黄身がとろりと流れてコクと旨みを加えてくれる。

濃すぎる味になるかもしれないそれを、白身の淡泊な味わいが相殺《そうさい》してくれるので塩けもちょうど良い。こんな旅をしていても、体が覚えた動きは淡々とこなしてくれる。

「なぁ」

「なんです？」

「もう一個作ってくれ。腹が減った」

「えぇっ」

ここでまさかのおかわり要求。『僕』さんは指を舐《な》めながら足を崩して楽な姿勢になりました。

「当分食べなくていいのでは」

「食べたいときは食べる」

「いや、それにしたって……」

僕が怪訝《けげん》な顔で見ると、『僕』さんは観念したように手を上げました。

「わかった、本当のことを言えば『僕』の分の胃袋は空になりつつあるんだ。腹ごしらえをしたい」

「『僕』の分、とは」

「そのままだ。言わなかったか？　『僕』たちは六人分食べて貯蔵して活動できるって。だけど、それにだって分配はある。その分配されてる『僕』の分の食料がなくなってきたから、作ってほしいってことだ」

そういうことか。例え六人分食べて一人分で活動できるって言ったたって限度がある。表に出てる一人がそれを独り占めにしてしまったら他の人格が行動できないってことでしょう。

だけど体は一つなんだから、表に出てる人の分だけでいいのでは？　とちょっと疑問に思いましたが、『僕』さんの体を見て察する。

例え表に出てる一人が主に活動してるって言ったって、その体は六人分が融合したもの。人格の維持や体の中の重要な器官、代替できないようなものの維持に必要なんでしょう。

要するに人格と生命の維持に必要な分の食事は必要ということなのか。

そして、その最低限必要なものがなくなってきた、と。

次々と明らかになるリュウファ・ヒエンの体の機能や秘密。そろそろ次の質問をするべきなのでしょう。

答えてくれるかどうかわかりませんが、ここで聞くべきなのでしょう。

「『僕』さん、いや、リュウファさんに質問があります」

「……なんだ？」

僕の呼び方の変化に何かを察したのか、『僕』さんは剣呑《けんのん》な顔をしてベーコンエッグの黄身が付いた指を舐《な》める。

僕は座り方を変え、正座して背筋を伸ばしてから言った。

「あなたたちはいったい、どういう存在なんですか？　なぜそういう体に――」

瞬間、僕の首筋に当てられるリュウファさんの武器の刃《やいば》。皮膚に食い込む、普通の鋼の刃とは違うほんのりと温かい不思議な感触。半透明な刃だけどしっかりとそこに存在し、あと少し力を加えれば僕の頸動脈《けいどうみゃく》を断てることはハッキリとわかりました。

僕の質問がリュウファさんの逆鱗《げきりん》に触れたことが明らかでした。僕はなんとか表情だけは凜《りん》とさせているけども背筋は凍る思いです。リュウファ、いや『僕』さんの目に先ほどまでの親しみはない。

それどころか、片目ずつだが『僕』さんの顔に目玉が現れている。人格全ての片目が、僕を睨《にら》むように鋭くなっていたのです。

どうやらこの質問は本当にマズいものだったらしい、迂闊《うかつ》だったか、と後悔しましたが、それでも言わねばならない。

「『うち』さんが漏らしましたよね。『あいつら』を倒すために、その体の中で気が遠くなるほどの永い時間、鍛錬を続けている、と」

僕の一言に、『僕』さんと『うち』さん以外の目玉が『うち』さんの目玉を見るように動く。すると『うち』さんは気まずそうに目を伏せました。

この線で合ってるらしい。ここを追及するべきか。

「リュウファ・ヒエンとはその、強大な敵を相手にするために昔、作られた存在ってことでしょうか」

「……」

『僕』さんは何も答えない。

何も答えないまま僕を睨《にら》んでいる。

首筋に当てられた刃《やいば》の強さもそのままだ。

「ハッキリ言ってリュウファさんは強い。あのクウガさんを切り伏せたほどに強い。僕が知る中で最強かもしれない。だけど、その目的は御屋形《おやかた》様の大陸統一ではなく、出てきた言葉があいつら、敵を倒すためと。それだけの敵がいるってことですよね。

敵がいる……『敵』？」

その瞬間、僕は理解した。というより、考えたこともないような予感が脳裏を駆け巡る。

ヒントはあったんだ。ヒントは山のようにあった。この人との会話で、たくさんあったのに気づけなかった。というより気づこうとしなかったんだ。だって、ありえないから。

知らず知らずのうちに除外していた可能性が、思わず口から漏れ出る。

「もしかしてあなたたちは、大陸の外の『敵』と戦うために作られた――」

瞬間、僕の鼻面《はなづら》にとんでもない衝撃と痛みが走る。目の前に火花が散ったような。

風景が明滅して認識できないことがわかった頃には、僕は仰向けに倒れていました。

とろり、と鼻の中に鉄の匂いのする粘液があると感じたときには、目の前の風景が鮮明になってくる。

そこには馬乗りになって僕に片手半剣の切っ先を突きつける『うち』さんの姿がありました。その目には光がなく、表情に色はなく、ただただ殺戮《さつりく》人形のような何かがそこにあるだけでした。

「な――」

「それ以上、考えるな」

『うち』さんは低い声で僕に告げる。それは昼間見た、無表情で人形みたいな雰囲気と同じもの。

「それ以上、秘密を悟れば殺す。誰にも知られるわけには、いかないから」

「……なぜ、ですか」

そこで僕は愚かにも、質問を重ねてしまったのです。気づいてから右手で口を押さえる。

失言だった、明らかな失敗だった。失策にしたって酷《ひど》すぎる。ぐっ、と『うち』さんの手に力が籠《こ》もるのが見えた。多分、本気で僕を殺す気だ。

「あ、いや、今のナシ！　これ以上聞きません！　早急に忘れるよう努力します！」

僕が精一杯叫ぶ姿を見て、『うち』さんは数秒ほど固まる。

本当の意味で固まっていて、呼吸もしていないようで肩の動きがない。彫像のようにその場に固まっていた。

だけどすぐに『うち』さんは大きな溜め息をついた。僕に馬乗りになっていた状態から立ち上がると、こちらを振り向くことなく歩き出す。

「忘れるように。いいね」

「っ、はい！」

『うち』さんの悩ましげな声に必死に返答し、その場に上半身だけ起こしてへたり込む。

彼女はそのまま馬車の向こう側、山の中へ入ろうとする。周囲がすっかり暗くなり、焚《た》き火の明かりも小さくなっている。月の明かりだけが周囲を照らしているが、今日はどうも月が欠けていて明るくない。

暗くて危ない、と止めようと思いましたが、『うち』さんが右耳に右手を当てて何かをブツブツと言ってる。

「殺す……？　いや、御屋形《おやかた》様に連れてこいと言われてる……うん、『あいつら』の正体までは……」

遠くて聞こえにくい中で耳に届いたワード。

だけどそれを深く考えることはできませんでした。忘れると言い、忘れろと言われたから。深く真実に近づこうとすると必ずリュウファ・ヒエンは僕を殺そうとするだろう。

『うち』さんの姿が消え、夜の中で僕だけになる。

一人になってようやく、僕の背中からドッと汗が流れて、額からも冷や汗が頬と顎《あご》を伝って地面に落ちて跳ねた。

荒々しく深呼吸をして、バクバクと激しく鼓動する心臓を落ち着けようとする。

殺されるところだった。あれは、本気の殺意だった。

任務だろうがなんだろうが、不都合な真実を悟ってしまった僕を、なんとかして消そうとしていたのは間違いない。情報が漏れないようにあっさりと簡単な方法を取ろうとしていたのがわかる。

なんせ首筋に当てられていた刃《やいば》の感触が未《いま》だに残っているのだから。力を込め、殺意を込めていたのです。

この世界に来ていろんな修羅場を潜《くぐ》り抜《ぬ》け、助けられて生きてきたからわかるようになりました。本当の本気で込めた意思ってのは、その人の精神に深く食い込ませることができるんだって。

首筋に手を当ててみても、その感触が消えないことに恐怖する。

「マジか……本気で殺す気だあの人……」

もしあの人が戻ってきて、結論として僕を殺すことにしたのだとしたら？　気まぐれで殺されるのだとしたら、そんなのは嫌だ。

僕は思わず逃げようと地面に手を突いて立とうとするが、腰が抜けてしまったようで下半身に力が入らない。

何より、もしここで僕が逃げたら……リュウファさんは辺りの生き物全てを殺しながら僕を捜すことだろう。誰も殺さないのは、僕が従順にしているからだ。

自分の命惜しさに、周辺の見知らぬ人が何十人と殺されるのをよしとできるか？　似たようなことをしてきた僕が、人が殺されるとわかっているのに逃げられるか？　できるわけがない。今までとは全く状況が違う。逃げるわけにはいかない。そして……御屋形様《おやかた》とやらに会って確かめなければいけないことが、山のようにあるんだ。

僕は強く強く、自分の両頬を叩《たた》く。パン、ではなくバチン、と強めの音が周囲に響いた。頬が熱くなって痛いのがよくわかる。

「殺されてたまるか……知るべき事を知るまで、死んでたまるか……!!」

決意も新たに、もう一度考える。どうせリュウファさんたちは人の頭の中まで調べる、なんてことはできない。そんな魔法は使えない。使えるならさっき使ってただろうし、問答無用で僕を殺していたはずだ。

だから、忘れたふりして考えろ、考察しろ、思考を止めるな放棄するな。

僕はその場に座り直し、消えかけた焚《た》き火に燃料を投下する。

リュウファさんが拾ってきた乾いた枝木はよく燃える。あっという間に消えかけた火を強くして周囲を明るくしてくれました。

さて、考えてみよう。リュウファさんの慌てぶりからして、まず間違いない。リュウファ・ヒエンという存在は、大陸の外の『敵』って奴と戦うことを想定して作られてる。僕から見て、しつこいようだがリュウファという存在の武力は常軌《じょうき》を逸《いっ》してる。あのクウガさんがあっという間に切り伏せられたんだから。

もっと正確に言うなら『うち』さん、『小生』さん、『儂《わし》』さん、『僕』さん、『私』さんの五人だって達人クラスだ。でもクウガさんに勝つことはできなかったんだ。

なのに『俺』さんの剣は圧倒的だった。異次元の強さと言っていい。

かろうじて見えたときにはあっという間にクウガさんとの間合いを詰め、クウガさんの剣を巻き取って弾《はじ》き飛ばし、『枝垂《しだ》れ』で逸《そ》らされた剣閃《けんせん》を瞬時に修正して二撃目を叩き込むほどの神業。

今だってこうして振り返れるのも、記憶を掘り返して思い出し思い出し、ギリギリそうなんだろうなって予想してるだけだ。結果から見て逆算してるだけで、実際に見ていても理解はできてなかったよ。

あのクウガさんが反撃する間もなく切り伏せられたんだ。それだけで実力はわかる。

そういえば、とようやく思い出す。

「……ミトスさんが言ってたな。ヒリュウさんがリュウファさんに負けたって……」

あれだけクウガさんと激戦を繰り広げ、ギリギリでなんとかなったほどのヒリュウさん多分だが、それをしたのもクウガさんを切り伏せた人格だろう。つまり、『俺』さんだ。

ヒリュウさんでもリュウファさんを倒せなかった。

それだけ武を極めた存在なんだ。それだけの戦力が必要になるってことだ。

『敵』とやらに対抗するためには。

さて、ここからが本番だ。『敵』とはなんだ？

アスデルシアさんからも、大陸の外には『敵』っていう存在がいるって聞いてる。

かつて人類はそいつらに負けて逃げた先がサブラユ大陸で、当時の魔法使い、魔卑《マヒ》と呼ばれる魔力を持つ奴隷たちが命を使って外円海……荒れ狂う天候と凶悪な海洋生物が住まう海域を作って外との関係を遮断したと言っていた。

人類が負けた、と言ってたから……相手は人間じゃないんだろう。人、という言葉を強調して話すアスデルシアさんやリュウファさんの言葉を思い出せば、『敵』がやたらと強大であることがわかる。

アスデルシアさんなんて、戦うべきではないと言っていたからね。それほどに強いんだな。

人ではない、ということは……獣？　の類《たぐ》い？　漫画とかラノベにある魔獣とかそういうのか？　知性がある相手なんだろうか？

……『敵』ってのは何者なんだろう？　人類は何に負けたんだ？

そんな『敵』を相手にするためにリュウファさんは作り出された。

「……今わかるのは、ここまでか……」

情報が少ないから、わかるのはここまでだ。

やはりこういったサブラユ大陸の秘密に迫ると、どうしても立ちはだかるのは『敵』という存在だね。

そいつがきっと、この大陸に隠された秘密を解くのに必要なものなんでしょうね。

んで、この考えは決して口に出さず表情に出さず、リュウファさんに悟られないようにしないとね。バレたら殺されそう。

「……さて、リュウファさんが戻ってくる前に寝ておくか」

ここでまだ起きていると、リュウファさんが戻ってきたときに何か言われそうで怖い。

いや、怖いことを明日に先送りにしてるってわかるんですけど、怖いもんは怖いんですよ。心の中でそう言い訳しながら、幌《ほろ》馬車に乗り込んで横になる。

明日は山越えだ。山越えってことは……地球の感覚で言うと完全にスーニティとの国境を越えるってことかもしれない。

そうなると、ここで逃げてスーニティに帰るという選択肢は現実的ではなくなる。現在地もわからない、どこかもわからない、国境付近かもしれない山越え寸前の状態から逃げて、無事に済むとは思っていない。盗賊とかに襲われたら死ぬ。

……この旅では自分の弱さや浅ましさ、卑しさを存分に味わわされました。僕が目を背けていた昏《くら》い部分がこれでもかと。

僕はこれから先、それらで一生悩むことになるでしょう。

僕は、もう目を背けてはいけないところまで来ている。そう自覚した。

これからは、自分の行動の結果をちゃんと受け止めないといけない。

そのためにはまず、僕を呼び寄せようとする御屋形《おやかた》様とやらと対峙《たいじ》しなければ。

「だから、まず、鋭気を養うために、今は寝よう……」

僕は最後にそれだけ呟《つぶや》いて、目を閉じた。

この日は、なぜか知らないけどぐっすりと眠りに落ちてしまった。

閑話　その頃の彼ら ～クウガ～

「……こ、こは……」

ワイことクウガは、肩に感じる激痛によって目を覚ました。

ボンヤリと目を開けると、掠《かす》れた視界に天井が見える。ここは見覚えがあるわ、確かスーニティの城の医務室かなんかだったはず。

両手を目の前に持ってくると包帯がグルグルに巻かれており、それが全身に及んでおった。どうやら重傷を負っているらしい。

腹が減って仕方がない。何か食わな、背中と腹がくっつきそうや。体を起こそうとしても、肩に激痛が走って上手く体が起こせない。

それどころか肩から先も上手く動かせんわ。なんかこう、肩に重傷を負って、その影響で腕が痺《しび》れておるって感じやわ。

ようやく体を起こして周囲を見れば、そこには誰もおらん。しかし部屋の外が妙に騒がしい、ワイに構っておる暇がないって感じちゃうか、これ？

肩の痛みに耐えながらベッドから足を下ろして立ち上がる。どうやらずいぶん長い間寝ていたらしく、足が震えてまう。

「……はて？　ワイはそもそもなんでここで寝とるんや？」

頭がハッキリしてくると、そんな疑問が浮かんでくる。

どうも記憶が混濁しちょるな。落ち着いて考えるため、痛まない方の手で眉間を押さえて目を閉じる。過去を思い出し、整理をする。

まずワイは……そう、旅に出とった。ガングレイブの命令で、反感を持っとる周辺の村や町を巡り、それをなんとかしろと。それでエクレスを旗頭にして仕事をしとった。

その帰りに、シュリが、リュウファが……っ！

「っ！　なんでワイは忘れとったんや！」

ワイはすぐに靴を履き、部屋を飛び出した。

部屋の中にも聞こえていたように、廊下では多くの文官たちが慌ただしく動いておる。

誰もが怒り、慌てているその空気感の中で、ワイは迷わず目的地目がけて歩き出す。肩は痛むが気にしないし気にしちゃおれん。

ワイの姿を見た何人かは驚き、心配そうにワイに話しかけてくる。目が覚めたのか、無事なのか、動いたらいけないなどと次々に言われてうんざりするわ。

今も階段を上っている途中で医務官に出会う。こいつは確か、カグヤの部下やったはず。階段を下りてきた彼はワイの姿を見て驚き、すぐに駆け寄ってくる。

が、ワイはそれを無視して階段を上って先を急ぐ。医務官はワイの隣を一緒に歩きながら話しかけてくる。

「クウガさん！　目が覚めたんですか!?」

「ああ、すぐにガングレイブと話がしたいんでな、寝ちゃおれんかったわ」

「ダメですよ！　あなたは血を失いすぎて生死の境を彷徨《さまよ》っていたんです！　それに鎖骨も割られて深く切りつけられていて、それを固定して縫合する治療が施されてるんです！　無理に動けば」

「構わん、今は一秒が惜しいんや。この用事が終わったらすぐに医務室に戻るから」

ダメだ、とかすぐに戻ろう、とかずっと言われるがワイは無視する。

寝ちゃおれんのや、怪我《けが》を治しとる暇はないんや。

だからワイは早足で歩く。そして、とうとう目的地に到達した。

「はぁ……ここまで来たらもう止めることはできませんね」

医務官は大きく溜め息をついてから言った。

「自分は医務室で待っています。用が終わったらすぐに医務室に戻ってくださいよ」

「ああ、わかっとる」

適当にワイは答え、扉を両手で開く。

そこはガングレイブの執務室であり、予想通りそこにはガングレイブがおった。

ガングレイブだけじゃない。リル、アーリウス、エクレス、ギングスとおる。

みんな開いた扉の方を、ワイの方を見て驚いておった。

「クウガ!? 目が覚めたのかい!?」

「ああ、ずいぶんと寝とったみたいや。こうして動ける程度には回復しとる」

エクレスが心配そうに言ってくるが、ワイはそう答えて歩く。

ガングレイブは執務机の椅子に座り、大量の書類を前にしちょる。そしてよく見ればやつれて、疲れ切っておった。目の下にはクマまであるわ。

どれくらい寝とったかはわからんが、こいつは相当時間が経《た》っとるみたいやな。

「ガングレイブ」

「目が覚めたか、クウガ。体の調子はどうだ?」

「肩は痛む、体はだるい、だけど頭はスッキリってところやな」

ワイが早口でそう答えると、ガングレイブは目を伏せる。

「そうか。なら戻って休んでろ。お前はまだ、寝ているべきだ」

「わかっとるがな。だが話は聞いとかなあかんやろ」

ワイはガングレイブの執務机を、痛まない方の手でバン、と叩《たた》いてから鋭い目で見る。

「ワイはどれくらい寝て、どういう状況になっとる?」

「……それは」

「それは俺様から答えようか」

ガングレイブに聞いたつもりじゃが、後ろの方におったギングスが口を開いた。体をそちらに向ければ、ギングスは手に持った書類をめくりながら口を開いた。

「まずクウガ。お前は三日寝てた」

「三日……三日!?」

ワイは驚きのあまり声を上げ、その勢いで肩が痛んでしもうて顔を歪《ゆが》めた。肩を手で押さえながら痛みに堪《た》える。

「三日も、ワイは寝ておったんか?!」

「そうだ。お前がここに運ばれたときには肩は深く切られて鎖骨は割られ、大量の出血で生死の境を彷徨《さまよ》ってる状態だったんだ。俺様もお前を見たとき、腰が抜けるかと思ったぞ」

「それで、ワイはなんで助かったんや?」

「カグヤの適切な処置だ。傷を縫って骨を固定し、ともかくあとは奇跡を祈るしかない状態だったよ。それでもカグヤじゃなきゃ、死んでただろうがな」

なんともまぁ、ワイは死に損なったらしい。

「あとはシュリのときと同じ処置をしたらしいが……そこは聞くか?」

「いや、ええわ。で?　ワイが寝ておる間の説明をしてもらえるかいの」

「じゃあ、まずリルから……」

リルの方を見れば、リルの片腕の動きがおかしい。ワイと同じように不自由をしとるように見える。

それで気づいた。掠《かす》れゆく視界の中で、リルもまたリュウファの前に立つのを見たような記憶があることを。

「シュリを守るためにリルたちはリュウファと戦って、負けて、シュリは連れて行かれた」

「……そうか」

ワイはあまり驚かずにそう言った。

リュウファはシュリを目的にしておった。なら、ワイが負けた後ではリュウファに敵《かな》う人間はあの場におらんのだから、どうなるかなんて火を見るより明らかやろう。

その点に関して、ワイはリルを責めるつもりはないわ。オルトロスにも、アサギにも、もちろんエクレスに対してもや。誰が残っておったかて、関係ない。あいつは強い。

一合だけ打ち合ってわかった。今のワイでは、どうやったって勝てん。良くて時間稼ぎにしかならんやろう。

他はともかく、『俺』と名乗ったあの黒髪の男……あいつは別格や。他の奴はどうにかなっても、『俺』だけはどうにもならん。気づけば剣は巻き取られ弾《はじ》き飛ばされ、捌《さば》いたはずの一太刀のあとの連撃に反応できんかった。

　あの技量がどこから来ておるんかはしらんが、明らかに常軌《じょうき》を逸《いっ》しておる。ワイ自身も普通の奴よりも逸脱した強さを持ってると自負しておったが、あいつはもはや立ってる舞台が違う。一人だけで国を相手にしても関係なく切り伏せる、それだけの衝撃があったんじゃ。

「馬車まるごと奪われて、リュウファとシュリはどこかに消えた」

「どこだ？」

「それはまだわからない。目下調査中……リルたちがようやく動けるようになったときには日が暮れそうになってて、リルが連絡を飛ばしてそこに野営した。気を失ったクウガを守って、アサギもオルトロスも傷の痛みにうなされて、リルも血を失って眠りそうになってたけど、日が昇る前にカグヤとテグが来てくれた。応急処置されて城に連れ帰ってもらったけど、リルたちがまともに動けるようになったのは昨日」

「ボクもそうだ。リュウファから受けた打撃が重くて……一昨日から動けるようになって、状況をガングレイブたちにまともに報告できるようになったんだ。それまでは、ボクが痛みに堪《た》えながらかろうじて、シュリくんがリュウファに連れ去られたことを伝えられただけだったからね」

　リルとエクレスが悔しそうに言うた。

ワイよりも状況がわかっておる分、悔しさも相当やろうな。じゃが、ワイがやられとらんかったらこんなことにはなっとらん。

肩が痛むのも忘れて、ワイは両拳を強く握りしめておった。すると、その手をアーリウスが優しく握って解こうとしてくる。

「クウガ。やめなさい」

「アーリウス……」

「あなたのことです。どうせ自分が負けなければこんなことにはなってなかった……そんなことを考えているのでしょう」

図星を指されて、ワイは目を逸《そ》らす。

「やっぱり……変なところで責任感が強いんですから……」

アーリウスの手の動きに導かれ、ワイは拳を開いて楽にする。

「いいですか。今回は我々の負けです。相手の目的がシュリであった以上、私たちの勝利条件はシュリを守ることでした。そして、シュリに同行していた人たちを選んだのはガングレイブです。護衛任務、と大別するならば。現場にいた者だけでなく任せた者にも責任があり、残っていた人も自分も付いていくように進言すべきだったと言えます」

「アーリウスの言うとおりだ」

ガングレイブは伏せていた目を上げ、ワイを真っ直ぐに見据えてきおった。

それと同時にアーリウスはワイから離れ、ガングレイブの横に立つ。ここが定位置だと言わんばかりの堂々としたものであったわ。

「今回の敗北は全員の責任だ。人選をした俺、残っていた者の危機感のなさ、現場にいた者の敗北。全員が負けたからには、全員で勝ちを取り戻すぞ」

「いや、残っておった者に責任はなかろう」

「俺もそう思うが、テグとカグヤは頑としてこの主張を曲げなかったのでな。仕方なくだ」

そういえば、ここにテグとカグヤがいない。アサギもオルトロスもいない。

「まさか」

「そのまさかだ。あいつら、自分たちにも責任があるっつって情報を集めようと駆けずり回ってる。あと救出隊を編成するとかぬかしてやがる」

「どこにおるかまだわからん状態でか？」

「どこにいるのかわからない現状でだ」

ワイとガングレイブは同時に溜め息をつく。気が早いにもほどがある、せめて居場所と動向がわかってからやるものだろうに。

だが、それに対してエクレスが首を横に振っておった。

「それが、気が早いって話でもないんだ」

「どういうことや、エクレス」

「被害報告が上がってる」

被害報告、とな。ギングスが、持っておる書類の束をめくって、何かを目にして不快そうにしていた。

「どうやらあいつ、旅先で商隊やら行商人やらを襲って物資を調達しながら逃げているらしい。その訴えやらが届いてんだよ、こっちに」

「じゃあその目撃証言を時系列で繋《つな》げば」

「ああ、どういう道順をどれくらいの速さで進んでるかの予測はつく。実際に予測はある程度できている」

ギングスはワイの前に一枚の書類を出す。そこには周辺の地図が描かれ、さらに線と文字が書き込まれておる。

書かれておったのは、どこでいつ誰がどんな被害に遭ったかの報告らしい。

最初の方は、殺害されて発見された遺体と散乱した荷物から、襲われた状況の推測が書かれておる。

だが、殺害されたのは最初の頃だけで、その後は襲って荷物を奪っただけらしい。どのような心境の変化があったのかは知らんが、そのおかげで情報の確度が高くなっとるな。

そして、その線が行き着く先は……！

「これ、山に向かっておるな。領土を越えて、他国へ向かっとるのか？」

「あぁ、そうだ。姉貴からの報告からしても山を越えてグランエンドに向かってる。リュウファはグランエンドのためにシュリを連れ去ったってな。だがグランエンドに向かってるのは間違いないけど、山を越えられたらどういう道順で向かうかわからなくなっちまう。その前になんとかしないとな」

「具体的には何をしとるんや？」

「……他に助けを求めた」

ガングレイブは苦渋に満ちた顔をして、絞り出すように言った。

その言葉をワイは聞き逃さなかった。言葉の意味を理解して、怒りが湧いてきて、だが効果的でもあるし仕方ないことだと理解して拳が震える。

「……ニュービストとかか」

「全部だ。ニュービスト、オリトル、アルトゥーリア、アズマ連邦全てに、助けを求めた」

「……それしかないもん」

リルも悔しそうだった。というか、諦《かな》めてる感じや。

「クウガが負けた以上、リュウファに敵うのは個人の武勇じゃなくて軍隊の武力しかない」

「そ、やな……」

ワイは掠《かす》れた声で返した。

確かに、ワイが敵《かな》わなかった以上は個人であいつに勝てる奴はおらん。以前、ミトスから聞いたがヒリュウさえも負けておる。

そんな相手と個人で戦って、どうやって勝てというのか。

……と、ここまで考えてワイは気づいた。

ワイは、もうリュウファに勝てないことをワイ自身が認めておることに。

悔しかった、情けなかった、悲しかった、恥ずかしかった。

ワイは自信をすっかり喪失しておった！　なんということじゃ、このワイが！

再び拳を強く握りしめ、肩の痛みを無視する。ワイはガングレイブに向き直った。

「ガングレイブ。行動に移すのはいつや」

「わかり次第、すぐにでも」

「そうか。ワイはそのとき、付いて行かん」

「なんだとっ？」

ガングレイブは素《す》っ頓狂《とんきょう》な声を上げてワイを見る。他の奴らも同様に、や。

ワイはそいつら全員の目を見てから言った。

「ガングレイブの夢は、幸せな国を創ることや。そのときにシュリは必要になる。そしてシュリはグランエンドに狙われておる。……他の国にも狙われとるけどな。

シュリを守るためには、絶対にリュウファとの戦いは避けて通れん。ならば、ワイはあいつより強くならなあかん」

「それは……」

リルは何か言いたそうだったが、ワイの言いたいことも理解しているようじゃった。だから次の言葉を言おうか言うまいか迷っとる。

ワイは切りつけられた肩を押さえながら、もう一度ガングレイブに向き合う。

「そのためにはワイが強くならなあかん。リュウファよりも遥《はる》かに強くならな、あかん。だからワイ自身が強くなる。必ず」

「不確定要素が多すぎる。そんなものを信じて待て、と？」

ガングレイブがワイを睨《にら》みながら言ってくる。

「今のお前でも、リュウファを抑えることは可能なはずだ。救出のための時間稼ぎだってできるはずだ。というかお前にしかできない。なのにお前抜きでやれ、と？」

「必ずリュウファを倒せるほど強くなる。だから時間をくれ、このとおりや。頼む」

ワイは頭を下げてガングレイブに頼み込む。

自分がどんな滅茶苦茶なことを言っとるのかは、自分自身がようわかっとる。

強くなるから時間をくれ、助けに行くときも自分は行かない。なんという滅茶苦茶なわがままを言ってるんだとワイ自身も思っとる。

ガングレイブの言うとおり、時間稼ぎに徹するならあの『俺』と名乗ったリュウファ相手にも戦えると思っとる。相手の剣《ケン》筋は見た、あとは見に回って防御主体で戦えば、シュリを逃がす時間は必ず稼ぐ。

だけどそれじゃダメなんや。それだけで満足しておってはアカン。

リュウファは強い。シュリを取り戻したとしても、もはやグランエンドとの戦争は避けられない。戦争になれば、必ずリュウファは出てくる。

そのときになってあいつを誰が倒せる？　ワイでも勝てなんだあいつを、他の誰が倒せるのか？

よしんば人数の多さによる力で倒せたとしても、ワイにはどうしても甚大《じんだい》な被害が出るようにしか思えんのじゃ。

ならばどうするか。決まっとる。個人の武でどうにかするしかないとワイは思っとる。

個人的な私怨とも思うし、ワイ自身のつまらない意地とも思える。

だけど、ワイはこの道を選ぶしかなかった。

このままワイは負けたことを認め、負けたままでいることをよしとできないんじゃ。

「……お前のそれに、俺が付き合えと？」

ガングレイブは鋭い目をワイに向ける。こっちの内心を見抜いてるぞ、と言わんばかりの目つき。

ワイの中にある、みっともない意地をすでに見抜いていて、それなのに付き合えと言うのかと聞いてくる。

ワイは迷わずに答えた。

「ああ。その代わり、必ずリュウファはワイが倒す」

その言葉を皮切りに、ガングレイブは片手で額を押さえて悩み始めた。

悩んで悩んで、悩み抜いて。

やっと顔を上げたときには諦めの表情がうかがえた。

「はぁ……止めても無駄だろうしな」

「ガングレイブ!?　そんな申し出を受けるつもりですか?!」

アーリウスが驚いた表情でガングレイブを見る。当然の反応やろうな、ワイだって逆の立場ならそうしてる。そんな馬鹿なことを言ってる奴を止めるやろうな。

だけど自分の立場だから、厚顔無恥に堂々とする。

「普通なら馬鹿な発言だと思う。普段なら止めてる。いつもなら叱りつけて仕事に向かわせてるぞ、こんなもん」

「ではなぜ」

「俺たちは今、どういう状況だと思う？　アーリウス」

ガングレイブの言葉にアーリウスは押し黙る。ガングレイブからの質問の意図を、正しい答えを探しているところなのだろう。

リルとエクレスも同様やな。何を言いたいのかを探っているところなんやろう。

その中でギングスだけが、胸を張って目を閉じ、堂々と答える。

「まぁ、はっきり言ってしまえば問題を二つ抱えている。一つはグランエンドとの抗争が間近であり、もう一つは他国との同盟と交渉が必要であることだ」

「その通り。グランエンドは、俺たちの国の人間に危害を加えた上、要人までさらった。シュリはうちにはなくてはならぬ要人だ。この表現で間違いはないし、やらかしてきたグランエンドとの仲は最悪だ、抗争状態と言っても間違いはない」

「他国との同盟と交渉とは？」

リルの質問に、ワイは苦虫を噛《か》み潰したような顔で答えた。

「あのちび姫さん、シュリを助けるという名目で動くし、助けたら助けたで療養とかの名目で自国に留め置くはずや。もうニュービストに助けを求めたわけやから動いておってもおかしかない。だから同盟と交渉が必要や。ちび姫さんの助けが必要やが、シュリの扱いは決めておかなあかん」

「なるほど」

答えの意味がわかったらしいリルも、嫌そうな顔で天井を見上げた。

ニュービストのテビス姫は間違いなく動くやろう。あの姫さんはシュリに執着しとるからな、これ幸いと手を尽くすやもしれん。

アルトゥーリアはどうやろうか。動くかもしれへんが、あの男……フルブニルは得体が知れん。不気味や。

アズマ連邦は動く可能性が大きい。トゥリヌとミューリシャーリはシュリに恩を感じておるから、その関係で動くと考えることもできるやろう。

オリトルやと、あの宮廷料理人のおっさんが騒ぐのが目に見えとる。シュリが孫を弟子に迎えとる以上は、動く理由がある……のか？

四国それぞれの思惑がどうなるかはわからんが、その前に行動に移すべきやろう。

「でだ。俺たちはグランエンドと間違いなく戦争になる。これほどのことをされて、はいそうですかなら平和的に話し合いで解決しましょう、なんて弱腰外交が通じるわけがないし、もし向こうからシュリの返還に関する妥協案を出されたとして、それをおとなしく受け入れるような弱腰の国がこの先の戦乱の世の中を渡っていけるわけがない。間違いなく今後、周辺国からなめられる」

「まあ、そうなるかなぁ？」

「傭兵《ようへい》的な考え方なんだよエクレス。俺たちは、相手が弱腰ならそう思うし、そう思って行動する国はある。それを散々見てきた。だから」

ガングレイブは立ち上がると、窓の前に立って外を眺める。

そういえばさっきは外の様子や時間を気にする余裕がなかったから見てへんかったが、外でも慌ただしく動いている兵士やらがおる。いつの間にか夕方あたりの時間帯で、空は少し曇っておった。

ガングレイブはそんな天気の下で動いている人たちを見て、大きく溜め息をついた。

「そうならないためにも、グランエンドに対して戦える姿勢があることを示す必要がある。特に、リュウファを差し向けてさえグランエンドにも被害が出る、という程度には認識されるようにな」

ガングレイブの口から出た言葉には、怒りが混じっておった。

意味はわかる。現状だと『リュウファ一人を差し向ければ、スーニティの主立った実力者を黙らせることができる』と思われてることやろう。それこそ舐《な》められておる、ということだ。

それはこの先、きっと大きな障害となることやろう。

だから、この侵略行為を止められる抑止力の存在が必要なんや。

「だから、クウガには努力をしてもらう。それこそ死に物狂いのな」

「わかっとるわ」

ガングレイブの説明に、釈然とはしないながらも納得するしかないような様子の面々の顔を見る。

その中でリルはワイの顔を見ながら言うた。

「それで？　シュリの救出にクウガは来ないとして……救出作戦はいつ、どうやって？」

「道順の予測はできた。なら、こっちは強行軍で山に向かい、山中で奇襲する。戦力は少数精鋭、だけど最大戦力だ。当然、隊長各はクウガとアーリウスと俺以外は全員出ることになる。……テグなら、クウガの穴を埋められるだろう」

「わかった」

「じゃ、ワイはすぐにでも始めるわ」

これ以上の話し合いにワイが参加しても仕方がない。ワイは手をプラプラと振ってから執務室を出た。

廊下を歩き、再び医務室へ入る。途中でいろんな奴に話しかけられたが、軽く返事をしていなすだけでさっさと進んだ。

医務室でワイが寝ていたベッドの横に立つと、その場で力尽きたように倒れ込んだ。

みんなの前では平気な顔をしておったが、ここがワイの限界だったんや。体が痛み、意識は霞《かす》み、視界は歪《ゆが》んでしまっている。

一太刀。深く体に叩《たた》き込まれた一太刀の傷が、思ったよりも酷《ひど》い。

「ぐ……ぅう……おおぅ……!!」

体が熱を持ち始め、傷口が燃え上がるかのように激しく痛む。

シーツを握りしめ、ワイは空《くう》をにらみつける。

許してたまるものかよ。逃がしてなるものかよ。このままにしておけるかよ!!

ワイの頭の中は、リュウファに対する怒りと至らぬワイ自身への怒りでいっぱいやった。その怒りが、ワイの命をつなぎ止め、意識を途切れさせまいと覚醒させ続ける。

必ずシュリは助ける。必ずリュウファを倒す。

まずは傷を癒やし、万全の状態に戻さねばならん。極限の怒りと復讐心《ふくしゅうしん》が、強制的にワイの体を万全に戻しているかのような錯覚すらある。

「待っとれよシュリぃ……! 必ず助けたるからな……! リュウファあ……! 絶対にやりかえしたるから待っとれやぁ……っ!!」

リルたちがシュリを助けられれば御《おん》の字《じ》、それで済むならそれに越したこたぁない。

しかしリュウファが立ちはだかっている以上、ただで済むはずがない。

ワイはそのために体を万全に戻し、鍛え上げて強くなってみせる!!

そんな思いとともに、ワイは痛み熱を発する傷口を押さえ、獣のようにうめきながら休むのやった。

閑話　その頃の彼女ら～テビス～

「ふむ……」

「姫、さま？　何を、して、らっしゃるの、ですか？」

妾《わらわ》はガングレイブより届けられた手紙を一瞥《いちべつ》した後、それを机の上に投げた。

最近のリルの発明は凄《すご》いのぅ。まさか鳥を模した魔工道具で、高速で手紙を届けるとはの。届けてすぐに戻ってしもうたせいで、あの魔工道具を調べることはできなんだが、今度作り方を聞かねば。

あれは通信事情に革命を起こせる故にな。

「ガングレイブから速達で手紙が届いたわ」

「なん、と？」

「シュリがグランエンドに誘拐されたから、救出の手を貸してほしいとのことじゃ」

妾の言葉にウーティンは驚いた顔をしておった。

「なぜ、シュリ、が？」

「わからぬ。詳しい事情を知っておらんのか、知っていて黙っておるのか。多分前者じゃろうな。グランエンドに誘拐される理由を知っておったなら、この手紙に書いておるじゃろうさ」

手紙の文章から見るに、急いで手紙をしたためて送ったって印象が強かったのでな。慌てて書いたのじゃろ、文字も乱れておったわ。

内容としては、『シュリがグランエンドのリュウファに誘拐された。クウガでも勝てなかった。この道順で山を越えてグランエンドに向かっている模様。支援求む』というもので、地図も同封されておったな。

馬鹿じゃな、と妾は笑った。

「いつもの冷静なガングレイブなら、妾に地図を渡すなんて真似をせんだろうに……」

地図情報はそのまま国防に繋《つな》がる。どんな地形でどんな道があるか、という情報はそのまま軍の進攻の道順や計画上の速度に直結するからの。

そんな大事な情報をこんな形で簡単に漏洩《ろうえい》するとは。よほど慌てておったんじゃな。

「それで、姫、さま」

ウーティンは妾の顔をのぞき込み、

「どうなさる、の、ですか？」

「なーんもせん」

妾の言葉を理解できていないらしいウーティンは、姿勢を正してから首を傾《かし》げた。

「なんもできんわ。妾《わらわ》の動かせる手駒の中で、リュウファをどうにかできる者はいない」

実のところ、これが現実じゃ。

妾には確かに『耳』と呼ばれる諜報《ちょうほう》部隊がおる。武力として使うときもある。

そして社交界や政財会などのもろもろの繋《つな》がりもあるわ。

しかしのぅ、こと単純な武力、暴力に特化している手駒がおるか、と言われるとおらん。

クウガでもリュウファには勝てなかった。この話の最大の障害はそこじゃ。妾は眉間にしわを寄せて指で押さえる。

どうにかなるならどうにかしておったじゃろう。それこそガングレイブが要請しているように、こっちが武力を動員して救出していたかもしれん。

だがのぅ、リュウファを相手にそれはできん。被害しかない。そんな負けるしかない博《ば》打《ち》に誰が賭け金を出せるか。

何より、

「リュウファをどうにかできたしても、妾はこの件に手を出さん。出したとしても、妾への旨みがないわ」

「シュリ、から、感謝、されるので、は？」

「何も、しない？」

「感謝されるだけで終わるじゃろな」

シュリの性格を考えると、お礼に何かをしてくれる可能性はあるのじゃがな。

しかし、こっちは肝心のシュリそのものが手に入らん。それ以上の礼としてシュリを要求すればガングレイブにその思惑を回避されることは明白じゃろうな。

忌々《いまいま》しい。かつて、シュリを巡って盤上遊戯で争ったあの頃はひよっ子程度にしか思っておらんかったが、修羅場を乗り越えたことで手強《てごわ》くなっておる。

「では、シュリはこのままグランエンドへ？」

「まあの。そうなるじゃろう。ほかの国だって同じことを考えるじゃろ」

妾は眉間から手を離して天井を見上げる。それをウーティンが上からのぞき込んでくるんじゃが、邪魔じゃからどかんかいと思ってしまうが口には出さない。

多分ガングレイブの頭の中では、こぞってシュリを救出しようとする他国の存在を計算に入れておることじゃろう。まあ、そういう態度を妾は取ってたから間違いはない。

しかし、甘いわ。

妾たちは国の指導者で為政者《いせいしゃ》じゃ。国にとって最大限の利益と最小限の損失を常に天秤《てんびん》にかけ、個人の感情よりも国への愛で動かねばならぬ。どれだけ辛《つら》くとも、な。

だからこそ他の国も下手に動かんじゃろう。

シュリを助けたとき、自分の国にとって最大限の利益が出る瞬間を狙うために。

それが為政者《いせいしゃ》というものよ。じゃが、

「同じことを考えるが、時期と場所と手段を迷えば手に入らぬ、な」

「姫、さ、ま？」

ウーティンが怪訝《けげん》な顔をしている。妾《わらわ》は椅子から立ち上がり、机の前に回り込んで机の上に腰掛ける。ウーティンはそれを見て顔をしかめおった。

「姫、さま。お行儀、が」

「構うな。……うむ、やはりそうするか」

「姫さ、ま。なんの、ことでしょう、か」

「ウーティンよ。シュリの追跡をせよ。『耳』をいくら使ってもよい」

妾の言葉に再び驚くウーティン。何かを言う前に妾は言葉を重ねた。

「ただし戦闘はするな。気づかれるな。動向を探り、なんとか情報を集めよ」

「その目的、は？」

「リュウファからシュリを取り戻すのはほぼ不可能じゃ」

ウーティンも妾の言葉に納得する。

「確か、に」

「じゃから、別の方向で手に入れることとしよう。なあに、あの閉鎖した国であろうが妾のツテを辿《たど》ればなんとかなるじゃろ」

妾は机から降りて、窓の外を見る。

「妾は妾なりの方法でシュリを助ければよい。抜群の時期に、適切な場所で、間違いのない手段を使うまでよ」

妾は外の景色を見ながら夢想する。

妾の隣にシュリとウーティンがおり、シュリは宮廷料理人をしながら妾の補助をウーティンと共にする。

そしてシュリには同時にニュービストの市街地に一軒の店を持たせる。好きにさせてどれだけ繁盛するかを見るのも楽しかろう。

「最後に笑うのは妾よ」

くふふ、とほくそ笑みながら妾は呟《つぶや》いた。

八十八話　さよならのキミと再びクリームシチュー～シュリ～

日が昇り始めた頃に出発した僕とリュウファさん。山に入り、道を進んでいく。

ゴロゴロ、と車輪が地を駆ける音が鳴る中で、僕とリュウファさんは無言のままです。

このまま無事に……？　無事に？　まぁ何事もなく旅が終わればいいなとは思っています。これ以上心をかき乱されることが起きてしまうのは非常に困る。

「どうした、シュリ？」

「いえ、なんでもないです『うち』さん」

『うち』さんは心配そうな顔をしてこっちを見てきますが、内心ではこの人に心配される筋合いはないと怒りが湧いてくる。だけどどうしようもないので、表面上はにこやかに答えておきます。それしかできないから。

「この山を越えたら……目的地は近いんでしょうか？」

僕がそう聞くと、『うち』さんは少し考えてから答えました。

「そうだね、それは言っていいかな。この山を越えれば、目的地まであとは一週間ほどで到着する。追っ手も来られないし、『うち』の主様の支配圏だから物騒なことはない」

「僕にとってはこの状況そのものが物騒なんですけど」

僕が困ったように答えると、『うち』さんの頬に唇が出てきて軽薄そうに高笑いをする。

「そりゃそうだ！　『小生』たちにとってはただの任務だが、シュリにとっては誘拐されてる最中だもんな！」

そう言って笑う『小生』さんの唇を、憎たらしく思う。

こんなことになってなければ、今頃は城でいつも通り料理をしていたことでしょうね。

朝早く起きて眠たい目をこすり、井戸で顔を洗って拭いて、一番で厨房《ちゅうぼう》に入る。準備をしてガーンさん、アドラさん、ミナフェ、フィンツェさんたちと仕事をして、みんなと一緒に……。

そう思うと吐き気を催してしまうので、考えるのをやめた。今、穏やかで平和な日々を思い出してもどうしようもない。考え始めたら考えすぎて、鬱《うつ》になりそうなので。

「でだ、シュリ」

「なんでしょう『小生』さん」

「この山自体は三日かけて越える。『小生』たちが改めて道順を確認して安全は確保しているが、それでも万が一はないわけじゃない。野生の獣、ここら辺を根城にした野盗の集団、傭兵《ようへい》崩れ、突然の災害……お前を無事に御屋形《おやかた》様の元へ送るために最善で最大の努力はするが、それもお前がうかつな行動をすれば命の保証はできない」

キッ、と『小生』さんの唇が引き締まる。先ほどまでの軽さはありません。

「だから、命が惜しければむやみやたらに離れないことだ。いいな？」

「わかりました」

僕は前を見てから、躊躇《ちゅうちょ》なく間《ま》も置かずに答えました。

今まではガングレイブさんたちがいた。何かあってもなんとかしてくれた。

だけどここには、敵であるリュウファさんしかいない。リュウファさんも、僕がうかつな行動をして自業自得な怪我《けが》をしてしまえば、守ろうなんてみじんも思わないだろう。

自分の身は自分で守る。改めて自分の危機管理と注意と警戒を最大限にしなければ、と思いました
「ところで、この山は三日で越えると言いましたが、そんなに険しくないので？」

「見ての通りじゃよ」

『うち』さんの頬から『小生』さんの唇が消え、今度はしわがれた老人の声が答える。

『儂《わし》』さんの唇だ。その唇が滑らかに動いて言葉を発した。

「この道はご覧のとおり、このように馬車で通ることを前提に整備された道じゃ。何十年も前、御屋形《おやかた》様が計画を立てた道の一つでな」

「でも無闇に道を整えて繋《つな》いでしまったら、それこそ、周辺の国から文句が出ませんか？これだけ目立つ道、行軍に使われるかもと不審に思われてもおかしくないかと」

「もちろん出た」

そして、『儂』さんの口が小さく動く。

「文句を言った領主は『儂』らが殺した」

ゾッとする話だった。この人は、この道を通すために、整備するために人を殺したというのだ。道一つ、だけでだ。

だけどすぐに僕は認識を改める。

馬車が問題なく通れるほどに整備された道っていうのは、そのまま物流に関係してくる。物流には国を巡る金の動き、物の動きの円滑さが重要だ。

本当に豊かな国ってのは、ただ単に金がある国じゃない。物と金が淀みなく動き続け、増え続ける国なんだとどこかで聞いたことがあります。

そこで僕の中にもう一つの疑問が湧いてくる。

「その、殺した、というのは後で聞くとして、なぜこの道なんですか？　別に山の中を無理に通して、近隣の領主ともめる必要はなかったのでは？」

「よくわからん。御屋形様が不思議なことをされてな」

そこから『うち』さんが口を開き、片手で手綱を握ったまま、もう一方の手でジェスチャーをする。

「こう、なんていうか、できるだけ精密な地図を描かせてね。標高、距離、森、村や町、峠《とうげ》とか川の位置とかを調べさせたの。

そんで、御屋形様《おやかた》は地図の上に寒天？　を入れた透明な器を置いて、村と町と首都の上に麦粥《むぎがゆ》とかを置いてから、なんか山の中で取ってきた変な……こう、土に生えている変な黄色いものを取り出してその上に置いた。

そしたらその黄色いやつが地図の上で広がって、御屋形様はそれを見てからどこそこに道路を通せって無茶を言い出したんだ。『うち』にも何をしてるかさっぱりわかんなかった。なんだったんだろ、あれ」

その話を聞いて、僕は血の気が引いた。そしてあまりの衝撃に口元を押さえて瞬きをする。この話が本当ならば、御屋形様というのはとんでもないことをやってるからだ。

昔、何かの記事で見たことがある。あれは、キノコについてネットで調べてたところだったかな？　菌のページに粘菌の検索先が出たから、興味本位で調べたんだ。

そこに書かれていたのは、粘菌を使った鉄道路線の敷設《ふせつ》の一致……だったかな？　みたいな研究結果だった。

関東の地形を模した寒天の培地上の町に餌《えさ》を、山地には粘菌が嫌う物を置いてから菌を培養すると、菌は形を変化させ、現代の鉄道路線の敷設の状況とある程度一致した……正確な内容は覚えてないけど、そんな研究結果が載ってた。

粘菌が効率よく餌を食《は》むために伸ばした粘菌のネットワークが、まさに物流にとって最適な路線敷設の形だったとか。

御屋形様はそれと同じことをやったんだ！　この世界で、粘菌というものを使って！

効率よく、無駄なく道路を敷設するために！　地球の知識をそんな形で！

僕ですら今まで忘れてたし、ガングレイブさんへ助言することもできず、実際に思い出しても具体的にどうすればよいのかわからないところを、御屋形様は実行して実際に利用している！

間違いない、御屋形様というのは相当頭が良いのかもしれない。僕を誘拐するなんて無茶をする相手だからどんなもんかと思ってたけど、そこまで地球の知識を利用していることに驚きを禁じ得ない。

これはますます、本人に会って話を聞かないといけない。僕はその思いが強くなるのを感じました。放っておくわけにはいかない。

「シュリ、これがどういうことかわかるのか」

ふと、それを『うち』さんの頬に現れた唇が動いて問うてくる。

その形は、『俺』さんだ。いつも表にはそうそう出てこない人格が、こうして出てくることにも驚く。

ちなみに『うち』さんも驚いたらしく目を見開いている。多分だけど、リュウファさんの中でもそうそう表に出ることや言葉を発することがないのかもしれない。少なくとも、

『俺』さん以外の人格が会話しているのは見たけど、そこに『俺』さんが親しく会話に入るところは見ていない。業務連絡と任務の話しかしないのではなかろうか。

だからこそ、『うち』さんは驚いたんだろう。

「まぁ……僕の予想が当たってるなら、御屋形《おやかた》様は相当頭が良い人かと」

「具体的には」

『俺』さんが重ねて聞いてくる。……多分だけど、粘菌を使った道路敷設《ふせつ》計画のことを聞きたいんだろうな。

仕方がないから、僕がわかる範囲で簡単に、かいつまんで説明する。

粘菌という存在、地図を使ったことの意味、粘菌の広がりから見る道路の敷設計画。

僕が説明できる内容だけを話すと、『俺』さんの唇が小さく動いた。

「『俺』は御屋形様のすることの意味が半分もわからない。あの方は突拍子もないことをなされ、その全てで結果を出されている。その臣下として、意味がわからぬまま動くのは苦痛であった。心中をお察しすることもできず、意味を理解して支えることもできん。礼を言う」

それだけ言うと、『俺』さんの唇が『うち』さんの頬から消える。『うち』さんは驚いて頬を押さえるがもう遅く、輪郭《りんかく》すら消えてなくなっていた。

『うち』さんは僕の方を見て、ぽかーんと目をまん丸にして言う。

「珍しい……『俺』があんなに喋《しゃべ》ってお礼を言うなんて……」

「僕もそんなことをする人とは思ってなかったので驚きました」

これは本心だ。クウガさんと戦う『俺』さんからは、冷酷無比な武人という印象を強く受ける。

無駄なことを話さず、無駄な私情を挟まない、人生を悟って達観したような人だと。

それがあんだけ気持ちを吐露して礼を言う。そんな印象はありませんでした。

……と、思っていて自分で気づく。僕はストックホルム症候群になりかけているのではないかと。

誘拐され、誘拐犯に親しみを感じるようになる精神状態。あれになりかけてるんでは？

これはまずい。本当にまずい。そんな状態のまま行動していたら、いざという時に冷静な判断ができなくなる。目的を果たしたら、御屋形様という人から話を聞いたら逃げる、という最終目標は忘れてはいけない。

「どうした、シュリ」

「いえ、なんでもありません」

『うち』さんから顔を逸《そ》らし、僕はなんとか返答する。これからの旅路、冷静に判断してちゃんと行動しなければ。

うかつな行動の結果、誰かが死ぬようなことは避けないと。

「今日はここまでにしよう」

まだ太陽が出ているものの、山の中は暗くなり始めている。木々が太陽の光を遮ってしまうため、実際の時間よりも早く周囲が暗闇に包まれ始めるんだ。

時間を察知した『僕』さんは馬車を止め、さっさと降りて野営の準備を始めた。それにならって僕も行動に移る。すなわち晩飯の用意だ。

といってもたいした物はできない。作る物はすでに決めている。山の中でする食事としては、初日は少しでも腹にたまるものを食べたかった。

リュウファさんは代わる代わる人格と体格を変えて休憩を取り、今は『僕』さんに変わっている。その『僕』さんは馬に草を与えて水の用意をしていた。

僕はその間に調理台と食材の準備だ。ここ数日でこの役割分担はすっかりなじんだもので、互いに何も言わずとも自然とそういう感じで動けている。

暗くなってしまえば動きも制限される。特に山の中なので、早くしないといけない。

準備が整って魔工コンロに鍋を据えて火にかける。ふと『僕』さんを見ればすでに焚《た》き火の準備に取りかかっている。早い、本当に早い。やることが早すぎる。

さっさと僕も晩飯の準備をしよう。作るものは、前にも作ったクリームシチューだ。

思い出してみれば、初めてガングレイブさんに振る舞った料理もクリームシチューだったな、と気づく。ここでまたそれを作ることになるとは思わなかったよ。

材料と手順は前と同じなので省略する。道中でリュウファさんがどこかに行っては略奪してくるので、材料はそろっている。

そうしてクリームシチューを作ってみると、またも『僕』さんがこちらを見ている。すっかりやることを全部終わらせて、晩ご飯を待ってるって感じですね。

「……食べます？」

「食べる」

間《ま》も置かず答える『僕』さん。僕は苦笑しながら、そうだろうなと思って用意していた皿にクリームシチューを盛る。

それを『僕』さんへ匙《さじ》とともに差し出すと、『僕』さんは自然に受け取り、料理に対して両手を組んで目を閉じ、祈りを捧げるような所作をしてから食べ始めました。

「……うん、旨い」

『僕』さんは僅かに微笑《ほほえ》みながら、満足そうにしていました。

「旅の途中で、こういう温かくて安らぐ料理を食べられるのはありがたい」

この言葉に僕の心が僅かにざわめく。

「陳腐な味の説明なんていらない。家庭で作る、いつもよりほんのちょっと贅沢《ぜいたく》にしたような良い料理だ。これを食べられるお前の仲間は、さぞ幸せだったんだろうなぁ」

お前がそれを、と口にするのを寸前で堪《こら》える。言ったって仕方がないからだ。

だけど『僕』さんが穏やかな顔で、美味しそうに食べるのを見てしまうと、どうしても怒りが萎《しぼ》んでしまう。そんな料理人としての性《さが》を自分でも憎たらしく思うけど、それが僕なんだと自覚するんだ。

「牛乳が使われてるからか、コクがあって口当たりがとてもなめらかで喉まですするっとくるようだ。ちゃんと下ごしらえがされて煮込まれ、味付けされた具材の噛《か》み応えが心地よい。料理人が作るとこれだけ味も出来も、そこに込められた手間も違うんだな」

「それは、どう、も……ありがとうございます」

料理を褒められると嬉《うれ》しくなってしまうのも、やはり料理人の性なんでしょうね。自然と頬が緩みそうになるのを指で押さえておく。

この人は敵なんだ。どれだけそんなふうに思ってみても、目の前で僕の料理を食べて美味しいと言ってくる人を、どうしても憎みきれない自分がいる。

クウガさんたちを傷つけ、僕を誘拐し、ここまで連れてきた人なんだけれども、料理を食べてくれる。美味しいと言ってくれる。そこに喜びを見いだす。

この相反する二つの思いで、僕の心は複雑なままでした。喜べばいいのか怒っていいのか、もうぐっちゃぐちゃ。

ですが、やはり嬉しそうに料理を食べる人の顔を見ると、喜びで胸が熱くなるのは事実。そこは否定したくないのです。

ああ、駄目だ。やっぱり料理人としての喜びが出てしまうんだ。

「シュリ」

「はい」

僕が返事すると、『僕』さんは真面目な顔をして僕を見ました。

「難しいことを考えるな。『僕』たちはお前との約束は守る。お前がおとなしく付いてきてくれる限り、お前を守るしこの道中で誰も殺さない。そこだけを覚えていればいい」

「わかりました」

そうだ、僕はそう約束したんだ。リュウファさんはそれを守ってくれている。難しいことを考えるのはやめよう。

クリームシチューに手を伸ばし、口に含む。こんな状況でも体は自然に動いて美味しい料理を作れる。どうやら僕の腕や胆力は鍛えられているらしい。

美味しいんだ。『僕』さんの言うとおり、今日のクリームシチューは旨くできている。

あの日あのとき作ったクリームシチューよりも、だ。

自惚《うぬぼ》れなく言わせてもらえれば、この世界に来ていろんなところでいろんな料理を作り続けたことで、僕の腕は格段に上達している。

なのに、ガングレイブさんたちにこのクリームシチューを振る舞えないことが、残念で仕方がない。

僕は空を見上げる。今日は月があまり見えない。

ガングレイブさん。僕は僕の目的を果たしたら、必ず帰ります。それまで待っていてください。

僕は心の中でそう呟《つぶや》いて、残りのシチューを食べるのでした。


次の日、朝早く出発した僕たちは再び山道を進む。整備された道であるため、道中の進みはスムーズそのものだ。

朝早いため、僕もリュウファさんも何も言わない。リュウファさんは今は『私』さんになって、手綱を握ってる。

このまま進めば、御屋形《おやかた》様とやらに会える、か。

「今のところ野生の獣も野盗も出ませんね」

僕がそう尋ねると、『私』さんはあくびを一つしてから答えてくれました。

「ふわぁ……そうね。警戒はしてるし、何かあればすぐに行動できるわ」

「すぐに、ですか」

「そうよ」

と、ここで『私』さんの顔が引き締まる。先ほどまでのようなあくびを噛《か》み殺した緩い顔は、もうない。

『私』さんはそのまま馬車を止めると、御者席から降りて服の裾から武器を出し、抜き放つ。そして橙色《だいだいいろ》の刃を出現させる。『私』さんは大斧《おおおの》使いなのでそれに適した形となる。

そのまま『私』さんは周囲を警戒……というより何かが近くにいることを確信しているかのように、目を一点へ向けて睨《にら》みつけている。

「わかってるわよぉ。この気配、読み間違えないもの。さっさと出て来なさい」

『私』さんがそう言うと、その視線の方角から何かが飛来してくる。

棒状のそれは鈍色《にびいろ》をしており、太陽の輝きを僅かに反射してものすごい速さで『私』さんへと迫る。

『私』さんはそれを右手で掴《つか》み、地面へ投げ捨てた。見てみればそれは、いわゆる棒手裏《ぼうしゅり》剣《けん》のような形状をしている。こちらが視認できない位置から、木々の間を通して投擲《とうてき》してきた、ということなのでしょう。

『私』さんの対応を見て無駄だと思ったのか、次は来ない。静寂が戻るだけだ。

僕も御者席から降りて、周囲を観察する。

木々の間をものすごい速さで駆け回りながら、こちらの様子を窺《うかが》う何かがいる。だけどいる。僕にもわかる。

何であるかはわからない。だけど、僕にもわかるってことは、これは囮《おとり》だ。本命は別にいるに違いない。

と、僕が考えた瞬間に木々の間から何かが疾駆する。宙を滑るように飛び、『私』さんのこめかみ目掛けて飛んでいく。

『私』さんはそれに対してすぐに反応。持っていた大斧《おおおの》を、飛んでくるものを打ち落とすように振った。

すると飛んでいる何かはすぐに形を変え……姿勢を変えて大斧を蹴り飛ばす。

『私』さんは吹き飛ばされながら瞬時に体勢を戻す。が、『私』さんの背後の木々から巨大な影が現れ、『私』さんの後頭部目がけて鉄の塊《かたまり》を振るう。

死の怒濤《どとう》、一撃必殺の何かが『私』さんに直撃する寸前、『私』さんの顔と体型が瞬時に変化、『うち』さんへと変わっていた。

『うち』さんは武器を片手半剣に変えると、その一撃を剣の腹に腕を当てつつ防御する。斜めに勢いが流され、攻撃が地面に突き刺さり、爆発。粉塵《ふんじん》を巻き上げる。

ここで『うち』さんは攻撃していた人物から間合いを取りつつ、片手半剣を手の中で回転させて逆手に持ち替える。そしてあらぬ方向へ向けた。

すると片手半剣に何かが直撃し、地面に落ちる。それは矢だった。木々の間から狙撃のように放たれたもの。

そこまで完璧に対応してみせると、ようやく攻撃してきた人物の姿がハッキリと見えてきたのです。

「危なかったでありんす。足を切り落とされるかと思ったぇ」

「アタイの不意の一撃も流されちゃったわ」

ゆらりと立ち上がる妖艶《ようえん》な女性、木々の間から出てきた大斧を担《かつ》いでいる大男。その姿を見て、僕は泣きそうになりながら叫んだ。

「アサギさん！　オルトロスさん！」

「お待たせやぇ～、シュリ」

「やっと追いついたわ」

そう、そこにいたのはアサギさんとオルトロスさんでした。

さらに幌《ほろ》馬車の陰から現れたのは、

「やれやれ、こんな道ができているのは知りませんでした。後でエクレスに文句を言わねばなりません。国防に関わります故」

「それはあと、まずはシュリの救出」

カグヤさんとリルさんでした。二人の姿を見て、僕はもう安堵《あんど》の涙がポロリと零《こぼ》れてしまいました。

「お、お二人も、来てくれたんですかっ」

「もちろん。ワタクシ、さすがにこの状況をほっとけませせぬので」

「リルも。雪辱は果たす」

カグヤさんは困ったように頬に手を当てる挙動をして、リルさんは手首を曲げて関節を鳴らしていた。臨戦態勢だ。

「あや……あれを外すとは思ってなかったっス」

「テグさーん！」

「お待たせ！」

声がする方を見れば、なんと遠くの木の枝の上にテグさんがいるではないか。先ほどの矢の軌道は、確かに上の方からだった。しっかし、声がするまでそこにいるとは気づきませんでしたよ本当に。

ガングレイブさんとアーリウスさんとクウガさん以外の面々が一同に揃《そろ》い、リュウファさんを囲っていく。『うち』さんはその中で、静かに片手半剣を順手に持ち替えて構えていた。

構えに油断も隙もない。それは全員同じように感じたらしく。

「おいおい、こりゃ手強《てごわ》いっスよ。この面々で一気にかかれば倒せるかと思ったっスけど、さすがにこれは無理っスわ。シュリを逃がすのが精一杯」

「同感です。ワタクシなど歯牙《しが》にも掛けぬほど強いかと」

テグさんとカグヤさんが『うち』さんを見て言う。

　だが、アサギさんはその中で一歩踏み出して手首足首をほぐす動作をしていた。

「関係ないぇ。あんときは油断したし、クウガも不意を突かれたでありんすが……今は一切の油断なし、ぶちのめすぇ」

「同感ね。ここで終わらせれば、後顧《こうこ》の憂《うれ》いはないわ」

　同時にオルトロスさんも大斧《おおおの》を肩に担《かつ》いで顎《あご》をさする。

　すでに全員が戦うつもりだ。五対一ではさすがのリュウファさんでも分が悪いはず。

　しかしその顔はどこまでも涼しげで凛《りん》としていて、緊張のかけらもない。ゆらり、ゆらりと体を揺らして機を窺《うかが》っているようだった。

　その中でリルさんが僕の傍《そば》に近寄ってくる。

「シュリ、もう大丈夫。帰ろう」

　僕に向かって手を差し伸べた。ようやく帰れる。ようやく助かる。

　郷愁の念が強くなり、僕は思わず手を伸ばしてリルさんの手を取ろうとした。

　瞬間、冷たい何かを感じて僕は手を引っ込める。リルさんが不思議そうな顔をする前に、風が吹く。

　そこには、さっきまでオルトロスさんたちと対峙《たいじ》していた『うち』さんが、まさに電光石火の速度で間合いを詰めていて、僕とリルさんが伸ばしていた手の位置目掛けて武器を振るっているところだった。

あのまま手を取っていたら、その手ごと切り落とされていたことに気づき、僕はゾッとする。リルさんもそれに気づき、袖をまくって右腕の刺青《いれずみ》を明滅させてこちらに手を伸ばした。

が、その前に『うち』さんが僕の腕を取って引っ張り、全員から離す。あまりの膂力《りょりょく》に逆らうことができず、僕は連れ去られる形となった。

僕の首に『うち』さんが腕を回し、武器をリルさんたちへ向ける。これで膠着《こうちゃく》状態に陥ってしまったのです。

誰も動けない中、ゆっくりと『うち』さんが僕の首筋に武器の刃を当てる。

「シュリ」

「は、はい」

「あの手を取らなかったことは正解だよ。あのまま手を取ってたなら、『うち』はシュリを殺してたから」

二度目のゾッとした感覚。この人は本当にそれをやる。僕だけに聞こえるように言われたそれには、本当にやるという意志が見えた。

「ここにきて人質に取るか！」

「人質？　違うね、こっちの所有物を盗《と》られないようにしただけだ」

リルさんが叫ぶが、『うち』さんは淡々と返すだけだ。それ以上何もいわない『うち』

さんに、リルさんは歯がみするように悔しがっている。

その様子を見た『うち』さんはニマっと笑った。笑った、ではなく嗤《わら》った、かも。

「なんだ、シュリの好《い》い人かお前」

ぐい、と『うち』さんが腕に力を込めて僕を引き寄せた。

『うち』さんの方を見る前に、頬に何か生暖かくてザラリとしてねっとりとした感触を覚える。

目だけそっちに向けてようやく、『うち』さんが僕の頬を舐《な》めているのだとわかったときは、背筋に寒けが走った。いきなりこの人は何をしやがるんだと怖かった。

「残念、味見は『うち』が先にさせてもらった」

「殺すっ!!」

瞬間、激昂《げきこう》したリルさんがこっちに向かって走り出した。周りの制止も聞かない形で、こっちしか見ずに突っ込んでくる。

僕が止めるために声を出そうとした瞬間、『うち』さんによって素早く跳ね飛ばされた。尻餅《しりもち》をつきながら顔を上げると、『うち』さんは右手に持っていた武器を左手に持ち替え、リルさんに向かって走っていた。

残り五歩――その間合いに入った瞬間、リルさんは体を傾けた。極度の前傾姿勢となる。

今にも鼻先が地面に付こうとするほどの傾き具合。これに『うち』さんは極めて冷静に対処していた。何をするつもりなのかは悟りきっていないだろうけれども、何かされても対応できるって自信だ。大して姿勢は変わっていないけれども、踏み出す足がさらに大きくなる。

地面に鼻先が付く瞬間、リルさんの右手が額の前に出されて地面に触れる。輝きと共にリルさんの額辺りの地面が盛り上がる。右手で盛り上がる地面に手をついたまま急激に立ち上がった。

同時にリルさんの足下の地面も隆起。地面に倒れかけていたリルさんの体が一気に宙へ投げ出される形となる。

『うち』さんは一瞬、宙に上がったリルさんへ視線を向ける。だがその狙いを瞬時に看破、視線を右へ戻した。

さらに右手を前に出し、飛来する何かを掴《つか》む。それはアサギさんの棒手裏剣《ぼうしゅりけん》だった。リルさんの不自然な動作と大きな跳躍によって『うち』さんの視線を自分に向け、アサギさんの攻撃に意識を向けさせないようにしたんだ。だが、『うち』さんはそれを瞬時に悟っていた。

『うち』さんは立ち止まりつつ、掴んだ棒手裏剣をアサギさんへ投げ返す——瞬間に棒手裏剣をその場に捨て、隆起した前方の岩へと構え直す。

そのとき岩が爆砕した。

飛び散る岩の破片に対しても目を閉じることなく、防御する様子もなく。その全てを顔面と体で直接受け止めた。頬や額、瞼《まぶた》を破片が直撃して血が流れても、『うち』さんは動じることは一切なかった。

爆砕した岩から現れたのはオルトロスさんだった。岩をも粉砕する大斧《おおおの》を再び振り上げて、『うち』さんへと迫る。

が、『うち』さんはまだ動かない。なぜ、と思ったけど一拍送れて首を横に傾けた。

『うち』さんの頭があった場所に矢が高速で飛来して通り過ぎる。岩を破壊させ、オルトロスさんの巨体に隠したテグさんの精密な狙撃すらも看破する。

オルトロスさんはそれでも怯《ひる》まない。躊躇《ちゅうちょ》なく『うち』さん目掛けて大斧を振るった。

唐竹割《からたけわ》りで『うち』さんの頭蓋を割らんとする。

だが、『うち』さんはオルトロスさんよりも頭上を見た。そこには未《いま》だ宙から降りる最中のリルさんの姿が。

上と、さらにその上からの強襲。『うち』さんは左手の片手半剣の武器を逆手に持ち替え、ナイフ戦術のような構えを取る。空手の前羽《まえば》の構《かま》えに似ていた。

前方の上から襲ってくる攻撃。あと数瞬もすれば襲いかかってくる攻撃に対して『うち』さんは小さく右へサイドステップ、さらに背面蹴りを〝後ろ〟へ放つ。

オルトロスさんの攻撃が服一枚を隔てて地面に直撃し、リルさんの突き出した右手が空《くう》を切る。

そして、後ろから迫っていたカグヤさんが踏みとどまりながら、『うち』さんの背面蹴りを交差した両腕で防御していたんだ。

「よく見抜きましたね」

「二段三段と視線誘導による罠《わな》を張っているなら、最後もそうするし一番影の薄い奴がトドメを刺しにくる。『うち』じゃなくても見破れる」

短いやりとり。だけどカグヤさんが瞬時に動く。受け止めた『うち』さんの右足の先を両手で掴《つか》み、捻《ひね》り上げようとする。

が、『うち』さんはその捻りに合わせて回転、同時に蹴りを放つ。

カグヤさんはそれを避けようと身をよじらせるが、なんとその蹴りはカグヤさんの眼前を通り過ぎるだけで攻撃の意図がなかった。

高速回転のまま着地した『うち』さん。片足をカグヤさんに掴まれたままだけど、正面から向き合う形となる。

この瞬間、他の人たちが動けなくなった。アサギさんの棒手裏剣《ぼうしゅりけん》とテグさんの矢もカグヤさんに当たる可能性があるために放てず、オルトロスさんが攻撃すれば『うち』さんが逃げてカグヤさんが巻き込まれるかもしれない。リルさんの魔工もカグヤさんが効果範囲に入っていて使えない。

『うち』さんは逆手に持った左の片手半剣を振り上げた。このままだとカグヤさんは殺される。

カグヤさんはそれを悟り、手を離して一歩大きく下がった。

ここから『うち』さんによる追撃が――と思ったが、『うち』さんはゆらりと体勢を戻して再び構え直した。

「……殺さなかった……？」

僕は思わず、誰にも聞こえないように呟《つぶや》く。どう考えても、今の一瞬でカグヤさんを殺せたはずだ。『うち』さんならそれをできた。

なのにしなかった。その意味がなんなのかを考えて、僕は口元を押さえた。

簡単な話なんだ。『うち』さん――リュウファさんは、僕との約束を守っただけ。やろうと思えば他の人格と変わりつつ、他の全員だって殺せたはずなんだ。なのに戦ったのは『うち』さんだけ。まるで、他の人たちが『うち』さんの鍛錬のために手を出さなかった、そんな印象すら覚える。

僕が前に目をやると、『うち』さんが視線をこちらに向けて、僕の様子を見てから前を向く。

僕がリュウファさんの意図に気づいたことを確認したんだ。もし気づかなければどうなっていたのか。多分、ここにいる全員を死なないまでも半殺しにして、無理やり僕に思い知らせていたかもしれない。

これは止めないといけない。僕が、どうにかして。

瞬間、『うち』さんが動く。オルトロスさん目がけて一足飛び。とんでもない跳躍力の中で左手から右手へ、順手にして武器を持ち直していた。

オルトロスさんは反応が遅れたものの、怪力で地面にあった大斧《おおおの》を、左切り上げの軌道で振るっていた。

『うち』さんはそれに対して瞬時に体を傾け、綺麗《きれい》に大斧の斬撃を避《よ》けた。カグヤさん、アサギさん、テグさんも同時に動き、『うち』さんへの攻撃を開始した。

一連の動きを見てもわかる。『うち』さんは誰も殺そうとしていない。反撃も最小限で、避ける、受ける、いなすを主軸に対応していた。

その中でリルさんが僕に近づいてきた。

「シュリ、今のうちに逃げよう！」

リルさんは僕に向かって手を差し伸べながら近づいてくる。

「リュウファを押さえるのはあの四人でなんとかなる！　今のうちにシュリとリルが安全圏へ逃げられれば、後の四人も逃げられる！　だから！」

そのまま僕の手を握ろうとする。だが、僕はリルさんの姿の向こうに見た。

四人の猛攻の中で、『うち』さんが冷静な視線をこちらに向けていることを。

僕がリルさんの手を取った瞬間、他の全員を皆殺しにするという意思が見られた。

このままでは、リルさんたち全員が殺される。

悟った瞬間、僕はリルさんから一歩離れて腰からナイフを抜き、自分の喉元へ突きつけた。これ以上近づけば自害する、という意思表示。

リルさんは僕の姿を見て、驚いて目を見開いている。何が起こったのか、僕が何をしているのか理解できないって顔だ。

僕だってそうだ。本当はリルさんの手を取って逃げたい。リュウファさんの支配下から逃れたい。気持ちはいつだってみんなとある。

みんなとあるからこそ、みんながリュウファさんに殺される確実な未来を、選択できない。

「何を、してる？」

リルさんが恐る恐る口を開く。体も声も震えていた。

「ぼ、僕は、行けません」

僕は泣きそうになりながら、いや、もう泣きながら言葉を発する。僕だって体も声も震えていた。涙を流して、ナイフを持つ手がブルブルと震えていたのです。

「このまま、リュウファと行きます」

「何を言ってる！　ここから逃げよう！」

リルさんがこちらへ近づこうとする瞬間、僕はナイフを喉に突き立てた。刃の先が喉にめり込み、このまま力を込めれば肉に食い込み裂けるほどにだ。

「ぼ、僕、僕は、みんなを死なせたくない」

「誰も死なない！　だから！」

「リュウファは明らかに手加減をしている!!」

僕の叫びに、リルさんはリュウファの方を振り向いた。未《いま》だに『うち』さんとテグさんたちの戦いは続いている。

戦いの流れを見て、リルさんも気づいた。あのとき、あっさりとリルさんたちを負かしたリュウファと渡り合っている、その不自然さに。

リルさんは僕に視線を戻した。リルさんだって泣きそうだ。

「だ、だいじょうぶ。なんとか、なんとかなるから」

リルさんは僕を安心させるように言った。

「だから、帰ろう。リルと、帰ろ？　ね？」

ああ、その言葉が欲しかった。その言葉のまま、ここから帰りたかった。

みんなの元へ、安心できる場所に。あの日常に。いつもの仕事に。平穏の中に。

でもできないんだ。それを選択した瞬間、リュウファさんはこの場にいる全員を皆殺しにする。僕もその中に含まれる。

「できないです……」

僕は溢《あふ》れる涙を止められず、目を伏せた。

「リュウファが殺さないのは、僕との約束を守ってるから。僕がおとなしくリュウファに付いていって、リルさんの手を取らないから、誰も殺してないだけなんです」

「なんとかなる！！！！」

「なんともならないから!!　こうするしかないんです!!」

互いに叫び、泣きながら動けなくなってしまった。

そうだ、リルさんは僕を連れて逃げられるならそれでいいのだろう。僕だってここから逃げられるならそれでいいんだ。

代償として全員が死ぬ。それがなければよかったのに。

「行って、ください」

「シュリ？」

「僕はまだ無事で、リュウファが連れて行く先に付いて行きます。そこで知りたいことを知る。それが終われば、逃げますから」

「シュリ……!!」

「そういうこと」

涼やかで凛《りん》とした声が、響いた。そちらへ視線を向けた瞬間、動きがあった。『うち』さんは防戦一方だった戦い方をシフト、一気に攻めの姿勢に代わる。オルトロスさんの横薙《よこな》ぎの攻撃を屈《かが》んで躱《かわ》すと、なんと屈んだ姿勢から胴回し回転蹴りを放つ。

攻撃の直後で反応ができなかったオルトロスさんのこめかめに直撃し、一撃でオルトロスさんを昏倒《こんとう》させる。あまりの早業に、僕は一瞬オルトロスさんはなんで今にも倒れそうになってるんだ？　と理解できないほどだった。

しかしカグヤさんとアサギさんは違った。オルトロスさんが地面に倒れる前に行動を開始していた。

アサギさんはオルトロスさんの後ろから、オルトロスさんを突き飛ばす。『うち』さんめがけて倒れるオルトロスさんの巨体に隠れ、アサギさんは陰から『うち』さんの隙を窺《うかが》っていた。

『うち』さんは武器を右手から左手に持ち替え、オルトロスさんへ刺突を放とうと、一瞬腰だめになる。

が、その左手をカグヤさんが右手で押さえる。『うち』さんの視線がカグヤさんの方へ向く。わずか一瞬以下の時間の中で、その隙を見逃さずアサギさんがオルトロスさんの肩に手をかけて、『うち』さんに上から襲いかからんとする。さらにオルトロスさんの頬を軽く叩《たた》いていた。

昏倒しかけていたオルトロスさんの瞳に、一瞬理性が宿る。ほぼ反射なのだろう、大斧《おおおの》を片手で袈裟《けさ》切りに振るう。

武器を押さえられ、上と正面と横から襲いかかられている状況。

それでも『うち』さんの顔に焦りはなかった。

『うち』さんは押さえられている左手を、腰を使って捻《ひね》る。だがカグヤさんはその動きを予見しており、どさくさに紛れて武器を奪う。

咄嗟《とっさ》に遠くへ投げようとしたカグヤさんの顎《あご》を、『うち』さんの左肘が打ち抜いた。腰を使って左手を捻っていたのは、この攻撃に繋《つな》ぐための布石《ふせき》だったのか！

それでもカグヤさんは武器を、意識を失う中でなんとか自身の後ろへ落とした。

武器との距離はできた。だがオルトロスさんの攻撃はすでに首元まで迫っていた。

「確か、こうだったたっけ」

オルトロスさんの大斧による袈裟切りが『うち』さんの首に直撃した瞬間――血しぶきは上がらなかった。

なんと『うち』さんは袈裟切りに合わせて、腰を軸に体を横に回転させる。手をつかぬ側転のような動き、側宙で攻撃を流していた。

あの動き、僕は見覚えがある。あれは――！

「クウガさんの技……!?」

クウガさんがリュウファさんを相手に使った、攻撃を流す動きだ。ただ一度見ただけで『うち』さんはそれを完璧に再現していたんだ。

だが、『うち』さんの上からアサギさんが踵落《かかとお》としを放っていた。回転途中の『うち』さんでは対応できない。このままいけば、踵落としは『うち』さんの胴体に直撃するはずだった。

なんと『うち』さんは側宙の途中で地面に手を突き、さらに横へと跳ねた。結果としてアサギさんの踵落としは空《くう》を切り、躱《かわ》される。

一瞬の空白。

体勢を整えた『うち』さんとアサギさん。

二人の視線が交差した瞬間、二人して同時に前蹴りを放つ。

二人の鳩尾《みぞおち》に同時に着弾し、二人とも顔を歪《ゆが》めた。

二人して防御することなく、二人して腰を同時に入れる。

アサギさんも『うち』さんも顔を歪めながら後方へ吹っ飛び、痛みに呻《うめ》く。

確か、アサギさんの履いている下駄はリルさんに特注した鉄製だ。直撃すればただではすまない。

だけど『うち』さんは武術を極め、身体能力と身体操作はアサギさんを上回っている。技術の補正もあり、直撃は致命傷を意味するはずだった。

二人して動きが止まるだけに留《とど》まっているのは、同時に直撃して相打ちになったからだろう。

だが、そこからの行動は『うち』さんの方が半歩速かった。遅れてアサギさんも動く。

アサギさんが跳躍、飛び後ろ回し蹴りを『うち』さんの延髄《えんずい》を狙って放った。

これに対して『うち』さんは腕を上げて防御の態勢。しかしアサギさんの蹴りは、下駄の重さも相まって必殺の一撃だ。さきほどと違って防御の姿勢だけでは腕ごと肩まで破壊するだろう。

が、アサギさんの蹴りが『うち』さんの腕に触れた瞬間にそれは起こった。

『うち』さんが当たるはずの腕を斜めに構え、蹴りが触れた瞬間に威力を斜め上にいなしたんだ。そのせいでアサギさんの体勢が一瞬崩れる。

隙を見逃さず、『うち』さんはアサギさんの懐に潜り込み、右の掌底《しょうてい》をアサギさんの顎《あご》にぶち当てた。

そのままアサギさんの体を巻き込み、一気に後頭部から地面に叩《たた》きつける！

ズンッ！　と地面に肉が叩きつけられる独特な音が周囲に広がった。

『うち』さんが手を離すと、アサギさんは白目を剥《む》いて失神していました。多分、後頭部から落ちたことで脳しんとうになっているのでしょう、動く様子はない。

あっという間に三人を戦闘不能にした『うち』さん。ゆっくりと落ちていた武器を拾い上げて、『うち』さんはあらぬ方向を見る。

どこを見てる？　と思ったけど、木々の間からテグさんがゆっくりと現れました。

手には弓と矢。顔は無表情で臨戦態勢のまま。

「『うち』が戦っている間、余計な横やりを入れてこなかった。それどころか、戦った連中も『うち』の動きを一つ残らず晒《さら》させよう、って意思が感じられた」

「正解っス。アサギたちには悪いことしたっスね」

「それだけ信頼されてると？　そんなことをするくらいなら、三人と一緒に『うち』を倒そうとすれば可能性はあったのに」

「いやいやぁ」

にま、とテグさんは嗤《わら》うと、

「三人よりオイラの方が強いんスよ」

体を前に傾け、一気にテグさんの体が前方へ加速。まるで豹《ひょう》のごとき姿勢による疾駆に、『うち』さんの反応が一瞬遅れた。

『うち』さんの視線から一瞬消えるかのような下からの強襲、テグさんはそこから弓の弦に矢を番《つが》え、それを片手で保持する。

テグさんの弓の張力は尋常ではない。僕が一度触らせてもらったときには、引くことすらできなかった。コンポジット機構で軽くしていてもなおそのありさまなのだから、その威力やかくも、と言えるでしょう。

テグさんはそのまま下からアッパー気味の掌底《しょうてい》を放つ。『うち』さんの顎《あご》狙いだ。

あまりにもわかりやすい狙いに、『うち』さんが一瞬の中で溜め息をついているのを見た。『うち』さんは顔を逸《そ》らし、掌底を躱《かわ》しつつ右手に持っている武器を逆手に持ち替えてテグさんの首元を狙う。

が、『うち』さんは大きく目を見開いてから大きく体を反らした。

そこに、テグさんが片手で保持していた弦を離し、矢を射出していたんだ。『うち』さんが躱そうとしていなかったら、掌底の影に隠れた攻撃でやられていただろう。

テグさんはさらに掌底で打ち上げていた手を振り下ろし、『うち』さんの首に腕を回す。崩れた体勢を利用し、テグさんは大外刈りのように『うち』さんを背中から叩《たた》きつけるように投げた！

「んぉ……!?」

受け身を取るものの、『うち』さんは投げられた衝撃で呼吸と動きが止まった。痛みは散らしているようだけど、肺に襲いかかる衝撃までは対応できていなかったようだった。

さらにテグさんは腰の矢筒から矢を三本取り出しつつ、『うち』さんの顔を踏み砕こうと踵《かかと》を落とす。

『うち』さんは転がりながら踏み砕きを躱しつつ距離を取ろうとする。

が、テグさんはそれを見抜いており、素早く矢を番《つが》えて狙いを『うち』さんへ定めていた。一連の動きに無駄がなく、本当に一瞬でそれが行われたような錯覚に陥る。

『うち』さんもそれに気づき、すぐに右手の武器を顔の前に出した。

瞬間、武器の腹にテグさんが放った矢が着弾。普通の矢では出ないような爆裂音が響く。

ガィン、という音が耳に叩き込まれ、僕も目を細めてしまう。それだけ凄《すご》い音だった。

『うち』さんは顔をしかめながらテグさんを見るが、すでにテグさんは次の矢を番えている。防御の際に吹っ飛ばされた『うち』さんとテグさんの距離は、ちょうどテグさんに有利な遠距離間合い。

それに気づいた『うち』さんは距離を詰めようと走り出す。テグさんの手元に注目し、矢を放った瞬間には反応してやろうという意思が伝わってくる。

だがテグさんは矢を番えるのをやめ、なんと『うち』さんと間合いを一歩で詰める。

この行動は『うち』さんの予想外だったのでしょう、そこにテグさんが手に持った矢で『うち』さんの目を狙って突く。

矢の鏃《やじり》なんて小さい物だ。本来なら致命傷にはなりえない。だけど、互いに突っ込んでカウンターの形となりながら、しかも眼球という急所を狙えば、致命傷になる可能性はある。

それに気づいた『うち』さんは武器を順手に持ち替えて、矢を切り払う。当然矢は半分に斬られ、鏃《やじり》が地面に落ちる。

『うち』さんがさらに武器を振りかぶって斬りかかろうとした瞬間、テグさんは一気に後方へ跳躍した。さらに矢を弦に番《つが》えて、すでに狙いを定めている。

一拍の無限とも思える時間、『うち』さんが打ち抜かれるかも。僕はそう思ってしまった。

が、『うち』さんは顔をしかめて目を閉じる。その動きで、『うち』さんは人格と体格をチェンジさせていた。

あれは『僕』さんだ。武器を手槍《てやり》に変形させると、目を開き横へ跳躍。

テグさんは『うち』さんの変貌に驚くかと思ったが、すでに情報を得ていたらしく、驚くこともなく跳躍先へ狙いを定めつつ着地する。

一瞬。一瞬だった。すでに『僕』さんはゆったりとした、それでいて素早すぎる動作で構えていた。まるで時間が省略されたような動きに、テグさんも驚きながらもう一度後方へ跳躍しつつ矢を番え直していた。

だけどテグさんの右肩を掠《かす》めるように『僕』さんの槍による刺突が放たれた。『僕』さんの攻撃の方が速い！

血をまき散らしながら顔を歪《ゆが》めていたテグさんですが、それでも矢を番えて放っていた。

『僕』さんは冷静だった。鏃の方向、傷を受けたことによる手元のブレ……テグさんの変調を見抜いて矢を躱《かわ》す。

言っておくけど、たとえテグさんが少々の手傷を負おうが関係ない。本来は手槍が届くような間合いで放たれた矢はもの凄《すご》く速い。簡単に避《よ》けられるものじゃない。

なのに『僕』さんはなんでもない様子で躱す。そのことにテグさんは驚いていた。

そのまま何度か後ろへ下がり、テグさんは矢を番える。

『僕』さんも手槍を構える。

ここで二人の動きが止まった。片や素早く狙いを定め矢を番えて放てる弓の名手。

片やその矢を躱し超速の刺突を放てる武術の達人。

矢を躱されればテグさんはもう一度攻撃を食らう可能性がある。

一瞬の隙を見逃せば『僕』さんは矢で撃ち抜かれる。

気を緩めることのできない緊張が、二人の間に漂っていた。リルさんもこれほどの攻防戦で手を出せば、ただテグさんの邪魔になることがわかっているため何もできない。

ここで僕を連れ出せる可能性があると思ってるだろうけど、僕はわかっている。ここで僕が逃げれば、テグさんもアサギさんもカグヤさんもオルトロスさんも殺される。

わかる。テグさんだって強い。というか想像以上に強い。攻防を見れば、僕にだって理解できる。

だけど……もし『俺』さんが出てきたらどうなる？　結果なんてわかりきってる、一瞬でテグさんは斬り殺されるだろう。

「シュリ、今のうちに逃げよう」

リルさんはもう一度、僕へ近づこうとする。反射的に僕は、下げていたナイフをもう一度喉へ突きつけた。

悲しそうな顔をするリルさんを見て、僕はこれ以上のことができなかったんだ。

「駄目です。リルさんが逃げてください」

「リルを、信じてないの？」

リルさんの泣きそうな目を見て、僕の心はぐらつく。

視線を『僕』さんへ向けると、なんとこっちに目線を向けているではないか。目の前でテグさんが狙いを定めているというのに、緊張のかけらもない。

思い知らされる。『僕』さんはまだテグさんを殺す実力を隠せるほど余裕があると。

「信じても、駄目なんです。リュウファはまだ本気じゃありません。僕が逃げればみんな殺される」

「なんとかする」

「なんともなりまっ……」

「なんともならんよ」

静かな声だった。『僕』さんの顔と体格が変わり、僕の恐怖が呼び起こされる。リルさんもまた、その姿に慄《おのの》いていた。

武器は刀のそれ。顔つきと体格が、リュウファ最強の人格である『俺』さんへと。

「シュリよ。よく逃げなかった。褒美にこいつらは殺さないでやる。約束通りお前は喉にナイフを突きつけてその場に留《とど》まったのだから、『俺』も約束を果たさねばなるまい」

あまりの言い分に、テグさんのこめかみが引きつった。

当然ですよね。『俺』さんの言い分は、言ってしまえば「いつでもお前は殺せるけど、お情けで殺さないでいてやる」ってことなんですから。

テグさんだって自分の弓術に自信を持つ武人だ。遠近どちらも対応できる戦い方を編み出し、実践している。

なのに『俺』さんは、それを歯牙《しが》にも掛けない物言い。

「は！　お前のことはクウガからよく聞いてるっス。対策は十分っスよ」

「当然だ。戦った相手が生き残っていたのなら、その情報と対策は共有するものだ。『俺』はそれも前提にして戦っている」

「なに？」

「わからないか？」

『俺』さんは静かに告げた。

「対策されても、それを上回る技術を常に模索し発見し体得し続ける。それが、」

言葉の途中でテグさんは矢を放った。本当に唐突で、僕もその瞬間を見逃していた。

パン、と弾《はじ》けたような音。しかしそれは『俺』さんが矢で撃ち抜かれたわけじゃない。

なんと『俺』さんは、放たれた矢を左手で掴《つか》んで受け止めていたのです。

「は？」

テグさんの呆《ほう》けた声。『俺』さんは矢を捨てると言った。

「『俺』たちリュウファ・ヒエンというわけだ。クウガとやらの技『枝垂れ』は、このように応用が利くまで習得させてもらった。しかし」

『俺』さんは矢を掴んだ左手を見ながら言いました。

「さすがにここまでの威力の矢を掴むには、まだ修練が足りないな。そこも含めてクウガの才能だったんだろう、これは俺にも真似しきれんな」

「な」

「さて」

『俺』さんは刀を構えた。今度は大上段だ。攻撃一辺倒の火の構え。

「一撃で終わらせる。死ぬことはないが、痛いぞ」

テグさんは冷静に再び矢を番《つが》えて放とうとする。怪我《けが》をしていても動きは速かった。

だがそれ以上に『俺』さんが速い！　大上段で構え、刀の形となった武器を、一気に振り下ろす。

大きく踏み出し、息を吐き、左片手となる。さらに左足で踏み出しながら顔を背け、肩を入れてさらに間合いを伸ばす。武器の柄尻を人差し指と親指を使ってギリギリで握っていた。踏み込みの大きさと一連の動作から、普通の斬撃よりも遥《はる》かに遠い間合いの一撃。

しかもそれが尋常ではない速さで、テグさんの左肩に直撃した。

肉を打ち骨を砕くような嫌な音。反応ができなかったテグさんはその一撃で動きを止め、その場に膝を突いてしまいました。

「六尽流刀《ろくじんりゅうかたな》の型『鷹汐《たかしお》』」

『俺』さんは姿勢を戻してから、テグさんへと近づいた。

「人間の体ってのは、手が届くように腕を伸ばしてもそんなに遠くまで届かないときがある。そんなときは肩を入れつつ首をそっぽに向けてみると、意外なほど腕が伸びるんだ。これを応用したのが『鷹汐』ってわけだ。刀の間合いの遥か外から敵を殺す技。

本当なら刃で脳天を割り切るか、肩から心臓まで切り裂く技なんだがな。峰打《みねう》ちで済ませてやった」

ひゅん、と刀を振るってから逆手に持ち替える。

「シュリに感謝するんだな。あいつが約束を守ろうとしなければ、お前らを殺していた」

「お、お前……っ！」

「じゃ、寝てろ」

そのまま『俺』さんは、逆手持ちの刀を再び峰打《みねう》ちで振るった。

防御することができなかったテグさんの顎《あご》を撃ち抜き、テグさんは白目を剥《む》いてゆっくりと倒れ、気絶する。

どさ、と倒れたテグさんを見てから、『俺』さんは武器を片手半剣に変形させて、顔を手で覆いました。

「あとは任せた、『うち』」

「わかった」

ぐに、とリュウファさんの体格に変化が起きる。少女のそれに変わっていき、顔から手を離したときには『うち』さんのそれに変わっていた。

そのまま『うち』さんはこっちに近づいてくる。圧迫感が増し、呼吸が荒くなりそうでした。このままだとリルさんが斬り殺される。予感であるけど、確実に来るとどこかで確信できました。

リルさんは僕と『うち』さんの前に立つ。右手を『うち』さんへ突き出し、威嚇《いかく》する。

だけど『うち』さんには攻撃の意思が見られず、そんな『うち』さんの穏やかな顔にリルさんも毒気を抜かれたようで、行動ができませんでした。

「シュリは約束を守った」

『うち』さんは静かに呟《つぶや》くと、リルさんの横を通り過ぎる。

「だから『うち』たちも約束を守る。お前たちは殺さない」

そして僕の前まで来ると、僕の肩に手を置きました。

「もうこいつは連れて行く。関わろうとするな。いなかったものとして忘れろ」

「なにをっ」

リルさんは振り向いて怒鳴ろうとしますが、『うち』さんがその前に僕の首に刃を突きつける。それにリルさんは動けなくなってしまった。

「では、さらばだ」

一瞬だった。『うち』さんは振り向きざまに武器の柄の部分を振るい、リルさんの鳩尾《みぞおち》へ沈める。

リルさんはうめきながらゆっくりと倒れ、もがいていました。思わず助けようと手を伸ばしましたが、それを『うち』さんが掴《つか》んで止めました。

「いくぞ、シュリ」

「最後に、少しだけ話をさせてください」

「……ま、いいでしょ。馬車の用意が終わるまでね」

『うち』さんは僕から離れて、幌《ほろ》馬車の方へ行きました。

僕は『うち』さんの後ろ姿を見てから、リルさんに駆け寄る。

「リルさん、聞いてください」

「シュ……リ……」

「僕はこれからリュウファと一緒に行きます。リュウファの言うとおり、さっき僕が言ったとおり、僕がおとなしくしている限り、殺しはしません」

「駄……目……」

リルさんは痛みと苦しみと悲しみで涙をこぼし、口の端から唾液を流しながら僕へ手を伸ばす。

今度はその手を掴《つか》んだ。そして、言わなければならないことを、伝えるべきことを伝えないといけない。

時間がない。

「時間がありません。端的に言います。どうやら連れて行かれる先に、僕の知らない僕のことを知ってる人がいるみたいです。その人に会って、聞くべきことを聞きます。確かめないといけないことを、確かめてきます」

リルさんの目が、それでも行かないでほしいと訴えているのが見えた。

ああ、やめてくれ。その目を、やめてくれ。僕の決心が揺らいでしまう。

決めたんだ。リュウファさんに誰も殺させない。僕は自分の知らない真実を確かめる。

そのためにこの茨《いばら》の道を進むのだと決心して、ここに残って喉にナイフまで突きつけてリルさんの手を払った。

もう戻れない。戻るのだとしたら、

「それを全部確かめてきたら、必ずみんなの元へ帰ります。それまで、待っていてください」

僕の言葉にリルさんは目を大きく見開き、そして静かに閉じた。涙を流しながら、無理やり納得しようとしているように見える。

リルさんの涙を見て、ようやく僕自身も涙を流していることに気づく。

するとリルさんは、僕が掴んでいた手をほどき、ゆっくりと動かした。

されるがままにしていると、自然と指切りの形になっていたんだ。

約束、必ず帰って来い。

リルさんからの、静かな激励と約束。そして無事への祈り。

「はい。約束です」

僕は無理やり笑みを浮かべて言う。するとリルさんは指切りをやめ、ゆっくりと地面に手を下ろした。

「いって……らっしゃい……」

消え入りそうな声で言われたそれに、僕は涙を拭《ぬぐ》ってから答えた。

「いってきます。必ず帰ります」

僕はそう答えて、『うち』さんの元へと歩く。

「話は終わった？」

「はい」

「別れは済ませた？」

「……はい」

僕がいつか逃げることを見透かしていた上での質問。僕はためらいながら答えた。

『うち』さんは御者席に座り、隣をポンポンと叩《たた》く。

「じゃ、いこう」

僕はその席に座ってから、みんなを見る。

テグさん、アサギさん、カグヤさん、オルトロスさん。

そして、リルさん。

僕を助けに来てくれた人たち。そして僕が助けたいと思っている人たち。

今はまだ帰れない。帰ればみんな、殺される。

あのときリルさんの手を取って無理やり逃げていれば、きっとリルさんたち全員が殺されていただろう。

みんなが生きるために選択したこととはいえ、それでも……仲間を信じられないからこの結果ではないのか？　と思ってしまう自分もいる。

あのとき、リルさんと一緒に逃げていれば、テグさんたちは僕を気にすることなくリュウファと戦えたのではないのか、と。

二つの真反対の考え……逃げていればどうにかなっていたのでは？　と思う自分と、逃げてもみんな殺されるだけでどうにもならなかった、と思う自分がせめぎ合って、心と体が砕けそうなほどに苦悩する。

そんな僕に、『うち』さんが肩を叩いてきた。

「シュリ。多分、逃げてれば良かったとか逃げても無駄だったんじゃないか、って迷ってるでしょ」

内心を当てられてギク、と動揺してしまう。

しかし『うち』さんは溜め息をつき、呆《あき》れた様子を見せました。

「キミならわかるはずだ。『うち』たちが本気を出せば、あの場にいた全員を殺せてた」

「……でしょうね」

「でしょ？　『うち』たち……『俺』ですら、キミがあの場で逃げなかったからこそ約束を守った。自分の喉にナイフを突きつけ、本気で自害しようとした。ちゃんとこっちに来ようとした律儀《りちぎ》なところに免じて『うち』たちは一人も殺さなかった。

キミは約束を守っただけ。そして『うち』たちも約束を守っただけ。気に病むことは何もない」

『うち』さんはそう言うと、僕の肩をポンポンと叩《たた》いて手綱を握り、馬を走らせる。

遠ざかるみんなの姿を、僕は御者席から振り返って見る。

涙が溢《あふ》れてくるが、それを無理やり拭《ぬぐ》って止めて、もう一度前を向いた。

必ず帰る。帰ってみんなに謝ろう。

そして、僕が確かめたいことを全部確かめて、この旅を意味のあるものにするんだ。

でなければ、なんのために僕がここにいるのか、わからなくなってしまうから。

八十九話　御屋形《おやかた》様と茶碗蒸し ～シュリ～

「そろそろ到着するぞ」

「はい」

リルさんたちと別れてしまってからさらに十日ほどが過ぎた。

山を越え、川を越え、橋を越え、平原を越えて進んでいき、遠目に大きな城壁と街……らしきものが見えてきた。

リルさんたちへの思いと心配と罪悪感がない交ぜになったまま、精神がボロボロの僕でしたが、こうして到着すると……本当に遠くに来たんだなと思わされる。

「……そろそろ説明が必要だろう。ここがどこか、とかな。もう城壁と城壁外町が見えるところまで来たんだ。隠し事はやめる」

「ここがどこかなんてのは、前からわかってましたよ」

そら、僕を誘拐するときにどこへ連れて行くかわかること言ってたし、僕もそこまでバカではない。

「ここはグランエンド、なのでしょう？」

「その通りだ」

『俺』さんは前を見ながら答える。その横顔に僕は問いかけた。

「それで、説明をしてくれるんですか」

「ああ。お前の言う通り、ここはグランエンド、鎖国政策を基本とする国だ」

「鎖国、ですか」

ここでまた日本的な言い方が出てきても、僕はそこまで驚きませんでした。御屋形《おやかた》様というのが地球の人間なら、そういう言い方や政策を施行《しこう》していてもおかしくない。

と、思考が脱線しようとしていた。

「そうだ。基本的に外国との付き合いは少ない。外国との商売は、御屋形様と国主様が許可を出した御用達商人が、許可を出した国との間だけで行っている。もちろん、相手国には知られないようにしているがな。グランエンドはただでさえ外との交流を極限まで絞っているので、そんな国と商売で渡りを付けたい有象無象《うぞうむぞう》は多い。できるだけ知られないようにしている」

「なんでそんなことを?」

「わかるだろ?」

『俺』さんの一言で、僕は察した。

グランエンドは……かつてアルトゥーリアでもスーニティでも、婚姻政策によって国の乗っ取りを企てたりしている。諸外国との関係悪化なんて屁《へ》でもないって感じだ。

それを考えると、最終的にグランエンドは大陸全ての国を平定して天下を取ろうとしてる。となれば……御屋形様というのが地球人ならば、地球で再現できる武器や技術を使って国を強く豊かにしているはずだ。

技術や知識を秘密にする必要があったんでしょう。仮想敵国へ対抗するために。

と、ここまで考えて僕は気づく。

「国主様、というのは誰です？」

「グランエンドの支配者だ」

「……？　支配者は御屋形様では？」

「来ればわかる」

『俺』さんの言葉によると、僕はとりあえず黙って付いていく必要がありそうです。

徐々に徐々に町に近づくと、町の外側のあちこちに防衛のためか偵察のためか櫓《やぐら》が多く建てられていることに気づく。そこにいる人たちが僕たちを見ると、忙しく櫓の麓《ふもと》から狼煙《のろし》を上げ始めました。

「御屋形様はそろそろお気付きのはずだ」

『俺』さんの呟《つぶや》きに、僕は緊張してしまう。

というか、僕は櫓《やぐら》の上の人と狼煙《のろし》を上げている人の服装を見て、体中に鳥肌がたった。

「……あれ、着物……？」

そう、着ている服がどうにも、日本の着物を異世界様式に合わせた感じに見える。今まで見てきた服はシャツとズボンってのが多かったから。

だけどこの国は違う。着物や胴着のような上着にズボンという感じだ。ズボンも袴《はかま》のような、腰で結ぶ紐《ひも》が見えた。上手く説明できないけど、なんか日本を彷彿《ほうふつ》とさせる。

いくつもの櫓を見てみても、そこにいる警備兵は同じ服と鎧《よろい》を着ている。つまり、あれは正規軍の兵士かもしれない。同じ軍服と鎧ってことなので、そう判断できるかも、ですけど。

「『俺』さん……聞きたいことがあるんですけど」

「聞きたいことは『俺』ではなく御屋形《おやかた》様と国主様に聞け。『俺』から答えられることはこの国の大まかなことだけだ。さっきのような、な」

『俺』さんはこれっきり黙ってしまった。前を向いたまま手綱を握って、黙々と馬を操るだけです。

こうなったらダメだ。『俺』さんは頑固、というか任務に非常に忠実な人だ。やるな、と言われたことはやらないし、やれ、と言われたことは必ずやりきる人だ。僕がここにいるのがその証拠だし、僕と交わした約束は律儀《りちぎ》に守ってくれる人。

となればこれ以上の情報収集は不可能だろうと判断する。無駄なことはしない。これから出会うことになるだろう御屋形様と国主様とやらとの話の、あらゆるシミュレーションを頭の中で行っておくべきだ。

と、思ったのですが……。

「リュウファ様、お帰りなさいませ」
「ああ」
「リュウファ様、お元気でしたか？」
「まぁな」
「リュウファ様、今度道場の方にも顔をお出しに？」
「時間があれば」

城壁外町と呼ばれる城壁の外の町に幌《ほろ》馬車が差し掛かると、考える余裕がなくなってくる。

なんせ、見えてくる景色がどこか、江戸時代から明治時代へ移り変わろうとする日本を彷彿とさせる文化、文明、風土なのです。

長屋のような、石と木でできた住居や店が立ち並ぶ。建物の外見は時代劇のセットを思わせる。

路面は土のままだけど、真っ平らに整地されています。よく見れば不自然なほどの整地具合です。どうやったんだこれ……？

道を行く人を見れば、やはり着物と異世界の服を融合させたような、どこかちぐはぐな服装でした。上は着物、下はズボン。作務衣《さむえ》を外で普段着として着られるようにした感じ。

さすがに髪型はちょんまげとかではないです。まぁ、異世界特有の髪の色の派手さはありますがね。赤黄緑青白といろいろです。

黒髪を見ないのは不思議ですが……そこはまぁいい。

さらに郊外の方のことを思い出す。城壁外町のさらに外側には麦畑や田んぼ、多種多様な畑が広がっていました。そういう方面でも力を入れているのでしょう。

どこか日本的で、どこか異世界と混じってる感じ。

不自然な光景だけども、なんとなく懐かしい。

その懐かしさに、僅かな温かさが胸に宿ります。

「……なんというか、〝時代劇としての江戸〟を無理やり再現したような、国、かな……」

思わずポツリと呟《つぶや》きました。隣の『俺』さんに聞こえているはずですが、反応はない。

どのみち答えてくれないので、黙ったまま向かう先を見ていよう。

馬車はとうとう城壁の前まで来ました。そこには城門があり、兵士が二人で番をしている。その近くには詰め所まであった。

近くで城壁を見て驚いた。てっきり石造りだと思ってたけど、別のものだ。ところどころ木造で、矢を射るための穴や城壁の上を移動できる道があるのがここからでもわかる。

高さとしては……どれくらいだ？　十メートル？　近くで見るとかなり高く見える。

だけど壁の素材はどう見ても……コンクリートだ。ツルッとしてでのっぺりとした外見は、コンクリート住宅とかを日本で見てきた僕にはなじみ深いものだ。

これは……多分、中に鉄とか入れてるんだろうな。鉄筋を入れて補強するような感じ。ところどころ巨大なブロックで型枠を作り、そこに生コンを流し込んでって感じで作ってるのかも。いや、詳しくはわかんないけど。

こんなものを作るなんて……。

「これ、コンクリ……？」

「この城壁は御屋形《おやかた》様が計画され、作られたものだ」

なんと、この疑問には答えてくれるらしく、『俺』さんが口を開きました。

「大昔、グランエンドが国と呼ばれるようになる前、御屋形様がここを統治するに当たって統治機構である城や行政機関、主要施設を守るために、短期間で簡単に作れる安価な城壁を提案し、実行なされたのだ。何もなかったところにこれほど立派な城壁を作ることができたのは、御屋形《おやかた》様の手腕によるものだ」

「……普通、城塞《じょうさい》都市って城壁の中に主要な建物や生産施設が入ってて、生活はある程度中で完結してるもんじゃないですか？」

詳しくは知らないけど、これほどの城壁を作ってるなら城塞都市って呼んでも差《さ》し支《つか》えないはずだ。だけど、城壁の外にまで町や畑が大きく広がってしまっている。

僕の疑問に『俺』さんの眉間に皺《しわ》が寄りますが、さらに続けて聞きました。

「それに、城壁の外と中とでは身分格差とか生まれる可能性がありません？　こういうのって。そこら辺どうなってるんです？」

「お前の抱いた疑問はもっともだ」

『俺』さんは眉間を指で押さえながら言いました。

「事実、お前の言った問題は表面化していないものの、確かに存在している。無理もない、城壁の中に主要施設があって、それを管理する人員……重要人物の住居がある。そして研究施設で作られる品種改良された良質の食材が中で流通していたりする。身分格差は徐々にできてきて、御屋形様も対処なされようとしている」

「となると……もしかしてこの国が急激に栄えたせいで、城塞都市を造った当初の予定を遥《はる》かに超える国民が集まってきちゃったってことですか？」

「ああそうだ。集まってくる国民を追い返すわけにもいかない。せっかく三食食える仕事があり、平和で健康に暮らせる住居があって、人間関係も構築されてるんだ。町として、国としての形を作るには人がいる。それを追い返すわけにはいかない」

まぁその言い分はもっともだよなぁ。

僕は改めて後ろを見て、城壁外町を観察する。江戸の下町文化と異世界文化が歪《いびつ》ながらも混ざったような町並み。人々は笑顔で過ごしている。

平和を享受し、充実した毎日を過ごしてるってのがよくわかります。ここだけ外の世界とは隔絶した、隔離されたような感覚。

「……この人たち、外のことはどれだけ知ってるんですか？」

「そこも御屋形様に聞け」

あら、ここは答えてくれないか。

馬車が詰め所の兵士に止められる。『俺』さんと兵士が何かを話し、話が通ったみたいで馬車が走り出す。

城壁の中の街へ。どんなところなのか、と僕は好奇心が湧いてきた。

だけど、拍子抜けするほど外とあまり変わらない。

確かに大きな施設や立派な石畳の道なのだけども、長屋が並んでいるし、歩いている人たちの服装も外と変わらない。

これはどういうことだろう、と思うけども『俺』さんは何も言わない。

てっきり、中にいる人たちは凄《すご》い豪華な服を着て、デブった体を揺らして歩いていると思ったのですが、そんなことはない。治安は良さそうで、しょっちゅう二人組の兵士とすれ違う。

歩く人がこっちを見るけど、隣の『俺』さんを見て親しげに手を振ったりします。

……ていうかリュウファさんって慕われてるんだな。意外だった。てっきり、冷たい仕事人として恐れられているのかな、と思ってたんですがそうでもないらしい。

そのまま馬車を走らせると、小高い丘が見える。その先に武家屋敷のような立派な建物が見えた。三階建てで、ここにも門扉があって兵士が立っている。

「さて、ここからは喋《しゃべ》るな」

「はい？」

「これから国主様と対面する。その後で御屋形《おやかた》様だ。お前は御屋形様と対面するまで何も喋るな。これは国主様も了承している」

「え、え？」

「いいな？　何も答えるな。何もするな。何をされても反応するな。これを破らなければ、守ってやる。以上」

戸惑う内容でいきなりだったので驚きましたが、リュウファさんは何も言わない。『俺』さんの顔から『僕』さんの顔へと変わっていく。

どういうつもりなのかわからないけども、言われた通りにしておくか。

この人は、約束は守る人なのだから。


門扉を越えて馬車を停め、『僕』さんを先にして歩く。

武家屋敷の外見通り、中にいるのは武家に仕える侍女のような女性や文官、武官を司《つかさど》る人たちとさまざまだ。

中もかつて見学した、広島の城のような内装だけれども、どこか今まで見てきた異世界の城も彷彿《ほうふつ》させる。なんというか、ニュービストの城をさらに和風の様式に寄せた感じだろうか？

その階段を『僕』さんの後ろに追従して歩く。あと、意外だけど中は土足厳禁らしいので、僕は靴下で歩いている。

『僕』さんはブーツを脱いでたので、この人こんなの履いてたのかと思ったよ。

最上階まで上がれば、窓から町並み全部が見える。良い景色だ。

「兄者《あにじゃ》」

と、よそ見してたら『僕』さんがいきなり止まってしまったので、僕も慌てて止まる。

『僕』さんの後ろから前を覗《のぞ》いてみると、そこには太めの白杖《はくじょう》を持った、なんというか線の細い美男子が立っていた。

くすんだ茶髪をポニーテールにして、袴《はかま》と着物を身に着けている。これは日本のそれに限りなく近い。顔つきは優男《やさおとこ》でほっそりとした、女性受けしそうな儚《はかな》さを感じる人だ。

だけど、目を閉じたまま聞き耳を立てているような様子だ。もしかしてこの人、目が見えない？

「……ルゥヒ？」

「ああ、帰ったのか。ルゥヒ」

誰のことだ？　と思ったが、『僕』さんの隣に立って顔を見てみると、その顔はいつも以上に厳《いか》つくなって怒気を感じさせた。怖い、と思ってしまう。

「兄者《あにじゃ》、『僕』はもうリュウファなんだ。ルゥヒという名は捨てている」

「ああ、そうだったな。すまない。二人きりだと思って、名を呼んでしまった」

兄者？　この人は『僕』さんのお兄さんなのか？　身内がいたのか？

疑問は尽きませんが、お兄さんは僕に気づいたように聞き耳を立てます。

「おや？　隣に誰かいるね？　その人は……」

「……国主様とあのお方の命令だ」

「なるほど。それは失礼した」

お兄さんは白杖《はくじょう》で床を叩《たた》きながら、こっちにゆっくりと近づいてきます。大丈夫だろうか、こっちから近づこうか。

と思って足を踏み出そうとした瞬間、僕の肩を『僕』さんが掴《つか》んで止める。

「近づくな。兄者に不用意に近づくと、間合いに入った瞬間斬られるぞ」

「え」

「聞き慣れない足音や気配が近づくと、ほとんど無意識に仕込《しこ》み杖《づえ》を抜いて斬り捨てる。兄者は目が見えないが、間違いなく達人だ」

その言葉を聞いて、僕は足を止めました。下手に近づけば殺される、と言われたならば忠告に従うだけです。

「君が、シュリくん、かな？」

「あ、はい」

近づいてきたお兄さんは、僕に右耳を向けるようにして聞いてくる。僕は頭を軽く下げて挨拶を返しました。

「失礼。某《それがし》はクアラ・ヒエンというものだ。名乗りが遅れて失礼した」

「はい……ヒエン？」

気になって聞き返してしまいました。リュウファさんと同じ名字《みょうじ》、何か関係があるのか？　と好奇心が湧いてしまいました。

で、一瞬で後悔した。リュウファさんに「反応するな」と言われていたのを忘れてたから。隣を見れば『僕』さんが睨《にら》んでた。

僕はすみません、と小さい声で謝罪をしてから『僕』さんの後ろに下がって控えます。

これ以上『僕』さんの逆鱗《げきりん》に触れたくない。

お兄さん……クアラさんはどうなのかというと、どこか納得したように頷《うなず》いています。

「ふむ、確かに気になるところなのはわかる。だが、某《それがし》とリュウファ様の関係をここで語ることはせぬ」

「……？」

「ふむ、疑問に思うのは当然のこと。首を傾《かし》げ、眉をひそめたな？　当たり前の反応だろうね」

え？　『僕』さんの後ろに立ち、ほんの僅かな動作をしただけなのに、それを察知したように語るクアラさんの物言いに、僕は恐怖を感じる。

耳が良いのか、それとも勘が良いのか。目は見えないが感覚が鋭い。

「それを語るのはあの方と国主様だ。くれぐれも無礼なことはしないように」

「……はい」

「そこら辺はルゥヒ……おっと、『僕』さんが語っているだろう。注意すること。それと『僕』さん」

クアラさんは『僕』さんの方に耳を向けてから言いました。

「たまには実家に帰ってこい。それだけなら『俺』様も許してくださるだろう」

「……どうかな」

「お前には悪いことをした。本当は某の役目だったのに……目を患《わずら》ったばかりに苦労をかける」

「言うな。『僕』は納得してると昔から言ってるだろう」

「そうか……では後でな」

クアラさんはそう言うと、振り返って白杖《はくじょう》で床をトントンと叩《たた》きながら去って行きました。クアラさんが曲がっていった廊下の先を見てから、僕は『僕』さんの様子を窺《うかが》ったのですが、後ろ姿に、もう何も聞くなっていう雰囲気がありありと浮かんでいたので、何も聞けずじまいです。

『僕』さんは黙ったまま歩き出してしまったので、その後ろを歩いて行きます。

……某の役目だった。苦労をかける。

この言葉、どういう意味だろうと悩む。悩むが……今は考えるのをやめましょう。

これから会うだろう国主様と御屋形《おやかた》様にどういう話をするか。

そっちに集中した方がいいから。

そして、リュウファさんに案内された先。

おそらく謁見《えっけん》の間か評議の間か、そう言ってもいいだろう大きな広間に入りました。

そして僕たちはその中央に座り、上座の空いている座布団を黙って見ている。

もう疑う余地はない。床が畳である時点で、日本人がこの国の発展に関わってるんだろうと悟る。この広間も時代劇に出てくるような評議の間で、障子《しょうじ》や襖《ふすま》が存在している。なんのつもりでこんな部屋を作ったのか。水墨画《すいぼくが》のような立派で大きな掛け軸まで掛けられているんだ。

そこに正座をして待つ。『僕』さんも正座だ。横に武器を置いている。

静かに待っていると、突然スパーンと障子が開かれて、ズカズカと誰かが入ってくる。

見た目は少女だ。リルさんのような研究服だけど黒い色で、その下は簡単な白いチュニックと灰色ズボンという、おしゃれなんて考えていない感じ。

髪はボサボサの金色を無理やりうなじの部分で縛っていて、それが肩甲骨《けんこうこつ》まで伸びていた。顔を見た第一印象は、くたびれた研究者って感じ。だけど顔つきは可愛い。疲れたような目つきをしている。

「ローケイ。もう少し静かに入れないのか」

「うっさいわね。アタシ様に指図すんな、今日は時間に間に合ったんだからいいだろ」

「もう少し女性らしくしろ、と国主様からも言われてるはずだが？」

「魔工研究で実績を上げてるから別にいいでしょ」

ローケィと呼ばれた女性は不機嫌そうにあぐらをかいて座りました。

そのとき、僕は見た。彼女の腕に、リルさんの刺青《いれずみ》に似た模様が描かれていることに。

ローケィは僕の視線に気づいたのか、ニマッと嗤《わら》いました。

「ははは、そいつが任務で連れてきた奴か？」

「そうだ」

「じゃ、リルのことも知ってるわけだな。アタシ様にちょっとだけ追いつけそうな女の」

この人も魔工師というのは、話の中でわかった。リュウファさんとの関係はそんなに良くないらしい。自分に実力があるため強気になっているって感じだ。

……ここで僕は一つ思い出したことがある。アルトゥーリアで、リルさんが魔工研究をまとめた書類を盗まれたという事件を。

リルさんに似た刺青、魔工師、研究の窃盗《せっとう》。

そうか、こいつがリルさんの研究を盗んだ奴か。僕は正座して膝の上に乗せていた拳を強く握りしめる。

「……」

本当ならここで問い詰めて罵詈雑言《ばりぞうごん》を浴びせるべきでしたが、それもできない。『僕』さんと約束したから。

何も言わず何もしなければ、『僕』さんは僕を守るという約束だ。ここは敵地、少しでも安全は確保しなければ。

「いやー、あの女の研究記録を見たけど、アタシ様には及ばないがなかなか参考にはなったな！　アタシ様に活用されることを誇りに思っていい」

「よく言うな。行き詰まっていた研究が、『僕』が研究記録を持って帰ったことで進捗《しんちょく》したんだろう。しかも、その腕のやつもリルの研究の盗用だろう」

「は！　アタシ様だったらいずれ、そこにたどりついてた！　それがちょっと早くなっただけだ！　それに！」

ローケィは研究服の袖をまくって刺青《いれずみ》を見せてくる。うん、どう見たってリルさんのそれにそっくりだ。

僕が醒めた目で見ているのに気づかず、ローケィは興奮して続けた。

「あの女が作ったこれも、無駄があった！　わけのわからん魔力抵抗が生まれる魔字《マギ・スペル》まで刻んでたからな！　アタシ様はそれを改善し、完璧に魔力を流せる仕様にしたんだ！　威力や効率はあの女のものより遥《はる》かに上だ！　それに今、進めてる研究だって――」

「そこまでだ」

と、ここで開け放たれた障子《しょうじ》から、ゾロゾロと男女が入ってくる。全員で五人だ。

「ローケィはともかく、他の者たちはいつも通り時間を守っているな。ベンカクも」

『僕』さんは入ってきた五人にそう告げる。

一人は大男だ。オルトロスさんと同じような背丈で、それ以上に巌《いわお》のような筋肉が隆起している。なぜか上半身裸で藍《あい》色の袴《はかま》を穿《は》き、足袋《たび》を履いている。つるっ禿《ぱ》げで彫りの深い顔つきをしていて、さらに上半身が傷だらけだ。切創《せっそう》、火傷《やけど》、打撲痕とさまざまだ。

あと背中に、なぜか玄武《げんぶ》？　か何かの刺青まで彫られていて、地球で見たらただの反社会組織の構成員の鉄砲玉にしか見えん。この人がベンカクという人らしく、目を閉じたまま答えた。

「ワシは法天《ほうてん》として、法と命令を遵守《じゅんしゅ》しとるだけだ」

「それが大切なんだよねぇ、俺としてはさぁ。武天《ぶてん》として、稽古に無駄な時間は使わないようにしてるかんな」

二人目の男は長身痩躯《そうく》、青いシャツに膝下までの灰色のボトムス、そんで裸足《はだし》だ。鳶《とび》色の髪を坊主頭にしている。痩せていて頬はこけているが、顔つきも目が爛々《らんらん》としていて不気味だ。

「ビカ。何度も言うが鍛錬のしすぎは体を削るだけだ。休息も取れ」

「うるせぇ、リュウファに選ばれなかった俺は、死ぬ気で鍛錬しなきゃお前に追いつけねぇんだよ！」

「別に弱かったから選ばれなかったわけじゃない。リュウファとなるなら『僕』が最適であって、お前はお前で役目があっただけだ。事実、お前は六天将《ろくてんしょう》の中で武天と呼ばれるまでに成長しているじゃないか」

「は！　リュウファに選ばれた奴は余裕で羨ましいこった」

「そこまでにしなさい」

ビカという男性はそう言われてそっぽを向いた。どうやらリュウファさんとの関係、というか『僕』さんとの関係はよろしくない感じだ。

三人目の男性は背が低い。僕よりも低いな。百五十センチ代の後半くらいかな？

ツーブロックにした緑色の髪で、他の人よりも正装らしき着物を着ている。まぁ、それも着物にズボンで、洗練された装飾の袖の大きい上着を羽織っているから、見ただけの印象なのですけど。

顔つきは冷静そのもので感情が見えない。眼鏡をかけていて、それをくいと上げる。

「感情は大きく表すものじゃない。冷静に、冷淡に……心は温かく、頭は冷ややかに。それが軍や行政に関わる者に大切なことだ」

「け。マルカセよ、師天《してん》としての言葉かよ」

「師天としての言葉だ」

ビカからの言葉にマルカセという男性は答える。これも感情が見えない、なんというか決められた言葉を決められた通りに返してる感じだ。

残りの二人は女性だ。一人は……異様だった。虚《うつ》ろな目つきで真っ白なゴスロリメイド服を着ている。もう一度言おう。「真っ白なゴスロリメイド服」を着ている。

見たときに目を疑ったけど、肌も白く髪も白い。なんというか、雪の精霊が出てきたって言われても疑えないくらいの美人だった。

だけど目が虚ろでどこを見てるかわからず、心ここにあらずって感じだ。

「闇天《あんてん》ミスエー。何が見える？」

「……」

ミスエーという女性は何も答えない。僕と同じくらいの背丈で同い年ぐらいだが、周りの人間とは何か違う。ていうか『僕』さん、何が見える、って何が見えてるんですかこの人？

「話はそこまでにしよう」

ここで残りの一人の女性が言った。

「久しぶりに六天将が揃《そろ》い、魔人リュウファ・ヒエン殿までここにいる。重要な話が国主様よりされるのは間違いない。心して待つべきだ。

私は王天《おうてん》として六天将を束ね、魔人殿と同じ権限を持つ重責を担っている以上、国主様の前で皆の無様《ぶざま》な様子を見せるわけにはいかん」

その女性は、僕がこの世界に来て初めて見た黒髪の人だった。その長い黒髪を縛らずに背中に流し、太陽が反射して、艶《つや》やかで美しい。

動きやすさを重視した朱漆《しゅうるし》の胸当てに防具の垂れのような物を身につけている。白い胴着に金糸の装飾が施された紺色の襦袢《じゅばん》を着ていて、黒色の足袋《たび》を履いている。

何より目を引くのが、持っている薙刀《なぎなた》だ。かつてオリトルでクウガさんと戦った女性……ユーリさんも薙刀を持っていたが、これは圧巻だ。

柄も、刃も、太くて重く大きい。とても人間が振るうものとは思えない。長さも尋常ではなく、建物内で使うには不便だろうと思いました。

凜《りん》とした目つき、整った鼻筋、控えめで綺麗《きれい》な朱色の唇。日本的な美人だ。思わず目を引かれる。

そして存在感もあるらしい。他の人たちも『僕』さんも黙ってしまった。

『僕』さんと同等の権限を持つ、ということはこの人も相当な実力者ってことか？

これは、予想以上の幸運だったかもしれない。この国の重鎮となる人物たちを目にすることができただけじゃなくて、顔と名前をしっかりと記憶できる状況にある。

……ごめん、ガングレイブさん、みんな。僕はここに来て正解だ。重要な情報を得られたから、必ず生きて帰ってこのことを伝えるから。

僕は決意を新たにして、背筋を伸ばす。

しかし……六天将と呼ばれた人たちは、僕をチラチラと見ている。なぜここに、知らぬ人物が？　とか、もしかして話はこいつのこと？　とか、ローケィさんのように事情を知ってる人からはこいつのことか？　と思われているんでしょう。

普通なら僕について聞いてくるのでしょうが、それを『僕』さんが睨《にら》みを利かせて黙らせてるようです。ローケィのように、僕に余計なことを言ってイラつかせ、暴走してしまわないようにしているものだと思われます。

他にこの人たちにはどんな特徴があるだろうか。目線だけを動かして観察しようとしたとき、唐突に全員が正座して礼をした。

思わず僕も姿勢を正して礼をしました。ここら辺、日本人としての感性が残ってるんだなと内心笑ってしまいました。

そうすると、誰かが部屋の中に入ってくる足音が。二人分だ、そのうち一つは何かで畳を突いてるような音。引きずるような足音から察するに、さっきの杖《つえ》を持ったクアラさんか、と推測する。

「……確かこういうとき、頭を上げちゃダメなんだよな……？」

地球にいた頃の時代劇ドラマで、頭を上げろと言われるまで姿勢を崩してはいけないみたいな場面があったので、ここでもそうなのかと思って微動だにしない。

するとニ人の人物が上座に座ったのが、音でわかった。

「面《おもて》を上げろ」

クアラさんの声だ。ここでようやく、僕は姿勢を戻すことができた。他の人たちも同様にしている。

男性三人が上座に向かって左側、女性三人は右側に座っている配置だ。その中央、上座に座っている人物と、隣に控えるクアラさん。

こいつが、御屋形《おやかた》様？　いや、国主様か？　どっちなんだ……？　と疑問に思う。

国主様は、なんというか普通のおっさんだ。黒色に近い紺色の短髪に、特徴のない顔。体格は……鍛えてる感じがしない。身長は僕より少し高めか？

だが、眼光がやばかった。特徴のない容姿なのに目つきが滅茶苦茶悪い。眼光が鋭いなんてもんじゃない、あんな目で睨《にら》まれたら普通の人は怯《ひる》むしビビるっていうくらい。

「全員集合、ご苦労」

うわ、声も渋くて低くて重くて怖い。この人、目と声の迫力が凄《すご》いんだな、と気づく。

「六天将がそろい踏みになるのは久しぶりだな」

「国主様もご機嫌麗《うるわ》しゅう」

「ああ、ミコト。遠方での任務、ご苦労だった」

王天と名乗っていた女性、ミコトさんが頭を恭《うやうや》しく下げる。その顔は嬉《うれ》しそうだ。他の人たちが羨ましそうな目を向けている。どうやら国主様とやらは慕われてるようですね。

「さて、さっそくだが本題に入ろう。六天将たちの時間を取らせるわけにはいかん。本題は、リュウファの隣にいる男についてだ」

「国主様、こいつはガングレイブのところにいた奴ですか～」

「そうだ、ローケイ」

　ローケィの言葉に国主様は頷《うなず》いて肯定する。

「この中にはリュウファが任務で離れていたことを知っている者はいるだろうし、任務内容を知っている者もいるだろう。その任務で連れてきたのがそこの人物だ。

　名乗りなさい」

　いきなり国主様から話を振られ、僕はビックリしました。まさか名乗れと言われるとは思っていなかったから。

　しかし『僕』さんからは反応するなと言われている。これ、名乗っていいの？　と思って『僕』さんを見ると、小さく頷きました。

　どうやらここは反応してもいいらしい。僕は頭を下げてから言いました。

「東朱里と申します」

　よろしくとは言わない。それだけは言わない。よろしくするつもりがないんだから当然だ。それは意地でも言わない。

　と、内心思っていたのだけど国主様は構わないのか、気にする様子もなく言う。

「俺はグランエンドの国主、ギィブ・グランエンドだ。この国を統治している。お前をここに連れてくるように命令したのは俺だ」

　？　御屋形様ではないのか？　と口を開きそうになりましたが、あえて黙る。

『僕』さんが横目で僕を見ていたからだ。どうやら答える他はなにもするな、ということらしい。睨《にら》んでるわけではないのですが、余計なことは言わないでほしいというのはありありとわかる。

国主様……ギィブさんは正座からあぐらに足を組みかえ、僕の全身を観察します。

「さて、ここに呼んだ目的は知っているか？」

「何も知りません」

ここはすっとぼけとこう。僕の返答にギィブさんは満足そうに頷《うなず》きました。

「だろうな。簡単に言えば、強制的な勧誘だ。お前、記憶を失う前のことは？」

「気づけば……なので、昔の記憶があやふやでわかりません」

「お前は記憶を失う前はこの国の人間だった。目を掛けていたのだが、ある日事故が起きて行方不明になって、見つけたときにはガングレイブの所にいたというわけだ」

これ、どこまでこの嘘《うそ》に付き合えばいいんだ？　ギィブさんは、リュウファさんたちから聞いた話とは全く違うことを言っている。それに合わせて話さなきゃいけないから疲れてくるんですよね。

で、ここまで聞いて気づいた。多分、ギィブさんとクアラさんと六天将の人たちは、僕の詳しい事情は聞かされていないのかもしれない。

でも、なぜ？　こんな嘘を？　と思ったのですが、今はわからない。下手なことを言わないようにして、嘘に付き合った方がいいと判断する。

どうやらこの対応は正解らしく、『僕』さんは何も言わない。よかった、これで切り抜けられそうだ。

「いずれうちで働いてもらおうと思っていたのでな、返してもらったわけだ。皆もシュリの顔は覚えておけ、一緒に働くことになる」

「こいつ、何の役に立つんですかい」

と、ここで法天ベンカクさんが口を開く。まぁ、そこは聞きたいだろうね、そうだろうと思ってた。変わった格好の男。筋肉質でもなく、兵士として働けるわけでも頭脳がありそうでもない僕。何の役に立つんだと聞くのは必定でしょう。

ギィブさんはその言葉に頷きました。

「疑問はもっともだ。此奴《こやつ》が役に立つのは、主に食事の面だ」

「食事……ですか」

ビカさんがうさんくさい者を見るような目で僕を見ました。

「食事なら、あいつがいるじゃあないですか」

「あやつは俺専属だ。此奴は戦場でも、城の厨房《ちゅうぼう》でも、どこでも働ける。戦闘は無理だが、どこに行っても料理をする度胸と良い意味での泥臭さを持ち合わせている」

「そうそう！　あいつはどこかお高く止まっててアタシ様気に食わないのよねー」

ローケィは顔をしかめながら答える。

「なんか、外で働くアタシ様たちを見下してる感じがして気に食わない。国主様、あいつのあの態度、なんとかならないんですか」

「すまんな。本人にはしつこく注意しているのだが、性根がダメだ」

どうやらギィブさんでも諦めるような料理人がいるらしい。僕はその人の代わりに遠方に出たりして働け、ってことか。

確かに僕は戦場で料理を作ってきたし、修羅場も経験してる。普通の料理人よりは度胸はあるつもりだ。作れと言われたなら、どこでだって美味しい料理を作るさ。

……ん？　専属料理人？　どこか引っかかる。

「今日はその顔見せのために集まってもらった。皆の貴重な時間を使うに値する人材だと、俺から保証しておこう」

「そうですか……わかりました、国主様。それで、この者はさっそくどこに異動になるので？」

「それはだな」

「お料理をお持ちしました」

と、ここで一人の料理人が障子《しょうじ》の向こうで正座をして言いました。

横にはお盆に乗せられた料理がある。遠目からだけど、驚いた。

なんとも美しい料理だ。盛り付けもセンスがあり、綺麗《きれい》に調理されたステーキとソースの香ばしい匂いが、部屋の中に一気に広がってくる。

……？　この匂い、どこかで嗅いだような……だけど記憶にあるのより匂いが強く洗練されてる……？

「すまぬな、時間ではあるがまだ食べられぬ。だが、今回は許可する。持ってこい」

「はは」

その料理人の男は洗練された動作でお盆を持ち、こちらに近づいてくる。

緑色の長髪をうなじでまとめ、肩甲骨《けんこうこつ》の真ん中にまで垂らしている人だ。垂れ目で優しげな風貌、背筋が伸びている。背丈は僕と同じくらいか。

が、その顔を見て僕は寒けを覚えた。というより恐怖で体が震えた。

まさか、ありえない、そんなはずはない!!　何度自分に言い聞かせても、忘れられない顔がそこにあったんだ。

僕の中にある後悔の記憶……闇の中から助けることも手を差し伸べて引き上げてやることもできなかった、かつての友の顔。

その男がギィブさんの前に料理を運んでから、こっちを見た。

男と、目が合った。

男が僕を見て、最初は不思議そうにして、そして段々と驚きで表情を歪《ゆが》める。

相手の反応を見て、僕は気のせいではないことを悟る。

何度謝ろうと思ったか。何度言うべきことを言うべきだったと後悔したことか。何度も何度も、あの頃の失敗を取り戻して救いたいと思った顔が――。

「篠目《しのめ》……くん？」

僕が呼んだ名前を聞いて、相手も僕のことを確信して目を見開いた。

「まさか……朱里、か？」

間違いない。相手から僕の名前が出たことで、僕も確信した。

この人は――かつて僕と一緒にとある高級レストランで働いていた友人。

天才的な器用さで技術を吸収し、しかしその技術に溺《おぼ》れて「旨い」料理ではなく「上手い」料理を作るようになり、誰にも認められなくなって最後は死んだ。

篠目幸聡《ゆきさと》が、髪の色以外全てそのままの姿で、僕の前に現れた。

彼のことは昔はよく思い出していた。

あの頃の僕はどうしようもなく、彼が死んだ後はいづらくなってレストランを辞めた。

実はあのあと、数か月にわたって彼のことを気に病んでいたんだ。表面上は平気なフリをして仕事を、修業をしていた。

だけど心のどこかで引っかかっていた。自分にも何かできたんじゃないかと。

昔の後悔の原因が、目の前に現れたんだ。僕も篠目くんも動けなかった。

僕と篠目くんの様子を見て、他の全員が不思議そうな顔をする。まさか知り合いだったとは思ってなかったんだろう。僕だってそうだ。

死んだかつての友人にここで会うなんて、全く思わなかったわ。

「なんだ、ウィゲユ。知り合いだったのか」

「あ、いえ、国主様……」

篠目くんはギィブさんの言葉に、さっきまでの余裕そうな態度はどこへやら。動揺を隠し切れてませんでした。

……待て、今なんと言った？　ウィゲユ？

「はー！　あのウィゲユが！　いつも余裕綽々《よゆうしゃくしゃく》で嫌みなウィゲユが混乱する姿なんてアタシ様初めて見た！　ちょっと溜飲《りゅういん》が下《さ》がった！」

ローケィが何か騒ぐが、その前に僕の心と頭が燃えるように熱くなるのを覚えた。

そして、思い出した。

一気に脳内を駆け巡るのは、かつての大事件。

スーニティで起きた、僕が処刑される寸前までいった、レンハの暗躍。

レンハに吹き込んだ、下手すれば死人が出ていたほどの食に対する悪い知識。

それを教えた憎い糞野郎《くそやろう》が、まさか篠目くんだったと？　この人が？　それを？

一気に立ち上がろうとした瞬間、僕の肩を『僕』さんが掴《つか》んで止める。肩を掴まれてるだけなのに全身が固められたように動かない。

同時に指が食い込んできて、痛みによって一切の動きを封じられてしまいました。ちょうど肩のツボか何かに指を押し込まれ、そのせいで体中が痛みと緊張で硬直してしまうような。

『僕』さんを睨《にら》むが、『僕』さんは僕の方を見ない。離せ、と叫びたかったのですが口を動かすことすらできないほど痛い！

もし『僕』さんがここで止めてなかったら、僕はウィゲユこと篠目くんに殴りかかっていた。反撃されてボコボコにされても、相手をボコボコにするまで延々と殴っていたでしょう。

篠目くんがしたことは、それほど許されないことだ！　料理人として、同じ厨房《ちゅうぼう》で働いた友人として、決してしてはならないことをしでかした責任は取らせたい！

「国主様、それでは私はここで」

「いや、残っていろ。大事な話がある」

ピク、と篠目くんの肩が震える。何か言いたげだが、相手はこの国の最高権力者だ。逆らうことができないので、彼は部屋の隅に下がって正座をしていました。

ギィブさんは篠目くんが控えたことを確認してから、再び六天将へ視線を向ける。

「話を戻そう。シュリはその根性と胆力、料理技術を買ってここに来させた。ゆえに、建設現場、戦場といった外部での仕事が主軸となる」

「では、我々六天将のどこかへ配属を？」

マルカセさんがそう聞くが、ギィブさんは首を横に振った。

「いきなりそれでは、他の者と軋轢《あつれき》を生む。まずは姫のところに出仕させる」

「姫……？　姫……まさかアユタ姫のところですか？」

マルカセさんの言葉に、ミスエーさんと『僕』さん以外の全員がマルカセさんを見る。その中でローケィが口を開いた。

「いやいや……いきなりあの姫様のところはないでしょー？　一日で潰されちまうよ」

「ローケィの言葉は正しい。だからこそ、だ」

ここでギィブさんが目を細め、全員の顔を見渡した。

「まずはアユタの所にシュリを送る。そこで結果を出してから、他の所への配属となろう。あそこで結果を出せるなら、どこに配属されても納得してもらえる」

「そら、まぁ、アタシ様でも納得はするけど……」

なんだなんだ、他の全員が僕を同情するような目で見るが、そんなにヤバいのかアユタ姫ってのは。今からそこへ飛ばされる僕の背筋に、寒けが奔《はし》るのだが。

他の六天将が小声で何かを話し合い始める。が、そこでギィブさんが手を一つ打った。

パァン、と大きな破裂音に全員の背筋が正される。僕も含めてだ。

「話は以上だ。シュリは今後、うちで重要な働きを担ってくれるだろう。今日はその顔合わせのために呼んだのが目的の一つだ」

「では、他にも？」

「ミコト、他の話は後でする。……六天将たちは外せ」

「え？」

ここでミコトさんが戸惑う様子を見せた。

「我々が、出て行くので？」

「そうだ。シュリと話があるからな。それは、六天将には聞かせられない話だ」

「……わかりました」

ミコトさんは一度僕を睨《にら》んでから、

「行くぞ、みんな」

と呼びかけて立ち上がりました。

どうやらこんなことは初めてだったらしく、全員が僕の顔を見てから去って行く。まあ、六天将なんて呼ばれてこの場にいるんだから、高い立場の人たちなんでしょう。

なのに席を外して控えてろと言われる。しかも僕を残してだ。異常事態だと思ってるのかもしれない。

　で、六天将の全員が部屋から出て行き障子《しょうじ》が閉められ、足音が遠く去って行ったのを確認してから、ギィブさんは大きく溜め息をつきました。

「シュリ、本当はどこまで話を聞いている？」

　どこか心配そうな顔をして聞いてくるので、僕は『僕』さんの方を見た。

「もう大丈夫だ。ここからは受け答えしろ」

『僕』さんが許可を出したので、僕は恐る恐る言いました。

「えと、御屋形《おやかた》様に召喚されたとかなんとか」

「ということは、ほぼほぼリュウファから説明を受けてるってことだな。それで俺に話を合わせてくれたのか」

「……合わせた方がいいかなって思ったので」

　するとギィブさんは安心したように、肩から力を抜きました。

「正解だ。御屋形様の話は極力出さないようにしている。たとえ名前が出たとしても、国主という呼び名と御屋形様という呼び名は敬称が違うだけで、俺を指していることにしているからな。ここで俺が国主と呼ばれてるのに御屋形様が関わってます、なんて話がお前の口から出たら、他の者を混乱させる」

「？　国主様も御屋形様も、あなたを指すことにしてるけど、実際は違う、と？」

「そうだ。民が陛下のことを王さまと呼ぶこともあるだろう。あれと同じだ」

となると、話が見えてくる。

「では、御屋形様は別にいるってのを他の人に知られないようにしてる、と？」

「これ以上はここでは話せん。これから先は御屋形様と話をしてもらおう。ウィゲユと一緒にな」

「私も、ですか……？」

篠目くんは不思議そうに聞き返す。

「ああ。御屋形様は、お前たち二人と会うことを望まれている。ここだ」

ギィブさんは立ち上がると、後ろの掛け軸をめくりました。なんとそこには階段があるではないか。

なんてベタな隠し通路なんだ……と思わなくもないけど、正直これを他の六天将の人たちが知らないってことはないだろうなと思う。

「そんなバレバレの隠し通路、他の人になんて言ってるんですか？」

「国主一族がいざというときのために使う隠し通路と、周知させている。そして中に入ることは禁止だ。で、……この先に御屋形様はいらっしゃる」

ギィブさんは僕と篠目くんを手招きしました。

「行け。御屋形様がお待ちだ。ウィゲユ、お前は行ったことがあるだろう、案内のつもりで頼む」

「わかりました。行くぞ、朱里」

篠目くんはそう言うと立ち上がり、掛け軸の裏の階段を下り始めました。

僕も慌てて立ち上がり、その後ろを付いていく。後ろを振り返れば、『僕』さんがジッと僕を見ている。

軽く頭を下げてから、篠目くんの後ろを付いていく。

下り始めて気づいたが、凄《すご》く長い階段だ。天井に魔工ランプが付けられていて、進む度に順番に光が灯《とも》り、通り過ぎたら消える仕組みになっている。

先の方は何も見えず、真っ暗なままだ。どこまで下りるのか見当もつかない。

どことなく地獄へ向かって下りている、いや堕《お》ちていくような感覚がしないでもない。怖くなってきた。

「……ククク」

すると、いきなり前を歩いていた篠目くんが肩を震わせて、クスクスと笑い出しました。

「俺はてっきりこの世界は、後悔のある人間が死後にやり直す機会を与えられた、一種のあの世のようなもんだと思ってたぜ。俺はあんな最後だったし、御屋形《おやかた》様もそんな感じだったからな」

階段を下りていた足を止め、篠目くんが振り返る。

その顔を見て、懐かしさが湧いてきた。あの日あのとき、厨房《ちゅうぼう》で一緒に働いていたあの頃と同じ顔。

「お前が来るってことは、ここはあの世で見てる今際《いまわ》の際《きわ》の夢じゃねぇんだな」

「……一応現実のはずだよ。篠目くん」

篠目くんは、優しく笑っていた。共に頑張っていたあの頃と同じ顔、同じ声でそこにいた。だからこそ僕は、湧いてくる怒りと疑問をぶつけないといけない。

「篠目くんは、いつこの世界に？」

「いつっていうのは上手く答えられないな。一応俺、これでも生まれ変わってるからな」

「生まれ変わり？　それにしては顔が地球にいた頃と全く同じだけど……？」

この人は一度死んだ。僕は葬式にも行って顔を確認し、お別れまでした。

だから確信を持って言える。篠目くんの今の顔は、地球にいた頃と全く同じだと。それどころか、僕がいつも会っていた健康だった頃の篠目くんそのままだと言ってもおかしくはない。

でも生まれ変わっても髪の色が派手派手しくなっただけで、顔の造形も背丈も全く同じというのは信じられない。

という意味も含めて聞くと、篠目くんは腕を組んでうんうんうなり出しました。

「そうなんだよなぁ。俺も成長するにつれて髪の色以外、全部が生まれ変わる前とおんなじになったからさ。気味が悪くてよ。御屋形様《おやかた》には、それまでの先祖からの血筋が集約されて同じになるタイミングで生まれ変わったから……とか言われた」

「その家系のご先祖様からパーツをかき集めて同じ顔になる、と」

それで納得できないこともない、か？　懐かしいプラモを作ろうとして余ってたそれまでのパーツを寄せ集めて同じプラモを作るとかそういう話？　うーんわからん。

と、聞きたいのはこんなことじゃない。

「それよりも、篠目くんに聞きたいことがある」

「なんだよ、俺も聞きたいことが山ほどあるんだけど？」

「レンハにアレルギーのことを教えたのか」

僕が確信を持って、怒りを滲《にじ》ませて聞くと、篠目くんの顔が無表情になった。

「……あの女、口を滑らせたのか」

「今はどうしてるか知らない。だけど篠目くんが、スーニティの領主を人に知られず殺す知識としてアレルギーを……教えて、実践させたことは確認してる」

僕の言葉に篠目くんは大きく溜め息をついた。なんというか、罪悪感とかそういう顔じゃない。ただ、失敗がバレた子供のような、ふてくされた感じなのがまた腹が立つ。

「そうだよ。全く、あのバカ女には呆《あき》れる。任務である以上、言っていいことと悪いことがっ!?」

瞬間、僕は篠目くんの胸元を掴《つか》んで階段の壁に叩《たた》きつけていた。

余裕がなかったからよく見ていなかったが、着てる服はかつて一緒に働いていたレストランのコック服に似ている。それがますます、僕の癇《かん》に障《さわ》る。

「お前！　何を考えてる!?　篠目くんは、料理人だろう!!　人を食事で喜ばすのが仕事のはずだ、食の知識で人を殺すなんて論外だろう！」

僕がそう叫ぶと、痛みで呻《うめ》いていた篠目くんの顔がみるみるうちに怒りに染まっていった。そして僕の手を掴み、剥《は》がそうと力を込めてくる。

「お前はよっぽど幸せなところで異世界生活を始めたんだな！　お前にわかるか!!　この世界で料理人として出世することの難しさを!!」

「なんだと!?」

「噂《うわさ》だとお前は傭兵団《ようへいだん》にいたって話だな？　それなら無理もねぇか！　他の奴に戦わせ、自分は安全な陣地で料理を作ってるだけだもんな！」

僕の頭がカァ～ッと熱くなり、思わず右腕を振り上げていた。

だけど、それを振り下ろせなかった。言われたことは、内心僕も罪悪感と共に考えていたことだから。

考えなかったことはない。剣も振れず戦えず、安全なところで料理を作る僕はガングレイブさんたちと一緒にいる資格があるのか？　と何度も何度も考えた。

でもな！　僕は料理人としてだけでなく一人の男として、戦国時代の修羅場や地獄は何度も見てきた！

「お前に何がわかるんだ！　戦場の厳しさ、死体を見る悲しさや辛《つら》さが！」

「は！　お前が戦場で友情ごっこをしてる間、俺はひたすら料理人として、城で腕を磨いてあらゆる悪意と戦ってきたんだ！　人間の醜い嫉妬や嫌がらせ、いじめを何度も経験してねじ伏せてきた！　お前以上の、人間の悪意という地獄を見てきた！

お前こそわからねぇだろ！　失意の中で死に、目が覚めたら赤ん坊で、見知らぬ男女を親と呼ばねばならず、日に日に生まれ変わる前の顔になっていく自分の変化に何度も発狂しそうになった！　気持ち悪さと苦悩を内心抱えていたような情けない俺を愛してくれた人たちがいて、その人たちを守ろうとした俺の覚悟がよ!!」

「そのために、習った料理の知識で人を殺すのか!?　あのとき、修業で一緒に切磋琢磨《せっさたくま》してきた篠目くんはどこに行ったんだ!!　確かにお前は技術に溺《おぼ》れて食べる人のことを考えなかったけど、それでも美味な料理を、美味しい料理を作ることに命を懸けてた!!　なのにこの世界に来たら、人を殺してもいいのか!?　生き残るために、人の口に入るものを凶器にしてもいいと思ってるのか!!」

互いに互いの主張が受け入れられない、気持ちはわかれども共感はできない。

かつて友人であった男が、料理人として外道に堕《お》ちたのを認めたくなかったんだ。

僕も篠目くんも肩で息をしながら気持ちを落ち着けようとした。そのうち僕は掴《つか》んでいた手を離した。

「……僕たちの決着は今じゃない。今は、御屋形《おやかた》様とやらに会いに行こう」

「そうだな……まずはそれからだ。決着は、いずれ」

僕たちはそこから、黙って再び階段を下り始めた。篠目くんを、いや、篠目を先頭にして。

言いたいことはもっとある。殴るべきだったとも思う。

だけど、今は後回しだ。

やることが、あるから。

階段を下り始めて数分後、唐突に階段は終わった。廊下に光が灯《とも》り、その先に扉がある。

ここまでどれくらい下りたのか、ここが城で言うところのどのくらいの位置に当たるのか？

予想しながら下りてはみたが、暗さと単調な道筋で時間と距離の感覚が狂う。

だからここが地下なのか、それとも地上の隠された部屋なのか。それがわからない。

篠目が扉を開いた。きぃ、と油の差していない蝶番《ちょうつがい》の音が鳴る。

一緒に入ってみれば、そこには座敷牢《ざしきろう》があった。

低めの天井に付けられた魔工ランプの薄暗い光の中。座敷牢《ざしきろう》の中は異様でした。中には大量の本があった。

色彩豊かな装丁や地味な表紙など、まぁ一口には言い切れないような大量の本が積み上げられ、また散乱していました。

そして、その男はその真ん中にポツン、と一人でいた。

机に本を開いて置いている。正座をして読み続けているらしく、こちらには目を向けない。長すぎる……足首まで届きそうな白髪を床に流し、眉毛も髭《ひげ》も白い。目は爛々《らんらん》と妖《あや》しい輝きを放っていて、骨と皮みたいな外見をしている。

なぜか白い喪服……遺体に着せるような服を着て、手元に魔工ランプを灯《とも》してずっと本を読んでいる。

男の異様な雰囲気に圧倒される。存在感が違う。圧迫感すら感じる。

緊張していると、篠目くんが座敷牢の前で正座をしました。

「御屋形《おやかた》様。件《くだん》の人物を連れてきました」

篠目くんは頭を下げて告げる。

男は首をこちらに向け、僕を観察してきました。

あまりの目線の強さと不気味さに、僕は逃げ出したくなった。決意を固めてここに来たはずなのに、怖くて逃げ出したくて仕方がない。

必死に足を踏みしめるように、そこに立つ。

だけど男は興味をなくしたらしく、再び本を読み始めました。僕に対しての反応がイラつく。

「そうか。やっと否人《ひじん》と賢人と聖人が……いや、まだ早いか」

「え？　否人と賢人と聖人？」

いきなりわけのわからん単語が出てきて驚く。否人は知らないけど、賢人は魔法と魔工を広めた人で聖人はアスデルシアさんのことか？　と思考が駆け巡る。

が、男は眉間を右の人差し指でトントンとしながら目を閉じました。

「……いかん、思考が先走っている。目的が達成できる算段がついたからか？　これであいつらに一矢報《いっしむく》いることができるか。いや、こいつは意図的にやられている。まずは呪いをどうにかしないとダメか。……呪いを解いても祝福で死ぬか。となると外円海に放り込むか？　屍人《しじん》どもならどうにかできるか？　ダメか。それでは根っこにたどり着けぬ。人の道では閉ざされている。霊《れい》と鉱《こう》と獣《じゅう》には勝てないか。生贄《いけにえ》の運命を覆《くつがえ》すには、やはり呪いと封をどうにかしなければ。くそ、あの女。これを察知して先に手を打ってやがったか。死にかけのクセに。

……よし、決まった」

男は指の動きを止めた。そして正座をしたままこちらに向き直り、正面から僕の顔を見つめます。それを見た篠目が驚きました。

「え……御屋形《おやかた》様が姿勢を変えた……？」

なんだその驚きは。この人、もしかして常に不動の姿勢で本を読み続けているのか？

男は僕を見て言いました。

「久しぶりだな東朱里。俺は」

男は名乗った。

「織田信長だ。これからいろいろ働いてもらうぞ」

……驚きのあまり声が出なかった。でもなんとかこれだけは言えたよ。

「いや、その名前は嘘《うそ》でしょ」

そこは確実に言える。こんな白髪の、年齢がわからないような男が織田信長とは思えない。間違いなく違う。

これに男は目を伏せてから言いました。

「まぁな。自分の名前はとうの昔に忘れた。かつて名乗り、仲間を集めるために利用した名前を、未《いま》だに使っているだけだ」

「……とうの昔に忘れた？」

なんだ、この人からはどんどん情報が出てくるぞ。

僕が戸惑っていると、男……信長？　さんがさらに口を開いた。

「俺は、死ねないんだ。寿命では死ねない。ずっと生きてきた。祝福と呪いを受けて、な」

「だから、それは何なんです。何を言ってるんですか」

「……お前を呼んだ理由は、俺の覇道《はどう》と人間の資材化を防ぐ手伝いをしてもらうためだ。明日から頼んだぞ」

「いや待った待った、情報が出てこなすぎてわかりません。一から説明してください。わからないことばかりです。アスデルシアさんからある程度、こう、歴史みたいなものは聞きましたが……あなたが口走った内容は一つもなかったので」

　僕がそういうと、信長さんは再び額を指でトントンとする。

「……あの女、情報を隠しすぎだろう。いや、隠さないといけなかったからな。全部語れば、お前はあの女と子供を殺して大陸の外に出ないといけなかったからな。

　いや、そこまで語って外に出ても殺されるか？　いや、殺されないだろう。設計図は間違いなく受け継いでる。歓待されるだろうな。なにせ、再会であり里帰りだからな」

「待った待った、お願いですから話してください。自分だけで情報を完結させないでください」

　この人のことで少しわかったことがある。どうやらこの人は、自分の中にある情報が膨大すぎて、自分の中で情報を集めて整理して、自分だけで完結させる癖がある。

　篠目くんも呆《あき》れたように手で顔を覆っていました。

「……この人はどうも、何もかも知っているから何もかも自分だけで整理できちまうんだ。見えるだろ、あの膨大な本。古代の本から最新の報告書まで、あちこちからかき集めて全部読み込んでいらっしゃるんだ。何ページの何行目に何が書かれてるのか、ということまで覚えているくらいに」

「え……でも、他の国にも本はあるよね？」

「そういう場合は人知れず盗むか、気づかれないように写本させるか。なんにしたって普通じゃない方法で本を集めるんだ。同時に大陸のあちこちに諜報員《ちょうほういん》を配置して、絶えず報告書が届くようにしている」

篠目の言葉に僕はゾッとした。何がこの人をそこまでさせるのか、何を知りたいからそこまでしてるのか。

もはやビブリオマニアとかのレベルを超えてる。妄執《もうしゅう》に近い。その生き方が不気味すぎる。で、やっと整理ができたらしい信長さんは仕草を止めました。

「どこから説明したものか。よし、まずあ……いや、今のは忘れろ。アスデルシアの話の補足と嘘《うそ》の訂正をしようか。俺の話も付随してな」

「嘘、ですか？」

「そうだ。まず俺のことを話そう。俺は、お前と同じ転移者だ。わかるか？」

まぁ予想ができていたので、僕は頷《うなず》きました。

当然です。なんせこの国がやってきたことというか篠目のことを考えると、どうも地球の日本の影がちらちらと見えていた。この人が名乗った名前だってそうだとわかる。

「俺は二〇二一年の日本から来て、今から三百年以上前に転移した」

「二〇二一年⁉　僕は二〇一六年の日本から来ましたが」

「そこもまた時間のズレだな。転生も転移も、全くのランダムだ。規則性はない。それは、俺が丹念に調べたから間違いない」

これは、長い話になりそうだ。僕は座敷牢《ざしきろう》の近くにあぐらをかいて座りました。

「な、おい朱里！」

後ろで篠目が騒ぐが無視する。ここで話を聞かないと、絶対に僕は後悔する。

「お願いします。あなたの知ってることを教えてください」

「俺の前で座る度胸に免じて教えてやる。まずアスデルシアはお前にいくつか嘘と誤魔化しを言っているはずだ。外の奴らを『敵』と呼び、この大陸は人柱たちの命によって外と隔絶しているとか？」

僕はあまりにも図星を突かれすぎて、体を硬直させました。

まさにアスデルシアさんに言われた通りです。というか僕もそうなんだと信じてましたから。

「なぜお前は実際に外円海を見ないで本当だと思ったんだ？　そもそも、外円海が実際どういう状況になっているのか見たことがあるか？」

「いや、獰猛《どうもう》な海洋生物とか荒れ狂う気候のため、実際にこの世界に生きてる人が、外に出ることができないとか言っていましたが」

「ふむ……お前はそのお人好しの悪癖をなんとかすべきだ。外円海に、そんなものはない」

「は⁉」

いきなり話の前提が崩れてしまい、何を話せばいいのかわからなくなった。

外円海はそういうものだから、と聞いていて実際に外円海に関わることがなかったから、まぁそうなんだろうと思っていましたが……。

「それは幻だ。もっと言うなら、外円海には外の領域と内の領域がある。外の領域は外の奴らを認識して追い返すもの。ここには本当に海洋生物だの荒れ狂う気候がある。

だが、大陸の住人である俺たちには反応しない。人間には襲いかかってこないし天候は安定したままだ。

つまり人間が安易に外に出て大変な目に遭わないようにするための防波堤として、内の領域では幻の海洋生物と荒れ狂う気候が現れる。そして幻に追い返されて、気づけば大陸に戻ってきている。

ただ、大変な目に遭ったという記憶と、そのせいで何人も死んだという記憶。この二つの嘘《うそ》の記憶を植え付けられてな」

「怖い！　そんな高度な魔法が!?」

「命を代償にする魔法ってのはそういうものだ。払う対価が大きいからこそ、ここまでできる。この魔法を解除するには、アスデルシアを殺すしかない。あいつがこの魔法の要《かなめ》だからな。永遠の命で対価を払い続けているからこそ、あの女の体は腐り続けている。死ぬこともできず、腐り果てても肉塊として存在し続けるだろうな」

ああ、ダメだ。与えられる情報が多すぎて、頭が付いていけない。

アスデルシアさんが外円海を維持するための要？　あの人は自分のことを、外の敵のことを覚えていて対策し続ける存在だと言っていた。

あれも嘘だったと？　山岸くんのことも嘘なのか？　いや、ガマグチさんとスガバシさんは嘘を言っていないし、あの場でアスデルシアさんが嘘をついていたなら訂正してくれてたはずだ。

となると、ガマグチさんたちにも嘘をついていた？

「俺は、この大陸のそんな歴史の中で転移した。遥《はる》か昔にな。あの頃は無邪気だったよ、物語の中の人物のように、持っている知識で夢想できると思い込んでいた」

僕が疑問に思ったことを言う前に、信長さんは無表情のまま口を開く。

「だがな。優れた知識も、鍛えた武技も、集めた仲間も。時を経れば廃《すた》れ、消え、失っていく。俺は寿命で死ねなかった、自刃《じじん》する勇気もなかった、戦いの中で死ぬ度胸もなかったんだ。

そうして生きて、利用され、利用して、騙《だま》されて生きてきて気づいた。俺は表に出て活動しても上手くいかない。裏から動いた方がいいと」

「だから……こんな座敷牢《ざしきろう》に？」

「ああ。廃《すた》れかけた村を助け、知識を伝えて武技を修めさせ、人を集めて国にしていった。次第に大きくなりすぎた国の将来を考えると、また騙されて利用され、大切な人たちも消えることに気づかされた。だから、こうして俺の子孫に国を治めさせ、俺は裏から国家運営をすることにしたんだ」

「だけど、そうしたって座敷牢にいる必要は……誰もここに来なくなったら、あなたは死ぬでしょう？」

「死なない。俺は寿命では死なない」

「……さっきから気になってるんですけど、その、寿命で死なないってのはなんなんですか？　アスデルシアさんのような、魔法的な何かでもしてるんですか？」

さっきから気になっていたこと。この人がしきりに言う『寿命で死なない』って言葉だ。

僕は顎《あご》に手を当てて考えてみる。

寿命で死なない。その言葉から連想されるのは……。

「それとも、別の何かで不老不死になってるんですか？」

「不老不死ではない。言うなれば不老長寿だな。俺は老いて死ぬことはない。こっちの世界に来て五十年目に、俺は体が老いていないことに気づいた。さらに十数年、仲間たちが老衰で死ぬ中、俺だけ死ななかった。だから結論付けた。

お前も察しは付いてるだろう？　俺たち……篠目のように転生ではなく、転移してきた者がなぜこうなるのか」

「……魔力、ですか」

僕が恐る恐る聞くと、信長さんは頷《うなず》いた。

前にも考えたことはある。この世界に魔力があるなら、魔力がない世界から来た僕たちのような普通の人間は、どんな影響を受けるのかと。

普通の人間が呼吸して生きられる環境下でも、魔力という別世界の要因に晒《さら》されたらどうなるのか。

その結果が、これか。僕は何度目になるかもわからない怖気《おぞけ》が背筋を走る。

「そうだ。呪いと祝福……どっちだと受け取るかは、お前次第だ。だが、俺の場合は呪いだった。自分で死ぬ度胸も他人に殺される度胸もない俺にとって、永遠の命は長すぎる。

お前も心当たりはあるだろう？」

「心当たり……と言われましても……。別に僕、肉体的に強化されてるとか魔法が使えるとかはありませんが……」

「いや、あるだろう。お前はこっちの世界に来てから、言語習得はしたか?」

言語習得。と言われて僕は脳天に雷が落ちたような衝撃を受けました。

そうだ。不思議に思ったことはあった。なんでこの世界の人たちは普通に日本語を喋《しゃべ》ってるんだろう、とは思いましたよ。

てっきりそういうもんなんだと思ってたし、書かれる言語に違いはあってもそういう世界なんだと思い込んで、それ以上は考えませんでした。

文字も言葉もそうだろう。日本でも歴史を遡《さかのぼ》れば読めない字は出てくるし、文章だって意味がわからなくなる。

にしたって、同じ日本語なのにここまで文字に違いが、乖離《かいり》が起きるものなのか? と言われたら疑問はある。

と、考えると篠目が僕を見て言いました。

「お前、この世界の言葉を完璧に発音していて意味もちゃんと通ってたから、よっぽど頑張って言語習得したのかと感心してたんだぞ」

「え? 僕、こっちの世界の言葉で喋ってた?」

「ああ。ネイティブな発音だ」

篠目の言葉に僕は口を押さえた。

そんなはずはない。僕は今までずっと日本語で話してたし、みんなの言葉を日本語として聞いてた。記憶を遡ってみても、間違いないはずなんだ。

だが、僕は思い出す。過去にガングレイブさんと話をした、ほんの僅かな記憶のかけら。

初めて僕がガングレイブさんと出会ったとき、目を覚ましたとき。ガングレイブさんと僕とでは認識が違っていたことがあった。

僕が『食事中』と聞いた言葉が、ガングレイブさんは『会議中』と言っていたと。

「目を覚ました最初の頃、僕はある人との会話で聞き違いがありました。あれは……聞き間違いじゃなくて、言語能力がまだ馴染《なじ》んでなかったと？」

「ああ。最初はそんなもんだ。俺も最初の10年は年相応に老けていったが、そこから老けなくなったからな」

あれはそういうことだったのか。考えが浮かぶと同時に後悔も出てくる。

あのとき、ガングレイブさんと話したとき。あの違和感をもっと突き詰めて話し合っていれば、この事実に気づけたでしょう。

気づけたところでどうなんだってのはありますが、この世界の秘密に早く迫れてた。

「転移してきた人間の体を変質させるようなこんな異世界に、あなたはなんで僕を喚《よ》び出したんですか？」

さて、そろそろ本題に入ろう。僕がこの世界に喚《よ》ばれた理由を聞きたかった。

僕は正座をし直して背筋を伸ばして顎《あご》を引き、正面から信長さんの目を見つめて逸《そ》らさない。

なぜ僕がこの世界に喚ばれたのか。なぜ僕がこの世界に来られたのか。そこを聞きたかった。全ての謎の根源がそこにあるから。

すると信長さんはあっけらかんと答えました。

「特に理由はない」

「ないんですか？」

「ない。あれはあくまで、転移魔法を復活させるか召喚魔法を再現できるかを、実験させただけだ。あそこにはギィブを直接行かせ、監視させた。

お前が喚ばれたとき、ギィブも俺も喜んだもんだ。召喚魔法を再現できた、地球からまた一人、優れた知識を持った人間を手元に引き入れることができた、とな。

期待以上だ。たまたま見つけたウィゲユも、優れた調理技術は持っていた。お前以上のな。

だがお前は戦場でも兵士のために料理を作り、権謀術数《けんぼうじゅっすう》渦巻く各国の宮中でも遺憾《いかん》なく実力を発揮して王族たちと友誼《ゆうぎ》を結び、この世界にはまだなかった調味料を開発、仲間たちを鼓舞して災害現場でも働ける。

泥臭い働き方もできてどこでも働ける人間は、この世界では貴重だ」

「あ、はい」

うーん、こんな状況だけど褒められるのは嬉《うれ》しい。

だけど横目で篠目の方を見れば、僕を睨《にら》んでいる。憎々しげに、敵を見るような目だ。

嫉妬してくれてるんだろうか。それとも、別の何か？

「そろそろ、本題を聞かせてもらっても？」

「本題とは？」

とはいえ、篠目のことは後回しだ。

一番大切なことを聞いておかないといけない。

「あなたは大陸の外のことについて知っているんですか？」

「知っている。アスデルシアが『敵』と呼んでいる奴らのことも、なぜ人間がそいつらに負けて奴隷になり、この大陸に来なければいけなくなったのかも全部な」

そうだ、僕はそれが聞きたかった。信長さんが知っていると言った瞬間、僕の全身に衝撃が奔《はし》る。

アスデルシアさんも語らず、他の人たちも知らなかったこと。大陸の外に何がいて、どうなっているのか。どうして人間は奴隷になり、サブラユ大陸に逃げてきたのか。

『敵』の正体。僕はそれを知りたかった。多分、この大陸の謎に関わることだから。

「どういう人たちなんですか。『敵』、というのは」

「……そろそろ腹が減ったな」

へ？　と思う間もなく信長さんは再び書物の前に正座をしました。

どうやら話はここまで、としたいらしく、こっちにはもう見向きもしません。

「あの、『敵』について」

「もう話は終わりだ。疲れた。食事を持ってこい」

「わかりました、御屋形《おやかた》様」

話をしようにも信長さんは反応してくれない。

食事を取ると聞いて、篠目は頭を下げてから後ろの階段を上がっていきます。

ダメだ、ここで引いたら、もう何も話は聞けない。ここで聞かないといけないことが山ほどあるのに、手かがりが目の前にあるのに！

僕は焦り、座敷牢《ざしきろう》の木製の格子《こうし》を掴《つか》んで叫んだ。

「お願いします！　もっと知ってることについて話をしてください！」

「話は終わったと言ったはずだ。これ以上語ることはない」

「まだ知りたいことは山ほどあります！　『敵』の正体とか、賢人の正体とか、否人《ひじん》ってなんなのか！　あなたの最終的な目的はなんなのか、まだたくさん」

「黙れ」

信長さんは机の向こう側の何かを掴むと、こちらに先を向ける。

瞬間、破裂音とともに僕の頬を掠《かす》めて飛ぶ何かの感覚。頬の皮膚《ひふ》が切り裂かれ、血が飛び散った。いきなりのことで反応ができなかったが、頬に感じる灼熱《しゃくねつ》のような痛みに、僕は尻餅《しりもち》をつく。

頬を触ると、べっとりと血が。後ろを見れば、壁に何かが高速でぶつかりめり込んだような跡がある。僕は知ってる。子供の頃テレビで見た壁の傷、破裂音。花火で遊んだ後のこの火薬の匂いを。

前を見ると、なんと信長さんはこっちに、それを、向けていたんだ。

「まさか、あなたは」

「貴重な一発を使わせるな。まだ試作段階なんだ」

コト、と畳の上に置かれたそれは、僕を絶望にたたき落とすには十分な代物。

地球の戦争の概念をまるごと変え、あらゆる人間を兵士に変える悪魔の武器。

現代地球でもっとも人を、生き物を殺すことに特化した技術の結晶。

「あなた、この世界で拳銃を作ったのか!?」

信長さんが床に置いたのは銃だ。フリントロック式の短銃。

この世界にあるはずのない、化学の武器。殺しの武器の歴史の終着点。

こんなもんを作るなんてどうかしてる!!　僕は怒りに任せてもう一度牢の格子にしがみ

つきました。

「わかってるのか⁉　あなたがここでこれを作る意味が⁉　この武器が、この世界にどれほどの影響を与えるのか⁉」

「わかっているとも。それはまだ試作品だ、この世界では硝石《しょうせき》の鉱床が見つかっていないのでな、『硝石丘《しょうせききゅう》』を作らせて精製し、できるだけ地球の銃に近づけた試作品。まだこれだけしかないが、弾もそれほど逸《そ》れず、お前を殺さぬように狙ったのだが思ったとおりになった。もう少しで完成だ」

「正気か‼　こんなものがこの大陸に広まったら、どうなるかわかってるだろうが‼」

怒りに任せて僕は叫んだ。だが信長さんは涼しい顔のままだ。

銃は、人の歴史を変える。過去に誰かが言った。

銃の登場で武士道や騎士道は終わったと。明らかに戦死する人の数が増えた、と。

引き金を引けば何かを殺せる。罪悪感の簡略化。

銃がこの世界の、サブラユ大陸に広まって使われるようになれば、きっと今以上の地獄絵図が生まれるだろう。

僕の知ってる人たちもどんどん殺されるだろう。また僕の知ってる人たちはどんどん人を殺すようになるかもしれない。

硝煙が漂い死体があちこちに転がる末世のような未来が見える。

「地球は銃の登場で大変なことになった！　それを、ここでも繰り返すのか?!」

「ああ。この大陸を統一し、盤石《ばんじゃく》の体制を作るためならいくらでも屍《しかばね》を積み上げてやる」

「他人の死体を積み上げて、他人の血で作る目標なんざクソだろうが！」

「ガングレイブもそうしてるだろう。お前が今更何を言う。正義漢面《せいぎかんづら》して正論を吐くな。お前もその殺戮《さつりく》に加担してるんだ。自分だけは違う、綺麗《きれい》なんだなどと思うな」

僕は座敷牢《ざしきろう》の格子《こうし》を掴《つか》む手の力が緩み、悔しさで顔を俯《うつむ》かせた。

信長さんの言葉は間違っていない。ガングレイブさんの夢に、平和で飢えることもなく悲しむ人のいない国を創るという夢に僕も共感して、手伝うために一緒にいた。

でも、その夢のためには数多くの戦《いくさ》を勝ち抜き、数え切れないほどの死体を積み上げなければたどり着けない。

ああ、言うとおりだ。ガングレイブさんの夢だって、今までがそうであるようにこれからも死体を増やさねば届かない。僕はそれに協力している。

「それでも……！　ガングレイブさんはお前とは違う……！」

「違わない。俺もこの大陸の王になりたい。奴も大陸王になりたい。あいつは平和な国を創るだけだが、俺はその先を見ている。いずれ現れる『敵』も打ち倒して真の平和を、人間の尊厳を守ってみせる」

「いずれ敵が来る!?　外の『敵』はなんでそこまで人間に固執するんだ！　人間を奴隷に

して魔卑《マヒ》にするって話は聞いたが、人間がこの大陸に逃げてきてから長い年月が過ぎてるはずだ、今更来るなんてどうして！」

「簡単だ」

信長さんは書物から目を離さずに言いました。

「あいつらにとって人間はあくまで『資源』なんだ。俺たち人間が豚や牛を家畜として育てるのと変わらない。愛着を持ったとしても、それは格下に対する愛玩《あいがん》と変わらない」

「そんな……」

僕は全身から力が抜けて、牢《ろう》の格子《こうし》から手を離して座り込む。

「言ったはずだ。話は終わり。お前の沙汰《さた》はギィブに伝えてある、さっさと下がって指示を乞《こ》え。お前が十分な働きを見せるなら、話の続きを聞かせてもよい。生きていればな」

これが本当に話の終わりだ、と言わんばかりに信長さんは口を閉ざす。

「……あなたは何を知ってる？」

「……」

「……何をどこまで知ってるんだ！」

「……」

「……もう、何も答えてくれないんですね」

信長さんの無視の仕方、有無を言わさぬ態度に、僕はこれ以上聞くことを諦めた。

こうなったら仕事をこなして話をしてもらえるようにするか？　とはいえここで聞いた話は大分、この世界の秘密に迫っているはずだ。

一度整理した方がいいと考え、僕は座敷牢から離れた。

階段横の壁により掛かって体育座りをした僕は、思考を巡らせる。

最初に信長さんについて。

僕よりも少し未来の日本から来た転移者だ。三百年以上前から存在している妖怪みたいな人だ。天下統一のために武術と知識を極め、人を集めて仲間を作り活動していた。だけどそれは未《いま》だ実らず、最後にはこうして表に出ない形で国を治め、諦めずに暗躍している。昔から生きていて、さらには各地の書物を収集して各国の情報を記憶し、たくさんの秘密を知ってる人だ。

次にわかったのは、転移した人間には魔力の影響で何かしらの効果が出るってことだ。信長さん曰《いわ》く、祝福と呪いというやつだね。

信長さんの場合は不老長寿。老いて死ぬことはなくなった。このせいで昔の仲間と死別している。自分だけ死ねずに生き残るってどういう気持ちなんだろう。

僕の場合は「言語能力の最適化」と言えばいいのだろうか？　驚くほどにこの世界の言語を理解して発声できる。自分でも自覚がないほどにだ。最初の頃はその能力がまだ体に馴染《なじ》んでいなかった時があったらしく、それが認識の違いや聞き間違え、言い間違えに繋《つな》がっていたと。

篠目に関して言えば、彼は転生者だ。

どういう因果か日本で死んでこの世界に生まれ、記憶を保っている。転生者として最初からこの世界の人間だった篠目には、魔力による祝福と呪いはない。

そして、城の重鎮に料理を振る舞って権力を持つ人間になっている。

人間性はクソだ。地球にいた頃よりも酷《ひど》いクソ野郎になってしまっている。人を殺す食の知識をなんの逡巡《しゅんじゅん》もなく人に伝えて、実行させる、料理人の風上にも置けない奴になってしまった。

で、不思議なことに髪以外は前世のままだ。背丈も風貌も、前世というか地球で友達だった頃のまま。

この理由は聞かされてもよくわからない。そうなった、としか言えない。

信長さんと僕と篠目はこんな感じだ。

で、アスデルシアさんは僕に嘘《うそ》を話し、誤魔化していた可能性がある。

信長さんもどこまで真実を語ってるかわからないから、「可能性がある」ってだけ。

過去、逃げてきた人間の祖先で魔卑《マヒ》と呼ばれた魔法使いが、その命を使って作った外円海。凶暴な海洋生物と荒れ狂う気候により、サブラユ大陸から人が出られないようにしている。アスデルシアさんは歴史を語り継ぎ、大陸の資源の管理と人間が増えすぎないように監視する神殿と呼ばれる組織の聖女をしている。

でもこれは少し違うみたいで、本当のことなのかどうなのか。アスデルシアさんは外円海の魔法の要《かなめ》であり、永遠の命を使って代償を支払っている。だから生きてはいるが生きながらにして体は腐り果てていってるのだとか。

外円海からも、実際は人間は出ようと思えば出られるらしい。ただし、幻と誤認識置換によって出られないと思い込んでるだけ、と。

僕がこの世界に来たきっかけである転移。あれは信長さんによる召喚魔法の実験の副産物のようなものらしい。僕は一応は目的に適《かな》う人物らしいが。

リュウファさんたちからの情報も加えるなら、僕はリィンベルの丘周辺で召喚され、グランエンドに連れて行かれる前に再び原因不明の転移によって、ガングレイブさんたちと出会えたってことだ。

……これくらいかな？　整理すべきことは。他にもまだあるかもだけど、今はこれで十分だ。肝心なことである『敵』のことは聞けていないが……ここでしか聞けないことはたくさん聞けた。確認すべき情報はたくさんあるし裏は取らないといけないけど、そのとっかかりとなる話はたくさんある。

となれば後は、どうやってこの国から逃げるかだ。どうすれば……。

「お待たせしました、御屋形様《おやかた》」

で、立ち上がってここを去ろうとした僕の横に、階段を下りてきた篠目が現れました。

お盆に碗を乗せている。あの形……茶碗蒸しかな？　良い匂いがする。

篠目はそのまま座敷牢《ざしきろう》の格子《こうし》の横から手を入れて、碗を置きました。

「御屋形《おやかた》様のお好きな茶碗蒸しを作りました。どうぞ」

「ご苦労」

やはり茶碗蒸しだったか。蓋をしているが、そこから漏れる匂いはそうだろうなと予想させられた。

しかし、とても良い。匂いが。

普通の作り方でここまで良い匂いが出せるか？　と思うほどに。

「ふむ……やはりお前の茶碗蒸しはいいな。俺好みの味だ」

「拾っていただき、雇ってくださったご恩がありますので。御屋形様の好みに寄せるのは当然かと」

「そうか」

そう言いながら、信長さんは楽しそうに食事をしている。僕と話をしてる間、全く笑わず感情の変化が顔に現れなかった人が、だ。

こっちにまで茶碗蒸しの匂いが届いてくる。そういえば僕は、まだ食事をしていなかったよ。戻ったら食事にしよう。

と、思っていたら……篠目が僕の前にもこと、と茶碗蒸しを置いた。上品な木製の朱《しゅ》漆《うるし》の匙《さじ》とともに。

「篠目……これはなんのつもり？」

「お前は俺が、安全なところで上流階級の人間にだけ料理を振る舞っていると、国主様から聞いてるだろ？」

ドキリ、と肩を震わせた僕の様子を見て、篠目はふてぶてしく笑いました。

「何度も言うが、生まれが平民だった俺がここまでのし上がるのに、政治的手腕だけで成り上がったわけじゃねぇ。そいつを食ってみろ。食って、俺とお前の差を感じるんだな」

そこまで挑発されたなら食べずにはいられない。おそるおそる茶碗蒸しと匙を手にし、蓋を取る。

瞬間、鼻にぶつかる上品で優しく、だけど存在感をハッキリと感じる茶碗蒸しの香り。

どうやら僕への挑戦状らしい。僕は不敵に笑いました。

僕だってこの世界に来て、漫然と料理をし続けてきたわけじゃない。毎日毎日みんなのために料理を作り続けた。結婚式のケーキも作った。各国の首脳陣へ料理を饗《きょう》しもした。

この日々の中で僕は確実にこの世界の食材の癖を掴《つか》み、学んで腕を上げてきたんだ。

と、自信を持ってから改めて茶碗蒸しを観察する。……具材はカマボコと椎茸《しいたけ》、鶏肉《とりにく》に三つ葉……？　シンプルな材料だな。

だけど香りが良い。上手に作られた茶碗蒸しです。スが入ってる様子もなく、美しくとろけるような表面。

匙《さじ》ですくうと……なんだこれ、普通のものよりもとろりとしている。ぷるぷるで、手の僅かな震えに反応する。

カマボコと一緒に卵を口に運ぶと……驚いた。

出汁《だし》と卵の配分が絶妙……いや、精妙だ。これ以上出汁が多ければ卵は蒸しても固まらず、かといって少なければこのとろりとした食感にはならず普通の茶碗蒸しになるでしょう。

出汁の香りも高く、これはとても手間暇かけたうえに職人の勘でしか作れないような、鰹節《かつおぶし》と昆布《こんぶ》の出汁だ。どうすればこんな香りを出すことができるのかがわからない。

出汁本来の旨みを感じられる優しい味付けをしながら、何をしたんだ？

観察すれば、カマボコも椎茸《しいたけ》も全てが美しい形に切られている。料理を彩りながらも器を占有することなく、食べるにしたって口に入れるのにちょうど良い大きさで、思わず背筋を正して食べてしまうほどに口当たりがいい。

鶏肉《とりにく》もとても美味しい。新鮮で良いものを、キチンと目利きして選んでるんだってわかる。

もしかしてこれ、朝挽《あさび》きしたばかりのものか……？

いや、この世界では卵を産ませるための鶏《にわとり》を、食べるためだけに育てる現代地球の贅沢《ぜいたく》

な方法をそのまま持ってくるような、コスト度外視な真似ができるのか⁈

かけられた手間暇とコスト、そこに如実に現れる篠目の料理人としてのスキル……！

僕は茶碗蒸しを食べる手を止められませんでした。

完全に負けた。その事実を叩《たた》きつけられるほどの茶碗蒸し。

「旨いだろ？」

篠目が得意顔で僕に聞いてくる。

「地球にいた頃のクソコックが言ってた、『上手い』料理じゃなくて『旨い』料理だろ、これ？」

「……ああ」

悔しいが、この茶碗蒸しの前では強がることはできない。

同じ料理人として、腕と舌で世渡りしてきた人間として、美味しい料理の前で不誠実な嘘《うそ》などつけない。僕は悔しくて眉間に皺《しわ》を寄せながら認めるしかなかった。

「どうやってると思う？」

「……出汁はシンプルに鰹節と昆布」

クソが。僕がそこしかわからないのをわかってて、見抜いたように茶化してくる篠目が憎くてたまらない。

「そんなもんは料理人なら誰だって気づく」

すると篠目はさらに得意げに、僕を見下すようにして言った。だから僕は頭の中で記憶を掘り返すようにして思い出す。

これだけ香り高い出汁《だし》、普通の作り方じゃない……。

考えて考えて、必死に考えた。これだけ香り高い出汁を作る方法を。

「く……」

「出ねぇか」

だけど考えつかなかった。繊細で優しい味でありながら、香り高い出汁を作る方法がわからない。

篠目がすっかり食べ終わった器を指さして言った。

「簡単だよ。塩だ」

「塩?」

「ああ。みりんや醤油《しょうゆ》を加えつつ、塩を使っている。なんせみりんや醤油は使いすぎれば味を潰すし、何より水分量を変えちまう。味を調えつつ水分量を変えないように、塩を加えたんだよ」

「それだけじゃないはずだ、出汁の香りの強さはそれじゃ説明になってない!」

「鰹節《かつおぶし》は蕎麦《そば》屋の鰹節の出汁の取り方を参考にしている。水を張って、これでもかと沸騰させた鍋に鰹節を入れて、ダマにならないようにしっかりかき混ぜて対流させて、とこと

ん煮出す。

昆布出汁《こんぶだし》は昆布と水にこだわった。苦労したぜ、良い昆布と軟水を探すのは。この大陸は不思議なもんで、軟水と硬水が湧いてる。どういう作りなんだろうなこの島？　で、徹底的に良い水を探して使ってるんだ。

素材にこだわり出汁の引き方にこだわり。そんで全部を入れても壊れない綱渡りのようなバランスの配分で作り上げた茶碗蒸しだ。今のお前に作れるか？　これを」

この言葉に、僕は完全に敗北したことを悟った。

出汁の引き方だけでなく、とことん食材を探して目利きして厳選する目。軟水と硬水を探して手に入れる行動力。これら全てを見事なバランスで仕上げるセンスと舌と腕。

それに比べ、僕はどうだ。みんなが美味しいと言ってくれるから、そこで満足していたんじゃないか。

がっくりと肩を落とす。いつの間にか僕は、美味しいと言ってくれる信者を回りに侍らせるだけで満足してるような、ダメな料理人になっていたと思い知らされたのです。

「わかっただろ？　俺とお前はもう天と地ほどに差がついている。俺はここで御屋形《おやかた》様と国主様に料理を作る。花形の部署でな。

お前は泥臭く働け。それくらいしかできない、俺よりずっと下の料理人なんだからな」

ハハハハハハ！　と篠目の高笑いが部屋に響く。

何も反論できず、僕は悔しくて拳を握りしめていた。歯を食いしばっていた。

同時に胸の奥で、忘れていた熱を感じたんだ。

美味しい料理でお客さんに笑ってもらいたい。これは嘘《うそ》じゃない。

だけど同時に、自分だけの味と腕を極め尽くした料理をこの手で作り上げたい、という思いだってあるんだ。

ただ美味しい料理というものではなく、絶賛されるような、驚かれるような、感動されるような料理を作れるようになりたいという思い。

今度は負けてたまるかよ。

この思いを胸に、僕は篠目を睨《にら》みつけていた。

だが、てっきり僕の敵視を皮肉で返すかと思っていた篠目の目が。

僕の顔を見て優しく微笑《ほほえ》んだのは、謎だった。

閑話　話していないこと言わないこと～篠目～

「……行ったか」

「はい」

俺ことウィゲユ……いや、地球にいた頃の名前である篠目と自称しておこうか。俺は朱里が去って行った階段を見て、楽しくて笑っていた。

地下にあるのかどこなのかわからない、薄暗い座敷牢《ざしきろう》の部屋。天井にある魔工ランプの光と、牢の中にいる御屋形様《おやかた》……自称、織田信長さんの手元にある卓上魔工ランプだけが光源だ。壁も床も天井も、おそらくはコンクリートか何かでできている一室。そこで俺と御屋形様は話していた。

「お前は、何がしたかったんだ」

御屋形様が俺の背中に問いかける。

「調べた限り、お前と朱里の料理の腕の差はもはや埋められないほどに広がっている。常に最高の食材に触り、常に最高の環境で調理し、常に最高の舌を持つ俺と一族を満足させる料理を作ってきたお前が、なぜあいつを敵視して料理を出し、負けを認めさせる必要があった？」

「俺にとってあいつは、最後まで残っていた友達なんです」

俺は振り返りながら答えた。

「あいつは多分、最後は俺を見捨てたとか思ってんだろうってのは、最初に会ったとき、というかさっき見てわかりました。罪悪感にまみれた顔でしたから」

「ふむ」

御屋形様はジッと俺の目を見る。俺もその目を正面から見ていた。

「生前……と言っても妙な話ですが、地球にいた頃の俺は控えめに言ってもクソだと思います。才能があったと自惚《うぬぼ》れ、技術に酔いしれ、料理ではなく作品に執着した。誰も彼も拒絶して、誰からも認められようとして、そのくせ自分は誰も認めなかった。

あいつは、朱里は最後まで俺を諌《いさ》めてくれたんです」

目を閉じて、俺は思い出していた。

地球にいた頃、有名レストランに就職していた頃。俺は周りに影響を受けてメキメキと実力を上げ、同期の誰よりも出世して認められた。

他の奴のやっかみだって凄《すご》かったが、朱里は俺に嫉妬を向けるでもなく、媚《こ》びるでもなく。俺を目標にして張り合ってくれる貴重な友人だった。

だが俺は腐った。得た実力と地位に溺《おぼ》れた。

最初は俺に忠告してくれてた奴らも、俺が態度を変えないでいると離れていく。当然だよな、俺だって離れるわ。

コック長も先輩も俺を見放していく中でも、俺は自惚《うぬぼ》れた。実力で追い抜かされた老いぼれどもが、俺に嫉妬してるんだと。

でも独りにはならなかった。

朱里だけが、俺を延々と説得してくれてた。それではダメだと、戻ってこいと。

あいつは多分、最後は自分も見捨てたと思ってたんだろうけど、そうじゃない。俺にとっては最後の最後まで俺を助けようとしてくれた奴だ。

高すぎるプライドと認められない屈辱。次第に俺の精神は壊れ、自殺で終わり。

控えめに言っても最後の最後までクソだったよ、俺は。

「この世界に転生したとき、俺は地獄に堕《お》ちたと思ってましたよ。今までの調理技術なんか使えないほどに技術も文明も進んでいない戦国時代に生まれりゃ、そう思う。

だけどこの世界で生きて、必死に生きて、認められて御屋形《おやかた》様付きの料理人になって、ようやく、俺は自分がクソだってわかりました。んで、朱里に感謝してました。救おうとしてくれてありがとう、って思ったんですよ。実際問題、俺と朱里の実力差なんて、あいつがやる気を出して修業し直せば追いつかれるかもしれないです」

「ほう」

事実だ。朱里は自分の腕に関して謙虚なところがあるのだが、真面目に修業していた腕はバカにできない。

「あいつは他者の技術の吸収が上手い奴です。見た技術を、訓練して再現して自分のものにするという行為に躊躇《ちゅうちょ》がない。その過程の大変さも勘定には入れず頑張れる。

それと、興味がある調味料や加工食材の作り方を調べて、自分で試しては覚えることが好きな奴でした」

「ああ、だからこの世界であれこれと地球の調味料と加工食品を作れたわけだ」

「そうです。俺は調味料を再現するには限界がありますが、あいつは大概のものなら作れるでしょう。その点、俺よりも上です」

御屋形様の評は正しい。あいつは城でお偉いさん相手に料理を作るよりも、いろいろなところで誰かのために料理を作り、交流を広げ、その土地で加工食品や調味料を作っている方が合ってる。朱里の根幹にあるもっとも希有《けう》な才能は、どこでだって自分が働くための環境を整えられることだ。

道具を揃《そろ》えるツテと現地の住民と仲良くなれるコミュ力と、どんな場所でも旨い食事を作るために心を強く持てる精神力。

城の中で働くより、外で働いた方があいつの適性に合ってる。

「それだけ評価する朱里に対して、あそこで敵対する意思を見せようとしたのはなぜだ」

御屋形《おやかた》様の疑問に、俺は目を開けて天井を見上げた。

「俺は、レンハにアレルギーのことを教えたことに後悔はありません。朱里にキレられようと、俺は同じことをするでしょう。ここは地球じゃなくて異世界なんだ、戦国時代なんだ。使えるものは全部使わないと、自分が殺される世界ですよ？　あいつは、ていうか料理人ならキレて当然ですが、それは地球の価値観ですから」

「そうだな。時と場所どころか世界が変われば、有害なものも有益なものになるだろう」

「ええ。だけどあいつがどこか腑抜《ふぬ》けになってたのが、俺は気に食わなかったんです」

思い出してもムカつくことだ。俺が地球にいた頃から認めてた同年代の料理人が、異世界に来てのほほんとしちまってるのはいただけねぇ。

地球にいた頃のあいつはギラギラしてた。表面上は友好的で人畜無害な奴に見えるけど、その目の奥にはあらゆる技術と味を盗んで自分のものにしてやろうって気概があった。

だけどさっき会ったあいつは、そんな光が失せてた。

地球の料理を作って評価されてる間に、美味しく食べてもらえばいいやという考えに染まっちまってたんだろうな。

んな朱里は認めない。あの頃の貪欲《どんよく》な朱里に戻ってほしかった。

「だから、俺が活《かつ》を入れてやっただけです」

「ふむ……それを直接朱里に言えばよかっただろう」

「言えませんよ、恥ずかしくて。俺がライバルと認めた奴には、ライバルらしくいてもらいたいので」

「話さねば伝わらぬことは多いぞ」

「それは御屋形様も同じでは？」

俺がそう言うと、御屋形様が目を逸《そ》らした。やっぱり、話さないことがあると思ったのは正解だったか。

「御屋形様ご自身の本当の目的。話さなくてよろしいんですか」

「話すつもりはない。どう転ぼうと、朱里は屍人《しじん》と会うだろう。会えば、俺の本当の目的がわかるはずだ」

「外円海にいる結界となった者たちの意識の集合体……屍人。俺も御屋形様に教えられたときは、この大陸がどれだけ人間にとっての牢獄《ろうごく》かがわかりましたから。あれを見たから、俺も御屋形様に協力する覚悟が決まったので」

屍人……あいつら……あいつと言えばいいのだろうか？　屍人を見れば、朱里も否《いや》でも応でも理解させられる。

「アステルシアを殺すしか、人間が再び大陸の外の故郷に帰る方法はない」

「いずれサブラユ大陸は限界が来ますからね」

「敵にとっては楽園なのだがな。魔晶石が取れること。それが事態を悪化させている。あんなものを平気な顔で採掘して利用するこの世界の人間の、面《つら》の皮が厚くて都合の良いことだけを覚える脳みそにイラついたもんだ」

魔晶石、と聞いて俺は嫌悪感を覚える。御屋形《おやかた》様も同様だ。

御屋形様はできるだけ魔晶石を使いたくない、というか見たくもないってのが基本的姿勢だ。俺も屍人《しじん》に会ったことで理解した。

あれは、人間が扱っていいもんじゃない。外の奴らにとっては二つとない資源だが、人間にとっては害悪だ。人体への影響を考えたら、放射性廃棄物よりもタチが悪い。

「……魔晶石のこと、屍人のこと、御屋形様の本当の目的、聖人アスデルシアの真実、否《ひ》人《じん》と賢人の正体、この世界に地球の食材があること、サブラユ大陸のこと、外の大陸のこと、『故郷』のこと、『敵』こと『魔身《まみ》れ』どものこと、リュウファのこと、『ガンの殿隊《しんがりたい》の末裔《まつえい》』のこと……朱里にはお話しになりませんか?」

「今は早計だ。あいつが信頼できる人間であると判断できたら話す。というか……屍人を見れば、全てを悟るだろうよ」

御屋形様は書物の方へ目をやって、溜め息をついてから呟《つぶや》く。

「この世界がどれだけ歪《ゆが》んでいるか、助けるに値しないってことがな」

九十話　一世一代の勝負とガンボスープ ～シュリ～

負けたり、もう一度頑張ろうと思ったり。最近の僕は何かと心の動きが忙しい。

逃げる方法とか帰る手段を考えたり。最終目標までの道のりがなんとも遠い。

僕ことシュリは、階段を上りながらいろいろと考えてるわけです。

「はぁ……はぁ……！　下りは篠目に対する怒りとかで疲れを、忘れてた、けど……上りは、キツいなこれ……！」

考え続けていないと、長い長い上り階段を前にして心が折れる可能性があるので！

ども皆さん、シュリです。

足を止めたり休憩したりしながらようやく階段を上りました。息切れが凄《すご》いし心臓はバクバクいってるし肺は酸素を取り入れようと必死に働いてる感じ。

掛け軸の裏から壁に手を掛けて、ようやく這《は》い出てきた僕を待っていたのは、表向きの御屋形様にして国主様であらせられるギィブさんと、側仕《そばづか》えのクアラさんでした。

二人は評議の間の中央で何かを話していたらしく、僕の姿を見て安堵《あんど》しています。

「おお、戻ってきたか」

「安心したよシュリ。御屋形《おやかた》様は気性が激しくて、突然殺されかけることもあるから」

「そ、そう、ですか、心配、かけ、ました」

「うん、まずは息を整えようか」

クアラさんに心配されてしまった。上り階段はそれだけキツかったです。

「さて、某《それがし》からシュリに聞けることはない」

ようやく息を整えた僕は、上座のギィブさんとクアラさんに向かい合って座りました。

正座ではなく胡座《あぐら》なのはギィブさんから許可をもらったからです。

「聞かないんですか？」

「うむ、本来は御屋形様のことはギィブ様をはじめとした国主様一族しか知ることはできぬし知ってはいけない。リュウファは国の最大戦力として、また某はギィブ様の側仕《そばづか》えと目が見えぬことで特別に認めてもらっている。余計なことは聞けないのだ」

「それでもクアラがここにいるのは俺が認めているからだ。クアラから質問はないが、俺からは質問をさせてもらう。

御屋形様は、ご健在であられたか？」

？　どういう意味の質問だ。元気かどうかってことか？

おかしな質問だ……普段からこの城にいて、会える機会が多いギィブさんたちの方がよく知ってるはずだろう。

僕は疑問を抱いて首を傾《かし》げながら答えました。

「ええ、まぁ。お元気、です」

「そうか……やはり、そうか……」

ギィブさんは確認するように呟《つぶや》く。

「俺は、御屋形様が恐ろしくてな。直視できぬし、拝謁《はいえつ》するときも怖くて仕方がないのだ」

「怖い？　確かにあの人は相当怖い人ですが……」

「単純な怖さではない。自分の遥《はる》か昔の祖先様が目の前に存在し、一族を支配しているという現実が怖いのだ」

……祖先様？　僕は一瞬、その言葉を理解することができませんでした。

だけど、信長さんの話を思い出して、戦慄《せんりつ》する。

「そういえば言ってた……!!　御屋形様は自分の子供を延々とグランエンドの国主に？」

「そうだ。俺たち一族の家系図を遡《さかのぼ》れば最終的にあの方に行き着く。それだけじゃない。この国の要職に就いている者の八割が、あの方の血筋で子孫に当たる。

俺から見ればほぼ他人に近いが、それでも血の繋《つな》がりはある」

ギィブさんが恐怖する理由がわかる。自分のご先祖様が今も生きて、未《いま》だに自分の一族を支配しているなんて怖すぎる。

しかもあの人は不老長寿だ。老いて死ぬことはない。

幼い頃は信長さんが年上だと感じても、年を取って老いればあの人が年下に見えてくる。自分よりも長く生きているはずなのに、いつの間にか自分がおじいさんになって死ぬ。

あまりにも奇妙で歪《いびつ》なあり方を、子孫であるギィブさんが恐怖しないはずがない。

「クアラさんも？」

「某《それがし》も傍流ではあるが、遡《さかのぼ》れば御屋形《おやかた》様の子孫に当たるのかもしれん。そうでなければ、国主様が御屋形様のことを某に教えたこと、何かしらの罰が下ってもおかしくはないはず」

「罰、ですか？」

「あの方は容赦がない。長生きしすぎて、その精神性は植物に近い。人間的な感情や理性より、合理性と効率性を好まれる。公平でありながら公正ではなく、理知的でありながら残虐性もある。もはや人とは呼びにくいのだよ」

確かに、信長さんと話をして僕もそんな印象は抱いた。僅かに嫌悪感を出しているクアラさんの気持ちも、わかるつもりだ。

あの人はもはや人間性というものが致命的に欠けている。目的のためなら容赦はないだろう。人間に対して何の期待もしていない、感情を持つこともなさそうだった。

人間とは違っているから、人間に思い入れもなく使い潰せる。

この人たちは、そう言いたいんだろう。本人の前で……いや、どこでどんな手段を用いて聞かれているかわからないから、怖くて言えないだけで。

僕はそう予想を立ててから、改めて聞こうと思って口を開きました。

「それで……あなた方は御屋形様から、僕をここに連れてきた目的などは聞きましたか？」

「使える奴だから、と。あとはお前が御屋形様から聞いただろう、この大陸に覇《は》を唱《とな》えるのに必要な人材だから、と」

「ええ、そんな話は聞きましたから……お互いの認識にズレはないみたいですね」

僕とギィブさんはお互いに頷《うなず》き合います。言っていないことはあるけど、ほぼ同じだからここは同意してるとしておこう。

それと、重ねて聞かないといけないこともある。

「で、最後に聞きたいことなんですけど……僕はどこへ送られるんでしょうか」

僕の質問にギィブさんとクアラさんが互いの顔を見やる。

これは大事なことだ。なんせ、送られた先によっては逃亡計画に支障が出る。というか、この国自体が大陸のどこら辺にあって、近くの国はどこなのかを知りたいのです。

……思い出してみれば、僕はこの大陸の地図を詳しく見たことなかったな。大陸中を旅していた傭兵団《ようへいだん》ではあったけど、地球にいた頃のような精密な地図なんて見たことがなかったから。

だけど、近くにどんな国があるかを聞いておけば、もしそこが知り合いのいる国ならそこに逃げ込むことができる。だからどこに飛ばされ、どこの国に隣接しているのか。それを知っておきたかったのです。

するとギィブさんとクアラさんは僕を哀れむような目で見て、答えてくれました。

「お前が配属される先は、俺の末の娘がいる砦《とりで》だ」

「砦、ですか。どこかと戦争でもしてるんですか？」

よし、ここまでの話の流れに不審なものはないはずだ。砦と言うからには、どこかと戦争をしていて、その国境線だか戦線だかを守っているのだろう。

僕が努めて冷静に聞くと、クアラさんが眉間に皺《しわ》を寄せて言いました。

「キミが配属される砦は、ニュービストとの国境線に位置する場所だ」

「ニュービスト、とですか。……あそこと戦争をしていたので？」

「戦争準備だな。なんせあそこは、肥沃《ひよく》な大地と豊富な食料が存在している。国力も高いが、あそこを取れば大陸統一への足がかりになる。……やっかいな美食姫の存在があるが、な。やり手の姫だ、あまり長生きされたくない」

クアラさんの言葉に、僕は奥歯を噛《か》みしめる。何が長生きしてほしくない、だ。まだ幼い女の子なんだぞ、それを殺すことがどんなことを意味するのかわかってるのか。

心の中で憎悪が湧き上がる。しかし、それを口に出すことはできない。

ここでこの人たちに言っても仕方がないし、僕の身が危険だ。こすっからくて醜い自己保身だが、ここは情報を無事に持ち帰ることを前提にして行動するべきだ。

「だがなぁ。あいつは……ニュービストとの戦争に興味がなさそうなんだ」

「興味がない？」

ギィブさんの溜め息や憂鬱《ゆううつ》そうな理由はそれか。任務でグランエンド軍として戦うはずなのに、国主様の娘さんである姫本人が戦うつもりがない、と。

「そりゃ、お姫様が辺境……辺境と言っていいのかわかんないですけど、故郷から離れて戦争をしろ、と言われてもやる気は出ないのでは？」

「いや、あいつは結構な戦争好きだ。我が娘ながら怖いほどにな」

「戦争が好きぃ？」

予想をかなり覆《くつがえ》される。てっきりお淑《しと》やかなお姫様かと思ったら、結構な戦争好きの戦闘マニアときたもんだ。

というかどういう姫様なんだ。女性で戦争が好きとなると、よっぽど筋骨隆々で性格が破綻してる人なのか。

「あいつはニュービストとの戦争には興味がない。だけど本国の指示を無視して、あちこちの戦争に介入している。まるで傭兵団《ようへいだん》だ、グランエンドの姫がやることじゃない！」

最後の方になると怒りが混ざってきているらしく、ギィブさんが床の畳を叩《たた》いて怒鳴りました。

「傭兵団紛《まが》いのことをしてるって……それはまたどうして」

「理由を聞いても教えてくれん。命令無視を叱るために何度も呼び戻して、怒ったり説得したりしているのだが、本人が聞く耳を持たん。

それどころか御屋形《おやかた》様も面白がって放置しているところがある」

「だから某《それがし》たちも強硬に止めることができないんだ。困ったもんだよ」

二人して溜め息をつくギィブさんとクアラさん。これは相当な問題児だ。

「……もしかして、僕へ向けてた哀れみは」

「あんな難しい奴のところに飛ばす御屋形様はかなりの意地悪で、お前はその意地悪に巻き込まれたかわいそうな奴ってことだ」

なんてこった、信長さんにどういう考えがあるのかわからないけど、かなり面倒なことに巻き込まれたのは実感できました。いや、この国に攫《さら》われてる段階で面倒を通り越してるんですけど。

ギィブさんとクアラさんの様子を見るに、相手は相当難しい人なのでしょう。戦争好きであちこちの戦争に介入している傭兵団紛いの軍隊をまとめる女傑……。

行きたくねぇ。

「ちなみに、具体的にどこら辺が面倒くさいんですか？」

「わがままで偏食家、執着も強いけど興味のないものには冷淡すぎる」

もう心に不安しかない。聞くだけでもそんな面倒な人の相手をしなければいけなくなるとは……。一体信長さんは僕をどうしたいんだ。

と、ここで一つ気になったことがある。

「偏食家、とは？」

「ウィゲユの料理にも文句をつけるし、今砦《とりで》にいる料理人は何人も交替させられた」

「相当な偏食家じゃないですか」

僕がさっき食べただけでも、ウィゲユこと篠目の料理には非の打ち所がなかった。美味しかったし敗北感を叩き込まれました。それだけ、あの茶碗蒸しはレベルが高い。

僕に同じものを作れと言われたなら、少なくとも一か月は時間が欲しいしもっと食べないと真似できない、と思うほどに。

なのに篠目の料理を食べて、文句を言うとはなんぞや？　好き嫌い、というレベルに収まらないのが偏食という呼称だ、となると本人の嗜好《しこう》と異なる、とか？

僕は腕を組んで悩む。

いや、どう考えたって篠目はその辺りを把握して、それに合わせた料理を出すはずだ。

昔の篠目だったら「俺の作品」を黙って食え！　だろうけど、今なら相手の好みに合わせた旨い料理を出すはず。

それをしなかったってことは考えられない。ということは、どういうことだ？

ダメだ、ここで考えても答えが出ない。

「あの、しの……じゃない、ウィゲユと話をさせてもらうことは可能ですか？」

「ん？　ああ、御屋形《おやかた》様の元から戻ってきたらするといい。話を聞けば、どれほど難しい相手かがわかる」

「ありがとうございます。それで……僕はいつ、そちらに向かうことに？」

「明日だ」

早すぎる。と僕は焦る。

もう少し、一週間ほど時間をもらえたならばグランエンドの情報をもっと集められたはずなのに。展開がかなり急だ、どういう意思が働いてるんだろう？

僕がそう悩んでいるのがわかったのか、ギィブさんは目を細めて言いました。

「実は、また料理人が一人ダメになった。もうあの姫様の相手をしたくないとな。早急に料理人を向かわせないといけない」

「あ、そうなんですか」

「あそこは娘と同様に難しく、荒くれ者ばかりがいる砦《とりで》だ。行ける料理人は限られる。そして……お前にはあまり、この城をうろつき回ってほしくない。わかるだろう？」

ギィブさんの声色が鋭い。隣に座るクアラさんも、仕込み杖《づえ》の鯉口《こいぐち》を切ろうと指が動いている。

どうやら僕の考えは看破されていたらしい。それも当然なんだろうけど、来たばかりの人間を簡単に信用しないのは当たり前だ。

僕自身も情報収集をしようと躍起になっていたのだから、権謀術数《けんぼうじゅっすう》の素人《しろうと》である僕の考えを玄人《くろうと》のこの人たちが見抜くのは当然だろう。

隠すつもりもなかったのだけど。

「わかります。信用されてないのは」

「そういうことだ。では、明日の出発の話だが……」

「まだここにいたのか？　朱里」

と、ギィブさんが話そうとしたところで掛け軸の裏から篠目が出てくる。

「はぁ……あの姫様のことを聞いたか」

篠目は僕と一緒に城の廊下を歩く。木造で日本的な雰囲気を感じさせる廊下だ、ここら辺は日本文化に合わせて作られている。

ギィブさんから明日の話を簡単に聞いてから、篠目と話す時間をもらいました。なので彼と一緒に厨房《ちゅうぼう》へ向かっているところです。

「ああ。それで？　偏食って具体的にはなんなの？　肉？　野菜？　魚？　それとも細分化して鶏肉《とりにく》だけとかキャベツだけがダメとか？」

僕が聞くと、篠目は苦々しい顔をした。

「いや、そんな複雑なもんじゃない」

「じゃあ何さ」

「『辛い物好き』なんだ」

は？　と聞き返すと篠目はさらに眉をひそめて言う。

「あの姫様は、かなり辛い物が好きなんだ。それも生半可な好みじゃない、面倒くさいんだ」

「面倒くさい『辛い物好き』って……」

「言うなら、好みが面倒くさいってことだ。文句も多い」

それ以上の説明が欲しいんだけどな、と僕自身も苦々しい顔になる。

ただ辛い食べ物が好きというのはわかるけど、面倒な文句を言ってくるのかな？　どういうふうに？

「……さっき篠目の料理を食べたから、僕よりも腕前があるってのはわかってる。そんなお前が満足させられないどころか文句を言われる、ってのは普通じゃない。

何が面倒くさいのか、それはわかってるんだろ？」

「お、昔の調子が戻ってきたじゃねぇか。しかも呼び捨てとはな。俺を敵と認識してくれてるのか」

嬉《うれ》しそうに篠目は言うが、僕は構わずに続ける。

「今はそんなもんいいから。これは引き継ぎみたいなもんだろう」

「そうだな。仕事の引き継ぎなら、ちゃんとしないとな。俺が言う面倒くさいってのは、辛いものが好きなのに旨さも求めるんだ」

……ん？　それは普通では……？

「普通だろ、それ。どんな好みの人だって料理の美味しさは求める」

「辛い物が好きな連中ってさ、極端な例で言うと、とことんまで辛さを求めるじゃん？」

「まぁ、そうか」

そら、辛さを求めるわけだから。

ちなみに僕が過去に会ったことのある人だと、すっきりして美味しい汁を使ったかけうどんに、これでもかと唐辛子《とうがらし》を掛ける人がいました。いや、僕も天かすとか唐辛子とかは好みで入れるけど、このうどんにそれはねえだろうってくらい入れてた。

あと盛りそばを食べるときに、つゆにこれでもかとわさびを入れる人もいたな。それ、わさび以外の味ってするの？　と思うくらいに。

過去にそういう人がいたからそんなもんだろう。と思ったのですが……。

「でもな、あの姫様は辛さと旨さのラインが細かすぎるんだよな」

「というと？」

「辛さってのは極端に言うと、舌が感じる痛みなわけじゃん」

「まぁ、そうだね」

もっと詳しく言うと、辛さこと辛い味ってのは刺激的な味のことを指します。具体的には胡椒《こしょう》、唐辛子《とうがらし》、わさびなどがそれに当たりますね。

んで、普通の甘みとかは味覚を伝える神経で味を感じるわけですが、辛みってのは痛みと同じ刺激として感じる味です。甘みとかとは違うわけですね。

熱さと痛さで感じるもの、それが辛さってわけです。味ではないのだ。

さらに言うと辛さは二種類に分けられるのですが、それは後にしましょう。

「んでさ、姫様が求める辛さってのは『旨くて辛い』わけよ」

「それはおかしくはないよね。それで？　ラインが細かすぎるってのは？」

「俺もさ、最初は辛いものしか食べたくないって言うんで、普通に辛旨な料理を出したわけよ。カレーを」

「……カレーで文句を言われたのか!?」

なんてこった、これは僕が予想するよりも遥《はる》かに難しい問題だ。

辛くて美味しい、と言われて日本人がパッと思いつくのはカレーじゃないでしょうか。いや豚キムチとか寿司《すし》のわさび多めとか言う人もいるかもだけど、一般家庭だとカレーなのは間違いないはず。

なのにカレーで文句を言われるとは⁇

「なんでカレーで文句を？」

「最初は『辛くない！』って怒られたんだよ」

「ふむ。甘口だったの？」

「まぁリンゴとかは欠かさなかったな。あとヨーグルト」

「アルトゥーリアで見つけてたんだ？」

「見つけてこっそり手に入れて、城の中だけで使う量を作ってる。お前は？」

「僕も自作。と、そこはいいんだ。聞いてる限り、カレーに問題はなさそうだけど」

リンゴにヨーグルト。カレーに入れるには間違いはないはず。

「甘口なのが問題なのかと思ったから、インドカレーを作った」

「それで？」

「ダメだった。まだ辛くない、と」

「いろいろ試したのに、攻略の糸口がすっかり見えなくなったよ……」

インドカレー、と聞いて思い浮かぶのは東京のカレー専門店で作られてるやつだ。あれは辛い。けど美味しい。

しかしあれでも辛くないからダメとは……。

「俺はその時点で諦めた。インドカレーに香辛料をさらに増やしても『辛いだけ』と怒られて、調整したら『辛くない』と怒られて……」

「ああ……そら面倒くさいし諦めるよな」

香辛料を調節してもダメと言われてしまったら、どうしようもない。

僕はこの先、自分に降りかかる苦労を考えて憂鬱《ゆううつ》な気分になった。なるしかなかった。

篠目ですら手を焼くのに、これから相手しないといけないとは。

「ちなみに聞くけど、わさびとかは？　唐辛子《とうがらし》とはまた違う辛さだけど」

「あっちは割と好評だった。たこわさを作って出したら喜ばれたけどな……自分でわさびを入れすぎて悶《もだ》えて、あやうく殺されるかと思うくらい怒られた」

「となると、わさびのような類《たぐ》いの辛さが好みってこと？」

唐辛子とわさびは同じ辛さだけど、厳密にはちょっと辛さの種類が違う。ホット系とシャープ系ってやつです。

ホット系は不揮発性《ふきはっせい》で辛さを感じるタイミングが遅く持続性があり熱に強い。

シャープ系は揮発性で早く辛さを感じて鼻に抜けるため持続性がなく熱に弱い。

となると……ホット系よりもシャープ系を好むなら、そういう調味料を作るべきか。

「俺も考えたんだが……シャープ系の調味料を持ってなかったのでな」

「作れば？」

「お前と一緒にするな。俺は見つけて目利きするのは得意だが、さすがにお前のように自作した経験があまりないんだ。今だって調味料を、職人にこういうのがあると教えて試行錯誤して作ってもらったのを使ってるんだ」

となると、解決策はそこら辺か。僕は興味本位であれこれ作ったクチで、今もその経験が活かされてるから、工夫してみるか。

二人で話をしているうちに、いつの間にやら厨房《ちゅうぼう》の前に来ていました。

「さて、朱里」

「何だ、篠目」

「俺の実力は見せた。今度は」

篠目の顔が険しくなる。睨《にら》むように僕の目を見た。

「お前の今の実力を見せてくれよ」

「望むところだ」

「お題は？」

「辛めの料理。話にも出てたし」

「了解」

厨房《ちゅうぼう》に入った僕は篠目の取りなしのもと、鍋と食材が置かれた机の前に立っていた。働いていた他の人たちはジッとこちらを見ている。篠目……ウィゲユが連れてきた料理人とやらが、どんな腕前なのか見てみたいんだと思う。

辛めの料理。お題として出されたそれは、これから向かうだろう先にいるお姫様相手の前哨戦《ぜんしょうせん》だ。

……と言いたいところだが、そんなことは関係ない。お姫様の嗜好《しこう》がわからない現状、それを知ってる篠目相手に作るしかない。

「……今の僕が、どれだけ篠目を認めさせられるかだ」

僕は腕組みしながら呟《つぶや》く。

実際、僕はこの世界に来てからずいぶんたくさんの料理を作ってきた。テビス姫に認めてもらい、多くの人に喜ばれた自信はある。

しかしこの世界にも凄《すご》い腕前の人だっている。今もスーニティにいるはずのフィンツェさんなんかは僕よりも凄いはずだ。僕が勝っていたのは、地球での知識があった分だけ。

この事実を踏まえれば、転生してからも腕を磨き続けてこの世界の人たちの味覚に適応し、食材を見つけ、取り入れて料理してきた篠目は、すでに僕よりも遥《はる》かに上だ。

……滾《たぎ》る。僕は心から思った。

これだけ敵対心を持てる相手に出会ったのは久しぶりだ。地球にいた頃の篠目は、尊敬して目標とする相手だったけど、敵とは思っていなかった。フィンツェさんやミナフェに対しても、尊敬と目標だけだった。

だが今はどうだ？　どうしても超えたい、なんとしても勝ちたい。そのために腕を磨き直し踏みこたえたいなんて、僕らしくもない闘争心が湧いてくるんだ。

「さて、やるか！」

僕は両頬をパァンと叩《たた》き、気合いを入れて服の袖をまくる。

作る料理はガンボスープだ。驚いたことに、ここには必要な食材が揃《そろ》っている。

……そうだ、ここら辺も後で篠目に聞こう。なんで地球の食材が、都合良くこの世界にあるのかを。

と、気が逸《そ》れた。

ガンボスープってのは、簡単に言うとオクラのトマトスープです。ガンボってオクラという意味ですね。アメリカ南部で作られる家庭の味らしいですよ。

ご飯と一緒でもよし、パンと合わせてもよし。具だくさんで食べ応えのあるスープ。

材料はソーセージ、トマト、タマネギ、セロリ、パプリカ、オクラ、ニンニク、ローリエ、白ワイン、ブイヨン、ココナッツミルク、チリパウダー、塩、胡椒《こしょう》、オリーブオイルです。あとその他にも、好みでいろいろな食材を使います。

なんでこんなところにココナッツミルクが……というか、オリーブオイルまであるとは。僕がアズマ連邦で開発してもらったオリーブオイルを取り入れてるとは。

「篠目、このオリーブ油は？」

「お前がアズマ連邦でアイディアを出して開発させたってのはすでに聞いてる。その折に、一番に輸入した。便利だぜ、お前のオリーブ油は」

作業を開始する後ろで、篠目が楽しそうに答える。後ろを見れば篠目が腕組みしながら僕の手元を見ていた。

「作るのはガンボスープか？」

「ああ、さすがに見抜かれたか」

「ならトマトの水煮を使え。下準備で用意していたものがある」

ちっ。やはり篠目には見抜かれるか。水煮があれば便利だというのも気づかれてる。

篠目が目配せすると、どうやら篠目の部下らしい人がトマトの水煮を持ってくる。

瓶《びん》に入れられたものを一つ、僕に手渡してきたのは若い男性だ。まだ十代前半かな。なんかこっちに良い感情は抱いてない感じがする。

少年が去ると、篠目はニヤニヤしながら僕に言った。

「あの子は……あの娘は、この敵だらけの城の中で、唯一俺を慕っている部下でな。俺から技術を学んでメキメキと腕を上げてる。周りからの声なんてなんのその、だ。

だから、この城で嫌われてる俺と仲良くできるお前に、嫉妬してるんだろ」

「そっか……ん？　娘？」

「ちなみに告白もされてる。受けるつもりは今はないが」

若い男性にしか見えなかったのだけど……髪の長さとか雰囲気とかから。

でも、篠目と一緒に仕事をするために男装してまで頑張ってるってことか？　まぁそれは今はいい。受け取ったトマトの水煮のスープに匙《さじ》を入れて口に運ぶ。良い水煮の水分はトマトジュースのように芳醇《ほうじゅん》な香りと味で美味しく飲めるからね。

で、飲んでみればビンゴ。美味しいですね、これ。

さて、いろいろとよそ見が過ぎたけれども調理を開始しよう。

まずソーセージを食べやすい大きさに切っておきます。次にトマト、タマネギ、セロリ、パプリカ、ニンニクを適当な大きさに切りましょう。ここでちゃんとしておけば、後で炒めて煮たときに味の違いが出ますぞ。

そして鍋にオリーブオイルを引き、ニンニクを投入する。香りが立ってきたらここにソーセージ、タマネギ、セロリ、パプリカ、トマトを入れて炒めましょう。全体に火が通ったら白ワインとトマトの水煮を投入しましょう。

トマトの水煮は煮汁ごと入れると美味しいぞ。さらにブイヨン、ローリエを加えて強火で煮ましょうね。

さらにここで――。

「おら、これを使え」

と、次の作業に移ろうとすると、横から篠目が僕にボールを渡してくる。日本にもある銀色のボールだ。まさかここで開発しているとは。

驚いて中を見れば、蒸されたひよこ豆とエンドウ豆、赤インゲン豆が入っていた。

「……ミックスビーンズのつもり？」

「その通り。これを使えば、もっと美味しいだろうさ」

全く、こいつは凄《すご》い。すぐに見抜いて、いつの間にか準備したのだろう。調理作業の途中で食材を揃《そろ》えて調理をして、僕がすぐに使える状態で出してくれる。

僕はその行動に、どこか心地よさすら感じた。打てば響く。完璧なサポートだ。

だが、同時に敗北感もある。作ろうとしているものを判断して十分な準備とサポートを行う。これは僕の料理の味や手順を見抜いているってことだ。

……僕はあのレストランでガンボスープを作っていない。自宅で、実験というか試しに作ってただけだ。だから篠目には僕がこのスープを作れることは知られていないはずだ。なのに詳しくわかるってことは、こいつもガンボスープを作ったことがあるってことだ。本で見ただけじゃなくて、実際に作ったことが。

だからわかるんだろうな。次の僕の作業が。

「ありがたく使わせてもらう」

僕はミックスビーンズを受け取り、スープに加える。

ここで沸騰してきたらオクラを加えてさらに煮る。ここで落とし蓋をして、さらに鍋に蓋をする。ちょっと周りを見れば、なんとオーブンまである。使わせてもらおう。

……といってもリルさんお手製のオーブンのような、魔工式じゃない。薪《まき》を使うピザ釜みたいなものだ。どうやら今日使われていたらしく、余熱は十分。その釜の中に入れて、さらに熱する。

時間が来れば取り出してさらに強火で煮こみ、ココナッツミルク、チリパウダーを加えて塩と胡椒《こしょう》で味を調えれば完成だ。

「できあがりだ」

完成した料理を、器に盛って篠目に差し出す。渾身《こんしん》の出来だ。包丁の入れ方も火の入れ方も、どれもこれも十分に気を払って作ったつもりです。

受け取った篠目は、匙《さじ》で食べ始める。

確かめるようにゆっくりと頷《うなず》き、咀嚼《そしゃく》し、嚥下《えんげ》し、十二分に味わっていく。

篠目は皿を机の上に置いて言った。

「ああ、旨いな」

薄目で料理を観察する篠目。そうだ、こいつは料理の技を確認するときは、こうやって薄目になって見る癖があったな。

　その上で、篠目は言った。

「ガンボスープは家庭の味だ。チリパウダーの辛みと食材の旨みを、ココナッツミルクが繋《つな》いでマイルドにして食べやすくしている。順番通りの煮込み、正確な包丁使い、煮込み時間の正確さ。どれをとっても家庭の味のそれを超えて、店に出しても問題はないレベルだ。ちょうど良い辛さと旨さ、にじみ出た多くの野菜の味が絡まった、よい料理だ。だがな――」

　ここで篠目は言葉を切り、机の上に置いていたチリパウダーを手に取り、少しだけ料理に掛けた。

　その行動を見ても、僕は動じなかった。おそらくそうするだろうとは思ってたからな。

「もう少し、チリパウダーを仕上げとして振ってもいい。食ってみろ」

　と、篠目が僕にガンボスープを差し出してくる。受け取った僕は篠目の勧めに従い、自分で作り篠目が仕上げたガンボスープに口を付ける。

　なるほど、これは篠目が正しい。仕上げに掛けられたチリパウダーが、ストレートな辛さをさらに出している。辛さのバランスが取れた感じだ。

　オクラを入れたことでとろみが付いているスープだからこそ、辛さと熱さがさらに際立っていた。

「ああ、こっちの方が美味しいな。だけど、とろみがあるんだから、前のでもよくないかな？　特に初めて食べる人に出すなら」

「お前の言うことは正しい。チリパウダーは俺の好みで掛けて、お前の好みにも合ってただけだからな。この国の人間に食べてもらうなら、お前の作り方が正しい」

そこまで言って、篠目は笑った。

「お前はすでに、この世界の人間に合わせた調理ができる料理人なんだな」

「ああ、そうだね。僕はすでに、覚悟を決めてる側の人間だ」

「……引き分けにしといてやるよ。お情けでな」

「品評会だったなら、この世界の人間を相手にするわけだから僕の勝ちでは？」

「品評会じゃねえからな、ここは」

二人して言い合って、どちらからともなく笑う。

フフフ、と小さく。だけど目は笑っていない。僕は負けたと思っていないし、篠目も思っていないだろう。

だから、今は引き分け。

「さて、残りはここにいる奴に振る舞ってもいいか？」

「いいよ。僕はまたギィブさんの所に戻って、明日のことや泊まる場所を聞くから」

「そうしろ」

僕は篠目に断りを入れてから、厨房《ちゅうぼう》を後にする。が、その前に振り返ってみた。

凄《すご》く綺麗《きれい》な部屋だ。料理に夢中で気がつかなかったが、この世界の基準でいえば最先端と言ってもいい。ここまで設備が整った厨房はニュービスト以外では見たことがないほどだよ。

綺麗に磨かれた鍋に包丁。机の上に無駄なものはなく、調味料を入れた瓶まで磨かれ、窓や壁の縁に埃《ほこり》が溜まっているようなこともなさそうだ。

というか、内装が綺麗だ。白塗りの壁、木目が綺麗な木の天井に、床は撥水性《はっすいせい》のあるクッションフロアときたもんだ。しかも排水の穴まである。

多分、ここら辺は篠目がこだわり抜いて作らせたんだろうな。

こんな環境でお偉いさんを相手に毎日必死に、旨くて上手な料理を追求し続けたからこそ、あの腕前なんだろうな。

「……けど、負けねえ」

今度は、勝つ。

僕は心の中で誓い、ギィブさんの元へと向かった。

九十一話　一世一代の勝負とガンボスープ〜篠目〜

俺が目を覚ましてこの世界を最初に見たとき、きっと天罰が下ったんだろうと思った。

傲慢《ごうまん》に生きて、自己満足のまま仕事をして、けど誰にも認められず、最後には親が悲しむことよりも自分のプライドを優先して自害したんだから。

前世の行いがあまりにもクソすぎて、料理人として風上《かざかみ》にも置けないような心構えで生きてたんだ。

だから……この世界で目を覚まして、現代日本ではないどこか別の世界の、地球で慣れ親しんだ調理器具が何もない場所に産まれたのは、二度と料理に関わるなと神様に言われたんだと信じていた。


俺の名前はウィゲユ。転生者だ。

元々俺は地球の現代の日本で生きてきた普通の料理人だった。

しかし勤めていた格式高いレストランで実力を上げて要職に就いたことで傲慢な態度を振りまき、最後には誰にも見向きされなくなって、人生に絶望して死んだ男だった。

篠目幸聡。それが日本での俺の名前だったが、生まれ変わった俺はウィゲユという名前をもらい、この世界で生きることになった。

控えめに言ってこの世界は最悪だ。魔法と魔工という超常的な力があるくせに中世ヨーロッパくらいの文化レベルしかない。しかも大陸のあちらこちらで戦争をしていて、生まれた村だって迷惑を被《こうむ》ってきた。

もっと魔法や魔工を便利に使えるように研究すりゃ、俺たちの生活は良くなるはずなのにな、と何度嘆いたことか。

まぁ、片田舎に住む普通の男の叫びなんて、国のお偉いさんの元に届くはずねぇんだけどな。俺は物心がついた……と両親から思われてる幼い頃から、もう腐ったような達観したような精神で生きていた。

やる気はなく、何もかもに絶望し、自分の調理の知識を使うつもりもない。

あんな酷《ひど》い生き方をして、最後には地球の両親を悲しませた馬鹿野郎には、この地獄がふさわしい。俺は事実として認めていたんだ。

だが、生きてきた道は、生き様は、どうしても変えられない。

ある日、この世界のおふくろが仕事で忙しいとき、誰もいない家で自分で料理を作って食べた。それまでずっと両親に頼ったままで、竈《かまど》の前に立つのが嫌だったからな。

鍋の前に立つと、竈の前に立つと、包丁を持つと、体が震えてくる。あの日あのときの無様《ぶざま》で愚かでバカだった自分を思い出し、また傲慢《ごうまん》に振る舞い、落ちぶれて死ぬんじゃないかと思ったから。

だけど、どうしても腹が減って、それでも親である人は帰ってこなくて、必要に迫られて料理をした。震える体を無理やり押さえつけ、自分のための簡単なスープを作ったんだ。

で、なんとかできたスープはなんとも……ブランクはあるし手も体も震えるしで、昔の自分だったら完成前に捨ててるだろうな、ってくらい酷《ひど》かったな。

そして、今でも覚えてる。この世界のおふくろ……母親が帰ってきて、俺が料理をしたのを見て驚いた。

鍋の中身を見て、皿に盛って机につき、スープを食べてくれた。

美味しいと、言ってくれた。

その瞬間、許せなかった過去の自分がゆっくりと消えていくのを感じたんだよ。バカだったあの頃の自分が消えて、ようやく俺は食べてくれる人の顔を見た。

美味しそうに食べてくれる母親を見て、前世の自分はそんなものを顧《かえり》みなかったことをとことん恥じて、でもようやく。

ようやく『作品』ではなく『食事』を作れたことに安堵《あんど》して、大泣きして……。

過去の呪縛から解放されて安心して眠ったんだよな。

次の日から、俺は母親に料理を教わった。

正直、母親よりも俺の方が料理は上手だよ。地球にいた頃の技量だってあるし、竈《かまど》で煮炊きする感覚も早々に身についた。

だけど、だけどな。それでも、俺が今まで気にも留めなかった『家庭の味』ってのを教わるのが、とても楽しかったんだ。

前世の俺は料理人になると決めても、母親から料理を教わらずレストランに就職して、ほぼ独学で身につけた。

眠る前に何度も謝ったさ。母さん、あなたの味を学ばなくてごめんなさいってな。

今度の人生ではちゃんと家庭の味を覚えて、家族の繋《つな》がりを大切にしようって心に決めた。

ブランクを克服していき、メキメキと料理の腕を上達させていく俺を見て、母親も父親も喜んでくれたな。

幸せに過ごしていたある日、城から使いが来て、ある報せを受け取った。

なんでも、料理上手な俺のことを聞いて、城のお偉いさんが俺を城で働かせたい、とのことだった。両親は飛び上がるほど喜んでくれた。

城に上がった俺は、その日のうちに国主様にお目見得し、御屋形《おやかた》様に会った。

そしてこの大陸の秘密を知った。

屍人《しじん》にも会った。

この大陸がサブラユ大陸という大きな島であることや、外円海の真実とサブラユ大陸の人間の罪と罰を知った。外の大陸に住まう『敵』たちのことも知ることになる。

救いようのないサブラユ大陸の人間たちだったが、俺は俺の両親にまでそんな目は向けられないと御屋形《おやかた》様に伝えた。

俺は御屋形様に協力し、この大陸を統一する手伝いをすることにした。

御屋形様に協力して生きること数年。俺はその間、結構な修羅場も経験した。

なんせ、突然城に上がった田舎者が、国主様一族の専属として料理を作ってるんだから面白くない奴もいる。あらゆるいじめを受けた。

衣装を隠されるのから始まり、業務連絡を伝えてもらえなかったり、自分が使う食材をわざと腐らせられるなんてのもあった。お前、国主様にバレたらどうするつもりだって顔をしかめたな、あのときは。

一番堪《こた》えたのは、城に上がる時におふくろ……母さんが買ってくれた包丁を錆《さ》びつかせられたときだ。あのときはさすがに泣いた。

いや、料理人稼業をする上で、前世でも似たいじめは経験したから慣れてたけど、母さんの包丁はさすがに心が折れそうだったよ。

でも、負けるわけにはいかなかった。前世ではできなかった親孝行を、傲慢《ごうまん》だった自分をやり直す気持ちで奮い立ち、あらゆるいじめに立ち向かい、ねじ伏せる。

二度と同じことをさせないために、二度と同じ失敗をしないために。

気づけば俺は国主様専属の料理人として周囲に認められ、いじめはなくなり、邪険にはされてたが慕ってくれる部下……というか弟子もできた。

順風満帆《じゅんぷうまんぱん》な人生だった。あの日までは。


「ちょっと、ウィゲユ」

「なんでしょうかレンハ様」

あの日のことは、鮮明に覚えてる。国主様の義理の娘としてスーニティに嫁ぐこととなったレンハに話しかけられた。

食べ終わった食器をお盆に乗せて、厨房《ちゅうぼう》に戻る途中だった。

覚えてる。暑い日だった。太陽が燦々《さんさん》と輝き、雲一つなくて、廊下を歩くだけでも汗が流れる、そんな一日だった。

振り返る俺に、レンハは聞く。

「あんた、アタシが今度スーニティに嫁ぐこと知ってるわよね？」

「はい。もちろん」

御屋形《おやかた》様から聞いてたからな。見目麗《みめうるわ》しい女性を養子にして教育し、他国に嫁がせて内側から侵略すると。

正直ゲスな方法だと思ったけど、戦《いくさ》のように血が流れることもなく効率的ではあると、無理やり納得した。昔から異性関係で身を滅ぼす為政者《いせいしゃ》なんて、珍しくもなかったからな。

歴史的事実に基づいた効果的な侵略方法だ。このレンハも、他国に嫁いで侵略するための尖兵《せんぺい》ってことになる。

そんな女性が俺に一体何の用だ、と身構えていると、レンハは笑いながら言った。

「そこでさ、領主を骨抜きにする必要があるんだけど、骨抜きにしてから誰にもバレずに殺す方法って知らない？　普通に食事に毒を盛ったらバレるから、普通じゃない方法を」

暑い、日だった。

何を言われたのかわからず、動けなくなってその場に固まった俺の額から、汗が流れて顎《あご》を伝って床に落ちる。

暑い、日、なんだ。この汗は、その暑さのせいのはず、なんだ。

「それを、なぜ自分に」

極力平静を装って聞いた。声は震えていたかもしれないし、顔は無表情でいられなかったかもしれない。

でもレンハは続けた。

「いや、御屋形様にいつも斬新な料理を持って行くあんたならさ、何か方法を知ってるかと思って」

ここでレンハの言う御屋形様ってのは、国主様ことギィブ様のことだ。ギィブ様に連なる一族しか、御屋形様こと信長様のことは知らない。

ここでごっちゃにして考えるとややこしくなる、というどうでもいいことが頭の中を巡っていた。

「……料理人の自分に、料理で人を殺す技を教えろ、と？」

「これもアタシの任務達成のためだからさ。教えない、なんてことはないわよね？」

レンハからの圧力。ここで答えなければ、俺の立場が危うくなるだろう。

だが料理人としての矜持《きょうじ》を全て捨てて、料理で人を殺す技を教えることに、足が震えて喉が嗄《か》れ、上手く言葉に出せなかったんだ。

「それは……そう、ですね」

「さっさと教えなさいよ。これもグランエンドのため、大陸統一のためなんだから」

いけしゃあしゃあと言うレンハに俺は殺意を覚えた。

ここで俺が断って有耶無耶《うやむや》にしてしまうのもいいだろう。俺の矜持も守られる。

レンハは納得しないだろうがそのまま嫁ぎ先に行くだろう。そして何かしら他の策で乗っ取りを企てるはず。

俺の背中に冷たい汗が流れた。暑い日だった。

額から流れる汗が、暑さのせいではないのはなんとなくわかった。

「……そうです、ね。俺は料理人、なので……」

「教えなかったら御屋形《おやかた》様に言っちゃうわよ？　料理人が協力してくれなかったって」

「……」

これ以上誤魔化すのは不可能、か。俺は大きく溜め息をついた。

ここでギィブ様に告げ口されて、後で怒られるくらいなら別にいい。気にしない。

だけど……だけど、これが信長様の耳にまで入ったらどうなる？

あの人は役立たずを殺すことを躊躇《ためら》わない。目的のために合理的な方法を取り続ける。

役に立たない仲間が身近にいることが、どれだけ組織に悪影響を及ぼすのか。長い人生の中でこれでもかと経験している人だ。

俺は……どうなるだろう。役立たずとして、レンハの言い分を聞かなかったとして罰を受けるのだろうか。

逡巡《しゅんじゅん》して、俺は思い出す。屍人《しじん》を見て、この大陸の真実を聞いて、信長様の目的を達するために協力すると。

目的に近づくために、必要なことなんだと。

「俺だったらアレルギーを利用します」

「アレルギー?」

俺は知る限りのアレルギーの情報をレンハに教えた。

体が受け付けない食材のこと、食材以外の物にもあることを。

それを探って利用すれば、原因がわからないまま殺せるだろうと。

説明が終わるとレンハは嬉《うれ》しそうに言った。

「なんだ、便利な方法があるじゃない。ついでにいただき」

レンハは俺が持っていた皿に残っていた肉を指で摘《つ》まんで口に運んだ。

俺の料理は基本的に国主様と御屋形様の二人にしか食べさせていないものだ。その行動に思わず、あ、と言ったが遅かった。今日は暑い日で国主様の食欲がなく、たまたま残っていたステーキの残りを食べられたんだ。

「何これすっごい美味しいじゃない。今度またアタシにも作ってよ。じゃ、ありがとね」

レンハは俺に礼を言って去って行った。何事もなかったように、普通に嬉しそうな顔をしていた。人殺しの方法を聞いて、何も思わなかったように。

暑い日だった。

俺の額や背中に流れる汗は、暑さによるものだと思う。

そう思いたい。

俺はその日、グランエンドの城壁の中に用意された自分の家に戻ってから、厠《かわや》で胃液まで嘔吐《おうと》した。

その後、俺は自分に言い訳をして、自己弁護をして、無理やり納得して日常を過ごしていた。

この世界は地球じゃない。日本じゃない。戦国乱世の異世界なんだ。自分が生き残るために、この国が存続するために必要なことなんだと言い聞かせていたんだ。

事実、国主様と御屋形《おやかた》様は周辺の国や領主と戦争を繰り返して、着々と国土を広げて国力を増していた。

六天将のみんなも八面六臂《はちめんろっぴ》の活躍をし、御屋形様の目的に向かって着実に進んでいる、と感じていたんだ。

だから、だから。俺のしたことはこの世界で生き残るために必要なことだったんだ。

城でのいじめ、ようやく心安らげる居場所となった親元から離れたこと、この世界の残酷さ、戦国乱世では当たり前の親しい人の死。

さまざまな要因により、俺の心が完全にサブラユ大陸で生きるのに必要な、適切な形になっていくのを感じていた。俺はそれに逆らわず、適応していく。

自分が別の何かに変わっていく奇妙な感覚。これも乱世を生き抜くのに必要なことだ。

なのに。

俺はあの日、目を疑った。

忘れていた過去が、また足音を鳴らして近づいていたなんて思わなかったから。


「お料理をお持ちしました」

「すまぬな、時間ではあるがまだ食べられぬ。だが、今回は許可する。持ってこい」

「はは」

その日も俺は、いつも通り国主様へお昼を運んでいた。今日は大切な会合があると聞いていたから、失礼のないように振る舞う。

もうこの立ち振る舞いも慣れたもんだ。地球にいた頃とは違うマナーにも慣れた。

国主様に促されるまま中に入り、その御前に料理を置いた。

ちらと見えた中では、六天将の方々が全員集合していたな。珍しく、リュウファ様もいた。俺、あの人が苦手なんだが……この場ではそんなこと言ってられん。

これで俺の仕事は一段落、部屋の隅で食事が終わるのを待って、皿を片付けるだけだ。

が、俺が振り返ったとき、リュウファ様の隣に座る男を見て目を疑った。

いるはずがない。

ここに存在するはずがない。

ここは俺が生まれ変わった世界で、俺にとって罰を与えてきた世界で、新しい希望を与えてくれた世界だ。だから……。

地球の昔の知り合いが、ここにいるはずがないんだ。

そいつは、俺が傲慢《ごうまん》に振る舞っていた頃に最後の最後まで、俺に忠告をしてくれた奴だ。

人懐っこい笑顔の裏に隠しきれない好奇心と上昇志向を持っている、俺が唯一認めた男。

俺の記憶の中にある頃よりも大人の顔つきとなり、年を取っていた。

「篠目……くん？」

俺を呼んだ名前で、確信した。

前世での俺の名前を知ってるこの男は、間違いない。

「まさか……朱里、か？」

国主様が御屋形《おやかた》様と話を、と言うので俺と朱里は二人で隠し階段を下りていた。

御屋形様こと信長様と話をしろ、と命じられたからだ。

二人して階段を下りていて、俺はなんと切り出すべきか迷っていた。

お前は本当に朱里なのか？

俺が死んだあとどうなったんだ？

俺の死を、少しでも悲しんでくれる奴はいたか？

あっちの世界の両親……傲慢になってから絶縁状態になっていた父さんと母さんはどうなった？

聞きたいことは山ほどある。聞き出したいことはこれでもかというほどある。

だが、なぜか笑いがこみ上げてきた。過去を振り切りこの世界で生きる覚悟を決めていたと思っていた俺が、まだ地球に思い入れがあるのかと思ったらおかしくなったんだよ。

「俺はてっきりこの世界は、後悔のある人間が死後にやり直す機会を与えられた、一種のあの世のようなもんだと思ってたぜ。俺はあんな最後だったし、御屋形様もそんな感じだったからな」

階段を下りていた足を止め、俺は振り返る。

朱里の顔を見て、改めて懐かしさを覚えた。あの日あのとき、厨房《ちゅうぼう》で一緒に働いていたあの頃の仲間がそこにいた。

涙が出るのを堪《こら》えるのにどれだけ苦労することか。泣きながら再会を喜びたいなんて、俺にもそんな感情があったんだな。

「お前が来るってことは、ここはあの世で見てる今際《いまわ》の際《きわ》の夢じゃねぇんだな」

「……一応現実のはずだよ。篠目くん」

俺が優しく笑いながら言うと、朱里が答えた。このやりとりもいつ以来だ？　日本語を使った軽口の応酬なんて久しぶりすぎて楽しい。

御屋形《おやかた》様との話も日本語ではあったが、あの人とは軽口なんてたたき合えないからな。そんなことをしたら殺される。

「篠目くんは、いつこの世界に？」

「いっていうのは上手く答えられないな。一応俺、これでも生まれ変わってるからな」

「生まれ変わり？　それにしては顔が地球にいた頃と全く同じだけど……？」

俺は腕を組んでうんうんうなってから言った。

「そうなんだよなぁ。俺も成長するにつれて髪の色以外、全部が生まれ変わる前とおんなじになったからさ。気味が悪くてよ。御屋形様には、それまでの先祖からの血筋が集約されて同じになるタイミングで生まれ変わったから……とか言われた」

朱里の疑問はもっともだ。だけど、詳しく説明なんてできるわけがない。

なんせ俺自身でも理由がわかんねぇんだからな。

「その家系のご先祖様からパーツをかき集めて同じ顔になる、と」

朱里も無理やりそういう形で納得するしかないみたいだ。お前の納得の仕方、間違いじゃねぇんだろうなと。

「それよりも、篠目くんに聞きたいことがある」

だが、ここで朱里の顔が真剣そのものになった。何を聞かれるのか、と身構える。

「なんだよ、俺も聞きたいことが山ほどあるんだけど？」

「レンハにアレルギーのことを教えたのか」

朱里が確信を持って怒りを滲《にじ》ませて聞いてくる。

ああ、お前はその情報を知ってたのか。あの女、口を滑らせやがったな。

俺の顔が無表情になった。

できればお前にはそれを聞かれたくなかったよ。と誰にも聞こえないように小さく呟《つぶや》く。

「……あの女、口を滑らせたのか」

「今はどうしてるか知らない。だけど篠目くんが、スーニティの領主を人に知られず殺す知識としてアレルギーを……教えて、実践させたことは確認してる」

朱里の言葉に俺は大きく溜め息をついた
自分の中で踏ん切りがついた……無理やり納得させた問題を蒸し返されるのは辛《つら》い。

「そうだよ。全く、あのバカ女には呆《あき》れる。任務である以上、言っていいことと悪いことがっ⁉」

瞬間、俺は朱里に胸元を掴《つか》まれ、階段の壁に叩《たた》きつけられていた。

俺の知る朱里はこんな暴力的な手段を取るような奴じゃない。手を出すことはないし足も出ない。当たり前だが。

なのに今は、激情に駆られたような顔をして俺を睨《にら》んでいた。

「お前！　何を考えてる⁉　篠目くんは、料理人だろう‼　人を食事で喜ばすのが仕事のはずだ、食の知識で人を殺すなんて論外だろう！」

朱里の叫びに、痛みで呻《うめ》いていた俺の顔がみるみるうちに怒りに染まるのを感じた。

お前に何がわかる。俺がどれだけ悩んだか苦しんだか、自分の中で決着をつけるまでどれだけ迷ったのか知らねぇだろ‼

朱里の手を掴《つか》み、剥《は》がそうと力を込める。

「お前はよっぽど幸せなところで異世界生活を始めたんだな！　お前にわかるか‼　この世界で料理人として出世することの難しさを‼」

「なんだと⁉」

「噂《うわさ》だとお前は傭兵団《ようへいだん》にいたって話だな？　それなら無理もねぇか！　他の奴に戦わせ、自分は安全な陣地で料理を作ってるだけだもんな！」

卑怯《ひきょう》な言葉だと思う。残酷な言い方だと思う。俺は最低な言葉を吐いたと、胸の中で罪悪感がチクリと心を刺す。

だがそれだけだ。それしかない。こいつにはわからない。

仲間の後ろで、守られながら料理を作っていたこいつに、異世界の城の厨房《ちゅうぼう》ならではのいじめや派閥争い、クソと言いたくなるような奴らのことなんてな!!

図星を突かれたらしい朱里の顔がカァ～っと紅くなり、右腕を振り上げていた。

だけど、それを振り下ろしてはこなかった。

「お前に何がわかるんだ！　戦場の厳しさ、死体を見る悲しさや辛《つら》さが！」

何だそれは？　お前の言い分はそれだけか？

俺がそれを見なかったとでも言いたげな様子に、俺も頭が熱くなる。

「は！　お前が戦場で友情ごっこをしてる間、俺はひたすら料理人として、城で腕を磨いてあらゆる悪意と戦ってきたんだ！　人間の醜い嫉妬や嫌がらせ、いじめを何度も経験してねじ伏せてきた！　お前以上の、人間の悪意という地獄を見てきた！

お前こそわからねぇだろ！　失意の中で死に、目が覚めたら赤ん坊で、見知らぬ男女を親と呼ばねばならず、日に日に生まれ変わる前の顔になっていく自分の変化に何度も発狂しそうになった！　気持ち悪さと苦悩を内心抱えていたような情けない俺を愛してくれた人たちがいて、その人たちを守ろうとした俺の覚悟がよ!!」

「そのために、習った料理の知識で人を殺すのか!?　あのとき、修業で一緒に切磋琢磨《せっさたくま》してきた篠目くんはどこに行ったんだ!!　確かにお前は技術に溺《おぼ》れて食べる人のことを考えなかったけど、それでも美味な料理を、美味しい料理を作ることに命を懸けてた!!

なのにこの世界に来たら、人を殺してもいいのか⁉　生き残るために、人の口に入るものを凶器にしてもいいと思ってるのか‼」

互いに互いの主張が受け入れられない、気持ちはわかれども共感はできない。

かつて友人であった男が、この世界に来ても真っ直ぐに生きてることを認めたくない。

俺が捨てたものをまだ捨てずにいられる強さを、認めたくないんだ。

俺も朱里も、肩で息をしながら気持ちを落ち着けようとする。

そのうち朱里は掴《つか》んでいた手を離した。

「……僕たちの決着は今じゃない。今は、御屋形《おやかた》様とやらに会いに行こう」

「そうだな……まずはそれからだ。決着は、いずれ」

俺たちはそこから、黙って階段を下りだした。

聞きたいことなんて吹き飛んだ。言いたいことなんてもうない。

俺たちは何も言わずとも確信した。

こいつとは、決着をつけないといけない、と。


御屋形様との話も終わり、俺は朱里と一緒に城の厨房《ちゅうぼう》に来ていた。

この厨房は地球にいた頃の綺麗《きれい》な厨房を、俺の権限でできるだけ再現したものだ。これだけのものはニュービストにだってねぇぞ。天井には、木目が綺麗で湿気をよく吸収して外に吐き出してくれる木材を使った。床は排水機能を付けた魔工道具にクッションフロアもどきを張って掃除しやすくしている。壁は白塗りで清潔感を出している。

さらに道具はこれでもかというほど地球のものを再現し、特注で作らせたものばかり。綺麗で機能的な鍋と包丁が整備されて置かれてるんだ。

ただ竈《かまど》と釜だけは、薪《まき》を使っている。ここも魔工式にしたいんだが、あいにくとアイディアが出なくてこの世界のもののままだ。いつかは改良したい。

初めて来た奴は綺麗で広い厨房を見て物怖《ものお》じするもんだが、朱里には全くそんな様子はない。こいつの目は真っ直ぐ、これから自分が使う道具と食材に向けられていて真剣そのものだった。

朱里は、これから彼が行くことになる砦《とりで》の偏食家な姫様へ出すための料理を課題に、俺に勝負を挑んでいる。

先だっての御屋形様のところでの茶碗蒸しは、どうやら朱里に敗北を悟らせることができたらしい。俺だってこの世界に来てから腕を磨いてきた。当然だ。

「さて、やるか！」

朱里は両頬をパァンと叩《たた》き、気合いを入れて服の袖をまくっている。

……あぁ、懐かしい。こいつ、地球にいた頃の、味や技術を盗むことに精力的だった頃に戻ってる。向上心の塊《かたまり》だった頃の朱里だ。

こうなったこいつは手強《てごわ》い。レストランでの賄《まかな》いも、追いつかれるのではと恐怖したものだが、昨日のことのように思い出せる。

材料はソーセージ、トマト、タマネギ、セロリ、パプリカ、オクラ、ニンニク、ローリエ、白ワイン、ブイヨン、ココナッツミルク、チリパウダー、塩と胡椒《こしょう》、オリーブオイル……。

「篠目、このオリーブ油は？」

「お前がアズマ連邦でアイディアを出して開発させたってのはすでに聞いてる。その折に、一番に輸入した。便利だぜ、お前のオリーブ油は」

朱里が作業を開始する後ろで、俺は楽しそうに答えた。腕組みをして朱里の手元を見る。

「作るのはガンボスープか？」

「ああ、さすがに見抜かれたか」

当たり前だ。材料と道具を見れば、何を作るのかだいたい察することができる。

ガンボスープという選択もいい。辛さがオクラのとろみによって舌に残り、辛みと旨みが長く残るからな。

だが、これを見る限り足りない材料もあるみたいだな。

「ならトマトの水煮を使え。下準備で用意していたものがある」

朱里が悔しそうにしているが、俺は構わず目配せすると、俺を慕う唯一の部下がトマトの水煮を持ってくる。

瓶に入れられたものを一つ、朱里に手渡して部下が去ると、俺はニヤニヤとしながら朱里に言った。

「あの子は……あの娘は、この敵だらけの城の中で、唯一俺を慕っている部下でな。俺から技術を学んでメキメキと腕を上げてる。周りからの声なんてなんのその、だ。だから、この城で嫌われてる俺と仲良くできるお前に、嫉妬してんだろ」

「そっか……ん？　娘？」

「ちなみに告白もされてる。受けるつもりは今はないが」

興味なさそうな反応をする朱里。

受け取ったトマトの水煮のスープに匙《さじ》を入れて口に運ぶと、満足そうに頷《うなず》いている。朱里の舌に適《かな》ったなら、十分一人前だな、あいつ。

気を取り直して朱里が調理を開始する。手並みを見て驚いた。

地球で見た頃より、遥《はる》かに動きが良い。

包丁の入れ方、鍋や食材の扱い方……どれもがあのレストランで見た頃よりも早くて巧みなんだ。

多分これは、戦場で飯を作るときに急がなければいけない必要性に駆られて、徐々に磨かれた技術なんだろう。

ともすれば雑と言われかねないほど早いが、動作の一つ一つがハッキリしていて丁寧で、動きに淀みがない。

――戦場でも、早く料理を作らなければいけないときでも。

こいつは相手のために、安い食材で少しでも美味しい料理を作るために――。

ああ、確かにお前は凄《すご》い奴だよ。朱里。

だがな、作業の流れを見て気づいた。食材が足りない。ガンボスープを作るならミックスビーンズが欲しいだろうな。

俺はすぐに必要な豆を取りそろえて、下処理をして蒸しておく。

そして、朱里が必要になったタイミングで差し出した。

「おら、これを使え」

次の作業に移ろうとする朱里へ、横からミックスビーンズもどきが入ったボールを渡した。日本にもあった銀色のボールだ。これを作ってもらうのは苦労したぞ。

朱里は驚きながらも俺を睨《にら》んだ。

「……ミックスビーンズのつもり？」

「その通り。これを使えば、もっと美味しいだろうさ」

朱里はニヤリと笑って受け取り、調理を続ける。

この打てば響く感覚。凄く心地よい。こっちの世界に来てからここまで息が合う料理人とは、出会ったことがなかったからな。

調理する朱里の後ろ姿を見ながら、俺は心の中で独白する。

本当はお前と出会えて嬉《うれ》しいんだ。お前と一緒に働けることが嬉しい。

「できあがりだ」

朱里は完成した料理を器に盛って俺に差し出す。

良い料理だ。香りの段階で何一つミスがないのがわかる。

俺はゆっくりりと、匙《さじ》で食べ始める。

確かめるようにゆっくりりと頷《うなず》き、咀嚼《そしゃく》し、嚥下《えんげ》し、十二分に味わっていく。

なるほど。俺は皿を机の上に置いた。

「ああ、旨いな」

そう言って、俺は料理を観察する。

「ガンボスープは家庭の味だ。チリパウダーの辛みと食材の旨みを、ココナッツミルクが繋《つな》いでマイルドにして食べやすくしている。順番通りの煮込み、正確な包丁使い、煮込み時間の正確さ。どれをとっても家庭の味のそれを超えて、店に出しても問題はないレベルだ。ちょうど良い辛さと旨さ、にじみ出た多くの野菜の味が絡まった、よい料理だ。だがな——」

ここで俺は言葉を切り、机の上に置いていたチリパウダーを手に取り、少しだけ料理に掛けた。

その行動を見ても、朱里は動じなかった。おそらくそうするだろうとわかってたな、こいつ。なら、俺の言いたいこともわかるはずだ。

「もう少し、チリパウダーを仕上げとして振ってもいい。食ってみろ」

俺は朱里にガンボスープを差し出した。

こいつの料理はすでに、この世界に生きる人を相手にしたものになってる。

初めて食べる料理がほとんどであるだろうから、極端なまでの辛みや苦みといったものは抑えてるんだろう。それは正しい。

だけどな、これなら辛みを強調しても受け入れられるだろうさ。

「ああ、こっちの方が美味しいな。だけど、とろみがあるんだから、前のでもよくないかな？　特に初めて食べる人に出すなら」

朱里は受け取ったガンボスープを食べて頷《うなず》く。だが、まだ言いたいことがあるらしく反論してくる。

俺は冷静に返した。

「お前の言うことは正しい。チリパウダーは俺の好みで掛けて、お前の好みにも合ってただけだからな。この国の人間に食べてもらうなら、お前の作り方が正しい」

なんか、ここで俺は面白くなって笑ってしまった。

「お前はすでに、この世界の人間に合わせた調理ができる料理人なんだな」

「ああ、そうだね。僕はすでに、覚悟を決めてる側の人間だ」

「……引き分けにしといてやるよ。お情けでな」

「品評会だったなら、この世界の人間を相手にするわけだから僕の勝ちでは？」

「品評会じゃねえからな、ここは」

二人して言い合って、どちらからともなく笑う。

フフフ、と小さく。だけど目は笑っていない。俺は負けたと思っていないし、朱里も思っていないだろう。

だから、今は引き分け。

「さて、残りはここにいる奴に振る舞ってもいいか？」

「いいよ。僕はまたギィブさんの所に戻って、明日のことや泊まる場所を聞くから」

「そうしろ」

朱里は俺に断りを入れてから厨房《ちゅうぼう》を後にした。一度だけ振り返って厨房の中を観察して、出て行く。

また会えればいいな、と思わずにはいられない。

「先生」

「なんだネィエ」

俺を先生と呼ぶ少年のような少女……ネィエは不満そうな顔をしていた。

俺よりも頭二つ分ほど小さい背丈に、栗色のベリーショートの髪。顔は幼くて童顔そのものだ。あとデコがちょっと広いのも可愛い。

ネィエはこの城の厨房《ちゅうぼう》の中で唯一、俺を慕って部下として動いてくれる少女だ。

「なんですかあの男。先生と親しそうにして」

「俺の古い友人だ。許せ」

俺の言葉にネィエはビックリしてこちらを振り向く。なんだ、俺に友達がいるのがそんなに不思議か。

「先生に友達、いたんですか？」

「昔な。今も、だったかな……」

今のあいつが俺を友人として見てくれるかどうかはわからない。あいつの中で俺は、料理人でありながらアレルギーの知識を悪用した外道なんだろうな。少し悲しいが事実だ。決着をつけるまで、完全な和解なんてねぇだろうな。

「先生、泣きそうですよ？」

「うるせぇ。それより、俺が教えたトマトの水煮は上手くできてたみたいだな」

「当然です！　こちは先生の一番弟子なんですから！」

「結構な押しかけ弟子だったけどな」

グランエンドで働き始めた頃は、俺に部下なんていなかった。それどころか敵視していじめをしてくる奴らばっかりだったよ。

だけどネィエは違った。こいつは俺の仕事を見て、他の奴らよりも仕事ができることを見抜いて、俺に弟子入りを頼んできた。しかしその場で断った。

でも、次の日にネィエが他の奴らから陰湿ないじめを受けるのを見てしまったから、もう断れないとは思ったよ。すぐに国主様にお願いしてネィエを弟子にし、他の奴らにいじめられないように後ろ盾になった。

ネィエの髪が短いのは、それが原因だ。いじめで切られた。もともと綺麗《きれい》な栗色のロングヘアーだったのに、無残に切られちまってからはベリーショートだ。

いじめの主犯は首になったが、取り巻きは上手く罪を逃れて、未《いま》だに城で働いている。胸くそ悪いが、ここが限界だ。

そうして仕事をしているうちにネィエは俺のことが好きになったらしく、告白をしてきた。

俺が告白を、交際を断った理由は簡単だ。今は恋愛をするつもりはないから。

……御屋形《おやかた》様の目的の先に、もしこいつが生き残ってたら。

告白を受けてもいいかなと想うくらいには情はある。

「じゃあお前に課題だ。あの男はお前よりも遥《はる》かに上の料理人だ」

「先生よりもですか!?」

「俺よりほんのちょっと下だ。負けるつもりはねぇ」

「ですよね！」

なんでそんなに嬉《うれ》しそうなんだよお前は。

「だからこの料理を食べて、どういう調理手順でどういう工夫がされたかを学べ。今日の修業は舌の感覚を鍛えることだ」

「わかりました」

す、とネィエの目が細くなる。なんでも、俺の真似をして集中してるそうだ。

そのまま料理に手を付けるネィエを見て、俺は天井を見上げた。そして周りに言う。

「他の奴ら、食いたいなら正直に動けよ。これを作ったのは俺じゃなくて友人だから、食べたって誰も文句は言わねぇ」

どうせ他の奴らだって、未知の料理だから食べてみたいって思ってるだろう。

朱里。お前とまた会えたこと。本当に嬉しいってのは嘘《うそ》じゃねぇからな。

閑話　その背中を取り戻すために ～テグ～

「で!?　シュリを取り戻せなかったってことか!?」

「まぁ……そういうことっス。マジモンですまんっス。実は……」

オイラことテグがスーニティに戻ってきたのは、リュウファと戦闘してから一週間が過ぎてからだったっス。

リュウファにやられて気絶していたオイラたちが目を覚まし、動けるようになるまでに半日以上かかった。もらった痛みがあまりにも深く効いてくるものだったため、目が覚めても痛みに呻《うめ》いていたっス。

やっと動けるようになってから、リュウファがどこへ向かったか痕跡を調査したけど何も情報は得られなかったよ。痕跡を消すのも上手い。

途方に暮れてたオイラたちはその場で野営をして、傷と疲労を癒やしてから帰ろうってことになったっス。とてもじゃないけど、すぐ帰るにはみんながみんな、痛めつけられすぎた。

で、その間に情報交換してたっス。戦った感想や相手のこと、シュリがなぜあの状況で逃げなかったのか。

リルがシュリと話したようだったので彼女に聞いたら、どうやらシュリはオイラたちのために逃げられなかったらしい。

シュリが逃げればオイラたちはあの戦闘の最中に殺されていた。リュウファには、それをするに十分な実力があった。別にオイラたちを殺さずとも倒せると、確かな自信があった、と……。

それを聞いてオイラは持っていた弓を、立ち上がって地面に叩《たた》きつけていた。部品が歪《ゆが》んで狂っても構わない、それほど悔しかったっス。

アサギも吸っていた煙管《きせる》の灰を捨てて眉間に皺《しわ》を寄せ、カグヤは静かに座りながらも拳を握りしめていた。オルトロスに至っては悔しすぎて夜天に向かって叫んでいたっス。

そりゃそうだ。リュウファにとってオイラたちは敵ですらなく、シュリの義理堅さがなければ虫を殺すように容易《たやす》く払えたと。

これでも戦場で生きてきて、それなりに自分の腕に自信があったからこそ！

リュウファの余裕綽々《よゆうしゃくしゃく》な立ち振る舞いに怒りを覚えた！

さらにリルはシュリから、向かった先にシュリのことをわかる人がいるらしいと聞いている。

話を聞いたら隙を見て逃げ出すから、と言っていたとも。

という一連の報告をしたオイラだったけど、ガングレイブの怒りは晴れない。

ちなみにこの場にはオイラとリルだけが来たっス。他の連中はそれぞれどっかに行っちまった。こういう報告、オイラ苦手なんだけどなぁ……。

ガングレイブは机の上で拳を握りしめて、ギリギリと木材が悲鳴を上げるまで押しつけている。

「それで……？　傭兵団《ようへいだん》の隊長格五人掛かりでもどうにもできませんでしたって言い訳か……？」

「言い訳、スかね。一応」

「ふざけるなっ!!」

ガングレイブは怒りで叫びながら机を殴った。びし、と木材が割れる音が聞こえた。その机、結構良いやつで頑丈なはずなんスけど……。

「今回！　今回のこれで助けられなかったら、次はどこに行ったのかわからなくなるんだぞ!!　しかもあいつらがどこに向かったのかの痕跡すら見つけられず、おめおめと帰ってくるたぁどういうことだ!!　グランエンドのどこにいるのか、もうグランエンドの城下町にいるのか、それすらわからん！　もしまた移動されたら、もう追跡することができないんだぞ！」

「ガングレイブ、落ち着いてください……」

荒れ狂い怒り狂うガングレイブを、アーリウスがビクビクしながら宥《なだ》める。

「ここで荒れてもどうしようもありません。情報収集を続けるしか——」

「そんなことは!!……あぁ、わかってる。わかってるんだ、すまない……」

アーリウスに向かって怒鳴ろうとしたガングレイブだったけど、瞬間的に冷静になってさらに落ち込んだ。

まぁアーリウスを責めてもなんもならんスからねー。そりゃ、荒れ狂っててもガングレイブなら冷静になるか。結婚したばかりの夫婦だし、ここで八つ当たりして二人の仲に亀裂を入れるのもアホっスよ。

怒って落ち込んで、と感情の起伏が激しいガングレイブを見てると、こっちが逆に冷静になってくるっスよ。

そんで冷静になったガングレイブは、それでも怒りは隠せないままオイラに聞いてきたっス。

「それで？　他の奴らは何してる？」

「さぁ？　治療を受けてたりとかじゃないっスか？」

ガングレイブに嘘《うそ》を言うのもなんだけど、オルトロスたちは多分、やられたことを引きずって部屋に閉じこもってるっス。

オルトロスなんかは部屋の中から数を数える声が聞こえてくるから、多分鍛錬してるんだろな。

　アサギとカグヤは知らんっス。二人とも、部屋の中で何してるかわかんね。静かすぎて中の様子がわかんねぇし、ノックしてもなんも言ってはこねぇっス。

「……無理にでもクウガは向かわせるべきだったたな。お前とクウガの二人なら、あるいは──」

「無理っス」

　オイラはお手上げのポーズを取って答えた。

「同じようにアサギとカグヤとオルトロスからもリュウファの戦い方を聞き出した上で、オイラとクウガの二人で掛かっても勝てねぇっス」

「シュリを人質に取られてるからか？」

「純粋に実力不足っス」

　悔しいがこれが事実だ。ガングレイブも改めて突きつけられて理解したらしく、唇を噛《か》みしめている。

　悔しそうに俯《うつむ》く姿に、オイラも本当は悔しいのだと吐露したかった。けどやらない。これ以上落ち込んでる人間が増えたら、城の空気が悪くなるから。

「……勝つには準備が必要っス。万の軍勢、一騎当千の少数精鋭……どっちもそろってようやく五分五分、かなって」

「クウガに賭けるしかない、と」

「それが一番、現実的っしょ」

オイラたちの中であいつに敵《かな》う可能性があるのは、クウガだけっス。

少なくとも一撃で倒されたオイラより、六人全ての人格を相手にして生き残ってるあいつの方が可能性がある。

そのための時間を稼ぐしかないってのが、またなんとも悔しいというか。

「……シュリは、無事だろうか」

「きっと無事」

ガングレイブの呟《つぶや》きにリルが自信を持って答えたっス。

「なんだかんだでシュリはどこでも生き残る。そういう強《した》かさがある」

「根拠は？」

「シュリは約束を守る。約束してくれたから、信じる。じゃ」

リルはそれだけ言うと、さっさと部屋を出て行っちまったっス。

アーリウスがプッと噴き出した。

「あれだけリルが自信満々に答えるんですから、そうなんでしょうね。私もシュリは無事だと思います」

「アーリウス」

「信じましょうガングレイブ。シュリは無事であると、まだ最悪の状況ではありませんから。見つけて助けて連れて帰る。まだ可能性はあります」

アーリウスの励ましを受けてガングレイブは少し考え込む。

すると肩の力を抜くように大きく息を吐いたっス。

「そうだな。まだ、まだ最悪じゃない。今どこにいるかはわからないし、テビス姫たちがどう動くかもわからないが、まだ最悪の状況じゃない。なら、まだ俺に勝てる目はある」

「それで？　どうするつもりっスか？」

「さしあたっては、情報収集しかないだろう。グランエンドの領内に侵入できる要員を選抜、送り出す。……諜報員《ちょうほういん》対策が厳しいらしいから決死隊になるな。

グランエンドの城にいるなら好都合、もしどこかへ飛ばされてるのならそれを突き止めないとな」

「そっスか」

オイラはそれだけ聞くと、振り返る。

「じゃ、オイラもやることがあるんで」

「何をするつもりだ」

「準備っス」

ガングレイブの方を見ることなく手を振ってから、オイラは部屋を出たっス。

落ち着いた様子で対処をするガングレイブを確認できただけでも、安心したよ。ほんと。あいつまで荒ぶったままだとどうしょうもねぇっスから。

んで、オイラは廊下を歩き出した。あそこにあいつがいるはずっスから。

階段を下りていると、先の方から誰かが近づいてきた。

「あ、ガーン」

「ああ、テグか」

ガーンが疲れた顔でそこにいたっス。目の下にクマを作っていて、ここ数日まともに寝られていないのがよくわかる。

無理もねぇっス。シュリがいなくなって厨房《ちゅうぼう》は混乱しっぱなしって話だし。

「ガングレイブはどうだった？」

「とりあえず、落ち着いたっス。行動開始中」

「そりゃよかった。こっちは……まだダメだ」

ガーンは疲れたように壁にもたれかかった。

「シュリがいねぇからフィンツェもミナフェもやる気がねぇ。二人はもともと、シュリから技術を学ぶために厨房にいるからな。仕事はするんだが目に見えてやる気を出してねぇ。アドラも二人に注意したり他の奴らの引き締めをしてくれるが上手くいってない。俺もシュリに任されたから頑張ってるが……付いてきてくれる奴が少なすぎる」

「大変っスね、ガーン」

「ああ……今ほど、実力がねぇことを恨んだことはない。俺は他の料理人よりも腕も知識も劣ってるから、素直に命令を聞いてくれないときがあんだよ。シュリに後を任された、ただそれだけが俺の後ろ盾だ」

疲れ切ったガーンの様子を見て、こりゃガングレイブへの報告案件だなと思った。

いくらシュリがいないからって、ガーンから聞く限り、厨房の様子はひでぇっスからね。食事をしてるときは気づかなかったけど、もしかしたら気づかなかっただけで料理自体にも影響が出てたのかも。

「ガングレイブには報告しとくっス」

「いや、まだ、まだ待ってくれ。もう少し……やってみるからよ。あんがとな、聞いてくれて……」

ガーンはオイラの隣を通り過ぎて階段を上っていく。

あいつもあいつなりに、苦労してるみたいだ。シュリに任されたことが後ろ盾と同時に、両肩に責任感としてのしかかってるんだな。

……こりゃ、フィンツェとミナフェの二人と話した方がええっスな。オイラじゃ話も聞いてくれねぇかもしんねぇけど、やらないよりもマシなはず。

改めて一階を進んでいると、ふと窓の外の庭に目が行く。

そこにはなんと、アサギがいた。煙草《たばこ》も吸わず、ゆっくりと蹴りの体勢を繰り返していたっス。上段蹴り、下段蹴り、前蹴り、後ろ回し蹴り、側宙蹴り……さまざまな蹴りを丁寧に丁寧に繰り返してるっス。

あいつが努力する姿なんて初めて見た。汗を流しながら蹴りの精度を上げようとするなんて、今まで見た記憶がねぇ。

あいつの役目はあくまで諜報《ちょうほう》と宝物の鑑定。男を手玉に取って敵地に侵入したり、忍び込んで破壊工作などを行っていた奴だ。

そのアサギが、戦闘面での努力をしてる。剣の稽古をするクウガを見て「よくやるわぁ」なんて言いながら煙草を吸って酒を飲んでた奴が、だ。

「……あいつなりに悔しかったんスね」

オイラはそれを見ないふりをすることにした。あいつは人前で真剣な努力をひけらかす奴じゃない。なのにしてるってことは、責任を感じてんスよ。茶化したり声を掛けたりしていいわけない。

おそらく他の連中だってそうなんだろうな。今回のことで自分の実力不足を、これでもかと痛感させられたっス。

戦場で強くなろうと、いくら名声を上げても武名を轟《とどろ》かせても、本当の怪物みたいな武人を前にして敗北すりゃ意味がない。

特にそれが仲間の命が懸かってる状態ならなおさらだ。負けてちゃ話にならない。

で、オイラは城の裏庭にある井戸の近くまで行く。扉を開けて外に出ると、ふわっと風を感じた。

そこには独りで、上半身裸で鍛錬をする、もう一人の本当の怪物みたいな武人がいた。

目にも留まらぬ速さで剣を振り、目の前の何かと戦っている。

汗が飛び散り、剣の風圧がここまで届くほどの真剣さ。

「クウガ」

オイラは稽古しているクウガに声を掛ける。

ピタリ、と剣が止まる。そのまま数秒間、クウガは微塵《みじん》も動かなかった。

「……ふぅー」

クウガは息を吐いてから振り返った。

その顔は疲労に塗《まみ》れており、前よりも頬の肉が落ちたように見える。髪も伸びっぱなしっス。前よりも長くなった。

だけど、体つきは前よりもさらに無駄を絞りに絞り、これ以上何も絞れないほどに絞りきった上で筋肉が増していた。筋肉と筋肉の境目の彫りが深くなっているように見える。

額にも、顔にも、体中から汗を滝のように流して、クウガはオイラに声をかける。

「テグ、無事やったか」

「おう、そう簡単には死なねぇっス」

オイラはできるだけ冷静に返した。

今のこいつは、やべぇ。リュウファとの戦いによる敗北から、こうして自分を痛めつけ鍛え続けている。

ヘタに近づいたら一瞬で首が飛ぶ。磨かれ鍛え抜かれた……いや、未《いま》だに底知れぬほどの実力を感じさせられる。

「で？ シュリは……ダメやったんやな」

「話、聞くっスか」

「頼む」

オイラはガングレイブに話した内容を、もう一度クウガに聞かせる。

リュウファと戦ったこと、シュリが逃げればオイラたちが殺されていたこと、シュリはオイラたちを助けて、さらに自分が聞きたいことのためにグランエンドに行ったこと。

一通り説明が終わると、クウガは大きく溜め息をつく。

「……テグ、やっぱりリュウファは強かったか？」

「オイラじゃ無理」

何度も言うが、あの怪物はオイラじゃ倒せない。実力差がありすぎる。

最後に出てきた男以外なら、オイラでも対処はできる。対処できるだけで殺せはしねぇっス。削り合いがせいぜいっしょ。

　でも最後の男は……もうクウガ以外にゃ倒せねぇ。

「そうか……シュリはまだ生きてるやろな」

「生きてるっしょ。向こうでも大切にされてるんじゃねぇっスかね」

「まぁ……な。そうやろな。じゃ」

　クウガは剣を持ち上げ、オイラに向ける。

「ちょうどええからワイの稽古に付き合えや」

「オイラで相手になるっスか？」

「この城の中じゃお前以外は稽古相手にゃならん」

　そりゃまぁそうだろうけど、とオイラは呟《つぶや》く。なんだかんだでオイラは傭兵団《ようへいだん》の中じゃ二番目に強い。自信はあるっス。

　ただしクウガの稽古相手を十全にできるかと言われれば無理っス。一番のこいつと二番のオイラじゃ実力差がありすぎる。

「わかったっス。ほんじゃ」

　オイラは腰に下げてたナイフを手にして構える。

「弓は今、調整中っスからこっちで勘弁」

「構わねぇ。お前の体術は脅威だ。だから」

ぶわ、とクウガからの圧が増す。稽古とはいえ、相対しているオイラでも冷や汗が流れそうっスよ。

一歩、クウガが踏み出す。

「奥義の調整だ」

「奥義の？」

「ああ、俺はあいつを前にして出し惜しみをしちまった。第壱奥義《だいいちおうぎ》、零時間《ぜろじかん》を惜しみなく使うべきだった。そして――開発した第弐奥義《だいにおうぎ》、壱意閃心《いちいせんしん》も使うべきやと。だから、次は容赦なく。第参奥義《だいさんおうぎ》、弐律相反《にりつあいはん》も使う。すまんが相手をしてもらうぞ」

こいつ、僅かな間に奥義とやらも作ってたのか。オイラは苦笑いしかできなかった。

そして、クウガの体に変化が起こる。

「空我流第肆奥義《くうがりゅうだいよんおうぎ》、参界流転《さんかいるてん》」

閑話　一人旅 ～ウーティン～

「……そろそろ、かな」

自分ことウーティンは、山の中の道なき道を歩きながら呟《つぶや》く。

獣道ですらない場所だけど、自分はこういうところを歩くのは慣れてる。ニュービストの訓練の中でも、道なき道を行くのはあったし。

……自分は今、シュリを探すためにグランエンドを目指している。

姫さまの命令で動いているが、普通の道を進んでもグランエンドに侵入はできないだろう。だからこうして、警戒の少ないだろう道を選ぶしかなかった。

食料は全て現地調達、道具は必要最小限のみ。いつも通りだ。雪がないから寒くないだけ、アルトゥーリアの時と比べると楽。

「……もう、すぐ、山を、越える」

自分は空を見上げて確認する。太陽の位置、歩いてきた距離、地形からして、もう少しで山を越えるはずだ。気づかれずにグランエンドに侵入できたら、まずは服を調達しよう。アルトゥーリアの時と違って、今回はとことん秘密裏に動かないと。

今は姫さまの下《もと》で仕事をするためのメイド服のままだし。服装を国に合わせるのは大事。

しかし……と自分は周囲を見渡す。

「……さっき、から、何の用、だ?」

宙へ投げかけるようにして口を開く。だけど何も返ってこない。

バレてないとでも思ってるのか。それともバレてなお、見つからない自信があるのか。

どっちかわからないけど舐《な》められてるのだけはわかる。

「そっちに、行く、ぞ。黙って、ない、で答えろ」

自分は気配がする方に一歩踏み出す。

その瞬間、自分が踏み出した足の僅か先に棒手裏剣《ぼうしゅりけん》が突き刺さった。

トス、と音もなく静かに投擲《とうてき》された武器に、自分の警戒度が上がる。

攻撃の気配を感じなかった。これは相当な腕前か。自分はゆらりと腕を上げて構えた。

かつてあの女……マーリィルにボコられてから、自分も鍛錬を続けてきたんだ。拳と肘は、見た目にはわからないだろうけど部位鍛錬で頑強になっている。まだ鍛錬の途中で完全ではないけど、実戦投入には十分だぞ。自分の様子を見て何かを悟ったのか、声が響いた。

「さすがは音に聞くニュービストの『耳』。俺の気配に気づき、棒手裏剣の刺さった角度から位置を割り出すか。できるだけ垂直に投げて警告したんだけどな……」

これは——相当な使い手だ。自分の背中に冷や汗が流れる。

白兵戦《はくへいせん》なら勝てる自信はある。だけど、声がどこから聞こえてきたのかがわからない。森という環境を最大限に使った反響で、声の出所を隠している。

その見事な業前《わざまえ》から、相手の実力を推し計った。

「それで？　自分、に、なんの用、で？」

「言わない。ただの警告だ。グランエンドに近づくな」

情報は得られそうにないみたいだ。これは任務に忠実な類《たぐ》いの諜報員《ちょうほういん》だろうなと推測。

「なんの、ために？」

「言わない」

予想通り、警告だけして後は答えないタイプ。こういうのが面倒くさい。会話が成り立たないし聞きたい事も聞けない。

諜報員としては見事と言いたいけど、実際に相手にするのは嫌だ。

……だけど、自分はここで気づく。慢心ではないけど自分は諜報員として相当な腕前だと自負している。だからこそ姫さまの傍《そば》にいられるし信頼されて任務も命じられる。

そんな自分が相手の姿も見ることができず、位置も特定できない。方向はわかれども、だ。

これだけの実力……まさかと思うが。

「もしかして、ヴァルヴァの民？」

舌打ちが聞こえた。当たり、か。

「やだやだ……勘の良い奴だとバレるんだよな。何も言わないままだと警告にはならないし、言ってしまったら実力からバレる……」

「やはり、か」

自分は奥歯を噛《か》みしめる。相手としては最悪の部類だ。

ヴァルヴァの民。

サブラユ大陸で時折噂《うわさ》にのぼる、どこにも属さない傭兵《ようへい》集団。

主な仕事は——暗殺。

特殊なツテで仕事を依頼すると、確実に相手を殺してくれるっていうもの。だけど自分は姫さまからヴァルヴァの民は実在することを聞いてる。だから予測を立てられた。

「それで？　グランエンド、に、近づく、な、というのは、仕事の、邪魔、だから？」

「お前は俺たちに近い。仕事場でかち合いたくない」

どうやらヴァルヴァの民は、自分が暗殺のために動いていると思ってるらしい？　のか？　な？

自分は構えを解いてから上を見上げて言った。

「自分、は、あくまで、情報、収集のため、に、動いてる。そっちの、仕事、の、邪魔はしない、い」

「……時間がないから、その言葉を信じさせてもらおうか」

「そうし、ろ」

ふわ、と風が頬を撫《な》でた。その瞬間には、どこかにあった何者かの気配は消えてる。

危うく戦う羽目になるかと思ってたけど、ならずに済んでよかった。ここでヴァルヴァの民と戦闘したくない。あっちに地の利がありすぎる。

「……さて、なぜヴァルヴァの民が……？」

仕事場でかち合いたくない。となると、誰かがグランエンドの誰かを殺す命令を出している、と？

いや、考えるのはやめよう。仕事場で邪魔をしたら、ヴァルヴァの民が襲いかかってくるかもしれない。自分に任された仕事には関係ないし、無駄な負担は避けたい。

「……行くか」

自分は再び目的地に向かって足を進めた。

そして、棒手裏剣《ぼうしゅりけん》のことを思い出して振り返ったときには、もうそこに棒手裏剣はなかった。刺さった跡すらも、だ。


〈『傭兵団の料理番 15』へつづく〉

ヒーロー文庫

傭兵団《ようへいだん》の料理番《りょうりばん》 14

川井《かわい》 昂《こう》

2022年5月10日 第1刷発行

発行者 前田起也

発行所 株式会社 主婦の友インフォス
〒101-0052 東京都千代田区神田小川町 3-3
電話／03-6273-7850（編集）

発売元 株式会社 主婦の友社
〒141-0021
東京都品川区上大崎 3-1-1 目黒セントラルスクエア
電話／03-5280-7551（販売）

印刷所 大日本印刷株式会社

ISBN 978-4-07-450826-6